Dieses Buch
gehört

SV

Band 1102 der Bibliothek Suhrkamp

Marie Nimier
Die Giraffe

Roman

Aus dem Französischen
von Maria Dessauer

Suhrkamp Verlag

Titel der Originalausgabe: *La Girafe*

Erste Auflage 1992

Druck: Nomos Verlagsgesellschaft, Baden-Baden
Printed in Germany

Die Giraffe

Eine große Liebe ist nur im Schatten
eines großen Traums zu finden.

Edmond Rostand

Ich habe nur ein einziges Wesen auf dieser Welt geliebt, und ich habe es getötet. Sie hieß Hedwige. Ihr Skelett ist im naturhistorischen Museum ausgestellt. Tausende von Kindern gehen alljährlich an ihr vorüber. Ich weiß nichts von der Untersuchung, die ihrem Tod folgte. Mir scheint, daß niemand etwas ahnte. Die Untersuchung der Eingeweide ergab keinerlei verdächtigen Hinweis; vielleicht aber fand auch gar keine Untersuchung statt. Allzu froh, ein Exemplar in vollkommenem körperlichem Zustand zu besitzen, wird die Wissenschaft den Leichnam angefordert und die Sache vertuscht haben.

Damals wußte ich noch nicht, daß ich sie liebte.

Alles fing mit einer kleinen Anzeige an. Der zoologische Garten suchte Hilfskräfte für Instandsetzungsarbeiten an den Gängen. Ich war neunzehn Jahre alt, hatte mein Abitur gemacht und die feste Absicht, während der Sommerferien zu arbeiten. Da ich von eher zurückhaltendem Naturell bin, stellte ich mich am angegebenen Tag zur angegebenen Stunde ohne große Hoffnung vor, genommen zu werden. Die bleiche Miene der anderen Bewerber beruhigte mich nicht sonderlich. Sie bildeten bereits eine lange Schlange vor dem Eingang des Verwaltungsgebäudes. Ich setzte mich ein wenig abseits auf eine Treppenstufe und versteckte mich hinter einer Zeitung.

Es war das erste Mal, daß ich das Gebiet des Zoos von Vincennes betrat.
Nach einer langen Wartezeit forderte mich der Direktor persönlich auf, ihm in sein Büro zu folgen. Er glich einem vorsintflutlichen Noah, seine Hände waren groß und knotig, sein Bart fiel fransig auf eine granatfarbene Fliege herab. Ich entnahm seinem zerstreuten Gesichtsausdruck, daß die freien Stellen schon vergeben waren, darum auch machte ich keine Anstrengung, ihn von dem speziellen Interesse meiner Kandidatur zu überzeugen. Ich war der dreizehnte – und letzte – an diesem Vormittag, er empfing mich gewiß lediglich aus purer Höflichkeit. Wie ein Trottel stellte ich mich vor ihm auf, mit hängenden Armen, versunken in die Betrachtung eines dikken roten Fischs, der sein weiches Maul an die Wände des Aquariums preßte. Ich ließ mich widerstandslos in den traumverlorenen Zustand gleiten, ich war in einem unbekannten Land, den anderen ebenso fern wie mir selbst. Kindergeschrei drang zu mir herein, schwache Erinnerung an das Draußen.
So verhielten wir uns lange, allzu lange, ehe der Direktor sich dazu entschloß, das Schweigen zu brechen. Er fragte mich, wie ich heiße. »Joseph«, antwortete ich, und das Läuten des Telefons hinderte mich daran, meinen Familiennamen zu nennen. Es knackte in der Leitung, der Direktor fing an zu schreien, daß er nicht noch lauter sprechen könne, er sah mich mit gerunzelten Brauen an, so als ob ich für die Schwierigkeiten der Verbindung verantwortlich wäre. Ich nieste, und das ermöglichte es mir, mit ei-

ner Bewegung, die ich für natürlich hielt, mich von ihm abzuwenden. Das Zimmer war frisch gestrichen worden. Von einem in den vier Ecken an Gartenstühlen befestigten Sicherheitskordon geschützt, schienen die leeren Wände auf die Besucher einer Phantomausstellung zu warten. Nichts gab es da zu sehen, nichts als diese kalte Oberfläche. Die Fenster am Ende des Raums blickten auf das Gehege der Elefanten. Einer von ihnen beobachtete uns seit Beginn der Unterredung und rieb sein Hinterteil am Gitter. Der Direktor ging auf und ab, an der Leine gehalten von der Telefonschnur, die sich spannte und lockerte und ihn nach jedem Satz vor den Tisch zurückführte, auf dem das Aquarium stand. Die Dummheit der Äußerungen seines Gesprächspartners ließ sich von seinem Gesicht ablesen.

»Aber das ist ja nicht zu fassen«, wiederholte er. »Sie werden sie doch wegen einer Geschichte von falschen Papieren nicht verhungern lassen, überlegen Sie doch mal!«

Die Unterhaltung, deren unfreiwilliger Zeuge ich war, wurde stürmisch genug, um mein Fortgehen zu rechtfertigen, deshalb wich ich langsam zum Ausgang zurück. Mit verblüffender Grazie hob der Dickhäuter einen Hinterfuß und bewahrte unbewegt sein Gleichgewicht. Mochte die Welt auch zusammenstürzen. Der Direktor kritzelte wütend einige Worte in sein Notizbuch. Ich nutzte diesen Augenblick, um die letzten Meter bis zur Tür zu überwinden. Als meine Hand sich der Klinke näherte, ließ seine dröhnende Stimme mich zusammenfahren. »Joseph!«

stieß er barsch hervor, und mit einer keinen Einwand duldenden Geste wies er auf ein mit Englischleder bezogenes Bänkchen, auf das ich mich widerwillig setzte. Ein zweiter Elefant gesellte sich zu dem ersten, seine Stoßzähne überkreuzten sich vor seinem Rüssel, er hatte eine Erektion. Die Größe seines Geschlechtsteils war eindrucksvoll. Ich senkte errötend den Kopf. In diesem Augenblick hörte ich zum ersten Mal den Namen Hedwige.

Der Direktor hatte sich wieder beruhigt. »Also gut«, sagte er. »Unsere Hedwige wird nicht lange zu warten haben. Ich schicke Ihnen sofort jemanden.«

Ich spürte seinen Blick auf mir lasten. Hatte er meine Verlegenheit bemerkt? Die beiden Elefanten schmiegten sich aneinander. Der Direktor legte den Hörer auf.

»Die Vorsehung hat Sie mir geschickt!« rief er, und da ich keinen Zusammenhang sah zwischen der Vorsehung und der kleinen, befangenen, mit den Hinterbacken nur eben auf dem Rand eines mit glänzendem Englischleder bezogenen Bänkchens sitzenden Gestalt, die ich war, nieste ich. Hedwige sei soeben in Marseille eingetroffen, erklärte er mir. Die für die gesundheitspolizeiliche Kontrolle Verantwortlichen bestritten die Echtheit des Impfzeugnisses und könnten sie ohne schriftliche Ermächtigung durch die Pariser Gesundheitsbehörde nicht aus dem Lazarett entlassen. Außerdem habe sich die Falltür ihrer Kiste während der Überfahrt verzogen, und die Zollbeamten weigerten sich, selbst die Angeln zu sprengen. Sie verlangten Unterstützung durch einen Angestellten des zoologischen Gartens. Da Hedwige mit der Regierung von Pretoria gegen drei Jungstiere aus dem Charolais ausgetauscht worden war, die die Aufgabe hatten, den Fortbestand ihrer Rasse in Südafrika zu gewährleisten, drohte die Angelegenheit alarmierende Ausmaße anzunehmen. Die Verhandlung erfolgte im Rahmen einer weitläufigen, von den Kultusministern der beiden Länder in sonderbarer Weise inszenierten Kampagne. Im zweiten Teil der Unternehmung sollte eine Truppe von wahrscheinlich aufgrund ihrer milchweißen Haut ausgesuchten Majoretten aus Quimper nach Johannesburg geschickt werden.

Bei diesen Worten lächelte der Direktor mir zu. Was bei dem mindestens sonderbaren Handel auf dem Spiel stand, entging mir gänzlich, ich antwortete ihm mit einer bestürzten Grimasse, die ihm Vergnügen zu bereiten schien. Nach knapper Befragung schlug er mir vor, nach Marseille zu fliegen, um den bewußten Brief abzuliefern und Hedwige nach Vincennes zu bringen. Als Gegenleistung garantierte er mir einen Arbeitsplatz für den Sommer. Ich nahm an, ohne recht zu wissen, wozu ich mich verpflichtete. Zwischen Tür und Angel wurden die Vertragsbedingungen erörtert: bis Ende September würde ich als ganztagsbeschäftigter Hilfspfleger eingestellt werden. Zwei Stunden später fuhr mich der Chauffeur des Zoos im Lastwagen für Viehtransporte zum Flughafen Orly. Ich sah meiner neuen Rolle ohne große Begeisterung entgegen und war meilenweit davon entfernt zu ahnen, daß ich mich ihr mit Leib und Seele hingeben sollte, so sehr hingeben sollte, daß ich ihr mein ganzes Leben weihte.

Nach der Landung auf dem Flugplatz Marignane rief ich meinen Vater an, um ihm zu sagen, daß ich Arbeit gefunden hatte. Ich mußte ihm die Umstände meiner Reise dreimal wiederholen, ehe er den Zweck verstand – oder richtiger, zu verstehen vorgab. Er verdächtigte mich, an ich weiß nicht welchem Schleichhandel teilzunehmen, und warnte mich vor den Gefahren der Unterwelt. Da ich über seinen Argwohn lachte, befahl er mir, mit dem ersten Flugzeug nach Hause zurückzukehren. Seine Reaktion bestärkte mich in meiner Meinung, daß wir einander wirklich fernstanden. Sein elterlicher Machtanspruch hatte die Wirkung des Schnippens mit dem Finger auf ein Schneckenhaus. Mit der für meine Jahre typischen Bosheit erklärte ich ihm, ich müsse mich beeilen, wenn ich am Hafen sein wolle, ehe die Zollbeamten schlossen. Diese letzte Einzelheit gab ihm den Rest, ich hörte, wie er am anderen Ende der Leitung stotterte. Er zündete sich eine Zigarette an. Ich täuschte ein technisches Problem vor, indem ich die Wählscheibe des Apparats drehte, und legte auf. Ich stellte mir vor, wie er im Schlafrock auf dem Salonsofa liegt und den Hörer ungläubig ansieht. Seinem Mund entweicht langsam eine Rauchwolke. Seine Zeitung ist zu Boden geglitten.
War er wirklich um mich besorgt? Die Erfahrung hatte mich gelehrt, daß keinerlei Herausforderung

väterliche Gefühle in ihm zu wecken vermochte. Er tat so als ob, das war das einzige, worauf er sich gut verstand. Er behandelte mich wie eine Krankheit, die man zu ignorieren vorgibt, eine jener chronischen Migränen, über die man anderen gegenüber nicht einmal mehr zu sprechen wagt, aus Furcht, sie zu langweilen. Seinen Schmerz ertrug er in Geduld. Ja, ich war sein Schmerz. Ein ganzes Trimester lang hatte ich in der Toilette ein verbogenes Löffelchen und ein Feuerzeug herumliegen lassen, ohne daß er den Mut gefunden hätte, es mir gegenüber zu erwähnen. Ich betonte meine natürliche Magerkeit, indem ich zu weite Hosen und taillierte Hemden trug, weigerte mich, bei Tisch zu essen: kein Wort. Ich sah jedoch deutlich, daß er beunruhigt war. Seit wir zusammen wohnten, hatte sich sein Zigarettenkonsum verdoppelt. Angesichts seiner Trägheit bekam ich Lust, ihn zu schlagen. Ich versäumte keine Gelegenheit, ihn das spüren zu lassen. Dieser vernachlässigte, vom Alkohol aufgeschwemmte Körper war widerlich. Seine Freunde glichen sich alle: redeten viel, mit leiser Stimme wie Verschwörer, an manchen Tagen saßen sie noch um den Tisch herum und diskutierten, wenn ich morgens aufstand, um ins Gymnasium zu gehen. Ich blieb hinter der Tür stehen und lauschte, in der Hoffnung, hinter die Geheimnisse ihrer schlaflosen Nächte zu kommen, aber ich hörte nur Lachen, das wie Entschuldigungen klang. Wenn sie mich sahen, zerbrach etwas in ihnen. Sie machten sich auf den Weg. Ihre unregelmäßigen, vorsichtigen Schritte hallten im Treppenhaus wider. Sie hatten den Lichtknopf nicht gefunden. Manchmal gingen sie fort, ehe ich herunterkam, ließen meinen Vater in der Küche zurück, schlafend, das Kinn auf dem Handrücken flachgedrückt, das Gesicht ungeschützt preisgegeben. Der Schlaf setzte ihm die Maske eines verirrten Kindes auf. Seine Lider waren durchscheinend, so zart... Ich liebte ihn zu sehr, als daß dieser gleich einer Jagdtrophäe mitten unter Aschenbechern und Flaschenkadavern verlorene Kopf mich hätte gleichgültig lassen können. Mein Vater konnte nicht allein sein, von Beziehungen zu Frauen wußte ich nichts.

Meine Mutter hatte Joséphine geheißen und war ein von der Insel Mauritius stammendes sonniges Geschöpf gewesen. Sie war nach meiner Geburt an einer Lungenembolie gestorben. Ich glaube, sie hatte sich mit meinem Vater schon nicht mehr verstanden. Die beiden waren sich durch Vermittlung eines waadtländischen, auf internationalen Austausch spezialisierten Heiratsbüros im *Palace Hotel* in Lausanne begegnet. Dies erzählte mir mein Vater, nachdem er fünfzehn Jahre lang behauptet hatte, sie hätten einander in Paris auf einer Abendeinladung bei Freunden kennengelernt. Damals arbeitete er für eine amerikanische Bank – wenn er jene Zeit erwähnte, sagte er: »Ich war noch Geschäftsmann«, so wie man sagt, ich war noch im Gips oder ich war in Verlegenheit. Von meiner Mutter sprach er fast nie. Sie vermachte mir gegen seinen Willen ihren Namen, ihren matten Teint, ihr schwarzes Haar und die Angst vor Zugluft. Auch habe ich einen ziegelroten Wollschal geerbt, den sie sich während ihrer Schwangerschaft gestrickt hatte. Zu jeder Jahreszeit trage ich ihn um den Hals geschlungen.

Der Zoodirektor hatte mir Bargeld für die Taxifahrt von Marignane bis zum Hafen von Marseille gegeben. Als ich das hintere Wagenfenster hochkurbelte, fragte mich der Chauffeur, ob ich fröre. Im Rückspiegel sah ich, wie er mir mit lachenden Augen zuzwinkerte, dicke Schweißperlen standen ihm auf den Schläfen. Im Flugzeug hatten sie sommerliche Temperaturen angekündigt. Um jegliche Auseinandersetzung zu vermeiden, antwortete ich ihm mit einem bejahenden Knurren und versank in meinen Schal. Ich begann zu bereuen, daß ich diesen Posten im Zoo von Vincennes angenommen hatte. Lieber hätte ich bei der Renovierung der Käfige mitgearbeitet, wie die kleine Anzeige in Aussicht stellte, als ein weiteres Mal Tiere pflegen zu müssen. Nicht daß ich bezüglich meiner Fähigkeiten auf diesem Gebiet unsicher gewesen wäre, im Gegenteil: ehe ich bei meinem Vater in Paris wohnte, war ich auf einem Hof in der Normandie in Kost gewesen, ich verstand mich auf die Sache. Meine Pflegeeltern hielten Kühe, Hühner und einige Schweine. Ich versorgte sie besser als jeder andere, jedenfalls wurde das in der Gegend behauptet. Dabei, so paradox dies auch erscheinen mag, habe ich Tiere nie leiden mögen – und mag sie im übrigen immer noch nicht leiden. In ihrer Art und Weise uns zu gleichen liegt etwas mir Unerträgliches. Von zartester Kindheit an wies ich die Stofftiere zurück, die meine Ziehmutter Mèrade – den Beinamen gab ich ihr – mir regelmäßig zum Geburtstag schenkte. Ihnen zog ich gewöhnliche Gegenstände vor, ein Sieb, einen Stopfen, den Deckel der Butterdose. Ich hatte ein unersättliches Bedürfnis nach Sicherheit und fand in diesen Requisiten vertrauenswürdige, verschwiegene Gefährten. Sie stellten nichts anderes dar als sich selbst, und niemand zwang mich, sie mit der albernen Zärtlichkeit zu behandeln, die es gegenüber einem Bären oder Panther aus Stoff zu zeigen gebührt. Ich habe nie meine kleinen Hände ins Fell eines jungen Kaninchens getaucht, ohne eine sofortige Lust zu verspüren, es mit aller Kraft an mich zu pressen und zu erwürgen. Zum Glück gelang es mir stets, in Anwesenheit der Erwachsenen solche Triebe zu ersticken. Wenn mir der Hund folgte, wartete ich, ehe ich ihn zurückwies, bis ich die Grenzen des Hofs verlassen hatte. Schlimmer noch: Ich rief – Malcolm! Malcolm! –, und wenn er auf seinen Namen antwortete, gab ich ihm ein Stück Zucker und verjagte ihn dann mit Steinwürfen. Ich machte mir ein boshaftes Vergnügen daraus, die Verwirrung zu beobachten, die so widersprüchliche Befehle in ihm hervorriefen. Malcolm war ein echter normannischer Bastard, er glich einem zu klein geratenen Schäferhund mit zu schmalen Pfoten und sehr langem Schwanz. Als ich heranwuchs, fixierte ich alles, was an Gewalttätigkeit und verkümmerten Begierden in mir war, auf diesen armen Hund. Welche sinnlose Macht drängte mich dazu, ihn derart von mir besessen zu machen, daß er

den Verstand verlor? Ich hatte keine andere Entschuldigung dafür als meine Dummheit und die jugendliche Verwirrung, die mich seither noch immer quält. Malcolm hatte Angst vor mir, sein mißtrauisches Verhalten erbitterte mich. Besessen von der Lebenskraft, die sich mir entzog und die mich vielleicht einmal verriet, beschloß ich eines Tages, sein Vertrauen zurückzugewinnen. Unter dem Vorwand, ihn dressieren zu wollen, bat ich um die Erlaubnis, ihn als einziger füttern zu dürfen. Malcolm war nicht mehr ganz jung, und ich war aus dem Alter solcher Kindereien heraus, dennoch räumte Mèrade mir dieses Vorrecht ein, glücklich darüber, mir endlich einmal einen Wunsch zu erfüllen. Es stimmte, daß ich nie um etwas bat.
In weniger als einer Woche erzwungenen Fastens wurde Malcolm wieder mein Freund. Die Wankelmütigkeit seiner Gefühle bestärkte mich in der Ansicht, daß er meiner Fürsorge nicht würdig sei. Dennoch erwies ich ihm eine stürmische Freundlichkeit. Mein ganzes Taschengeld verwendete ich auf ihn. Nach der Schule verzogen wir uns in den hintersten Winkel des Speichers. Dort, im Halbdunkel, servierte ich ihm gleichzeitig mit seinem Futter das tägliche Quantum an Strafen und Liebkosungen. Meinem Befehl unterwarf er sich mit nicht geheuchelter Seligkeit. Doch seine Gefälligkeit, die mich anfangs beglückt hatte, wurde mir nach und nach ebenso unerträglich wie zuvor sein Mißtrauen. Wenn er mich zum Zeichen seiner Dankbarkeit leckte, hätte ich ihn umbringen mögen. Der Atemgeruch eines überfütterten

Hundes, die Berührung seiner rauhen Zunge, sein Blaffen der Zufriedenheit, die Speichelfäden, die sich zu beiden Seiten der Schnauze bildeten, kurz, alles an ihm ekelte mich. Und doch ließ ich ihn gewähren. Ich erduldete sowohl seine Erregung als auch seine Klagelaute – aufgrund einer ironischen Verdrehung der Verhältnisse hatte ich den Eindruck, zu seinem Opfer zu werden.

Wenn es auch ein leichtes ist, einen Teddybären zu zerfetzen und in die Jauchegrube zu werfen, so konnte ich schicklicherweise doch nicht Malcolm erwürgen, ohne den Verdacht meiner Pflegeeltern zu wecken. Zudem wäre ich dazu gar nicht imstande gewesen. Um diese doppelte Ohnmacht wettzumachen, hatte ich beschlossen, ihn in den Wahnsinn zu treiben. Im Verlauf der Monate sperrte ich ihn in immer engeren Räumen ein, streichelte ihn mit einer Hand und mißhandelte ihn mit der anderen. Wenn er sich auf den Rücken legte und die Pfoten zum Bauch hin bog, wie um sich vor meiner machiavellistischen Macht zu schützen, ließ ich mich zu Boden fallen und stellte mich tot. Er sprang mit einem Satz auf, neigte den kleinen Kopf über mein Gesicht und bellte leise. Zuletzt hatte Malcolm mich abgöttisch geliebt. Einmal, als ich beschlossen hatte, länger als sonst unbeweglich dazuliegen, streckte er sich der Länge nach auf mir aus. Dies erfüllte mich mit einer Wonne, die mich aus der Fassung brachte. An jenem Tag trieb ich das Spiel auf die Spitze. Hin und her gerissen zwischen dem hitzigen Drang seiner Lust und der Notwendigkeit zu fliehen, oder sich zu wehren, sprang

Malcolm mir an die Kehle. Ich kam mit zwei Nähten und mit einem Verband davon, den ich unter meinem roten Schal versteckte. Ich hatte gewonnen. Ich sehe das verzweifelte Funkeln seiner Augen noch vor mir, und die narbigen Spuren seiner Fangzähne bereiten mir unter den Fingern noch heute seltsame Empfindungen.
Trotz meiner Bitten wurde Malcolm für gefährlich erklärt. Man gab ihm eine Spritze. Ich hätte ihn wirklich gern gerettet, denn ich hatte begriffen, daß sein Tod mich nicht von ihm und vor allem nicht von den unklaren Reaktionen befreite, die der tägliche Umgang mit Tieren, ohne Unterschied hinsichtlich von Gestalt, Form und Funktion, in mir hervorrief und die sich von Jahr zu Jahr schwerer verbergen ließen. Diese Abneigung war, wie ich in der Folgezeit feststellte, zu stark in mir verankert, um nicht über meine Zukunft zu entscheiden.

Glücklicherweise ahnte kein Mensch etwas davon. Auch der Direktor des zoologischen Gartens hielt mich von unserer ersten Unterredung an für einen glühenden Tierfreund. Dabei tat ich nicht viel, um ihn davon zu überzeugen. Allerdings war mir ein derartiges Verhalten nicht fremd. Bis zum Alter von fünfzehn Jahren verbarg ich meine tiefe Ablehnung des Tierreichs mit einer unerschütterlichen Kenntnis seiner Mechanismen. Das war vermutlich das einzige Mittel, das ich gefunden hatte, um von meiner Pflegefamilie akzeptiert zu werden. Früh schon rief man mich aus den Nachbardörfern herbei, wenn eine Kuh kalben sollte oder ein Hammel krank wurde. Meine Bewegungen waren rasch und genau und um so wirksamer, als keinerlei Hang zur Sentimentalität sie prägte. Nein, niemand ahnte jemals, welch irrwitzige Qualen sich hinter den perfekten, allzu perfekten Gesten verbargen. Man bewunderte meinen Mut. Ich war ein schmächtiges, einsames Kind, ich gefiel mir in diesem Bild, so verbrachte ich die Jahre der größten Wirrnisse meines Lebens.

Als mein Vater sich dazu entschloß, mich zu sich nach Paris zu nehmen, verstand Mèrade nicht, warum ich so brutal ihrer Obhut entrissen wurde. Nichts in meinem Verhalten hatte je meinen Wunsch verraten, den Hof verlassen zu dürfen. Meine Pflegeeltern konnten nicht wissen, daß ich meinen Vater jede Woche mit schrecklichen Berichten überschüttete, in Briefen, die stets gleichbleibend endeten: »Davon abgesehen geht es mir gut.« Eines Tages habe man das Schwein geschlachtet und meine Schulmappe sei in den Blutkessel gefallen, am Morgen danach sei ich wegen eines Hornissenstichs in die Fußsohle nicht ins Gymnasium gegangen, in der folgenden Nacht sei ich schreiend aus dem Schlaf gefahren, bei der Berührung mit einer Natter, die der Sohn des Metzgers mir unter das Kopfkissen gelegt habe. Ich schrieb ihm diese ganz und gar erfundenen Geschichten in der Gewißheit, daß mein Vater es nicht wagen werde, nähere Erklärungen zu verlangen. Er schickte mir regelmäßig meine »kleine Anweisung« für meine persönlichen Ausgaben, und ich glaubte zu bemerken, daß ihre Höhe je nach Bedeutsamkeit der Katastro-

phen variierte. Ich bewahrte eine Kopie meiner Briefe auf und klassifizierte sie gemäß ihrer Effizienz. Es fiel mir nicht schwer, eine Liste von Schlüsselelementen aufzustellen, die die Tür zu seinen Schuldgefühlen öffneten – und die Schnur seines Geldbeutels lösten. So funktionierte Schmieriges, Finsteres, Schneidendes sehr gut. Dagegen schienen ihn die Schikanen meiner Mitschüler und sonstige Äußerungen des heimlichen Rassismus, dessen Gegenstand ich war, nicht übermäßig zu rühren. Schämte er sich meiner? Die Beschimpfungen durch die kleinen reinblütigen Normannen spiegelten nur seine eigene Verachtung für meine Hautfarbe wider. Unbeeindruckt von großen, gefühlvollen Gedankenflügen ließ sich mein Vater dagegen leicht vom zweifelhaften Charakter meiner einfachsten Sätze verführen. Ich erging mich in Andeutungen und ließ, indem ich nur die kalte Oberfläche der Geschehnisse preisgab, das Schlimmste vermuten. Nie beklagte ich mich. Der schmucklose Stil des am Tagesende Erschöpften verkaufte sich besser als alles andere.
Ich schickte ihm Worte, er verabreichte mir Zahlen. Methodisch trainierte ich meine Phantasie, im Lauf der Monate ordnete sich der Reigen der täglichen kleinen Schrecken. Im Jahr darauf beschleunigte ich den Rhythmus des Handelsverkehrs. Alles wurde zum Anlaß des Leidens. Das geringste Geplänkel nahm die Allüre einer nationalen Katastrophe an. Oft löste ich seine Wechsel nicht ein, nicht sein Geld interessierte mich, sondern er. Und indirekt, über ihn, gewiß ich selbst. Indem ich unsere Korrespon-

denz sortierte und kommentierte und so die Punkte zählte, gelang es mir, ein ziemlich vollständiges Bild unserer beidseitigen Ängste zusammenzustellen. Situationen, die mir widerlich waren, ließen ihn häufig kalt. Ich liebte den Schatten, die Schlupfwinkel, die Einsamkeit. Er litt an Klaustrophobie. Ich begriff, daß wir verschieden waren, und das bezeichnete einen entscheidenden Schritt in der Entwicklung meiner Persönlichkeit. Gemeinsam war uns eine ganz gewöhnliche Furcht vor Schlangen.

Gleich nach den Osterferien beschloß ich, zum Angriff überzugehen. Nach meinen Berechnungen mußte es mir gelingen, ihn davon zu überzeugen, daß ich den Hof um jeden Preis vor Ende des Schuljahrs verlassen müsse, daß dies eine Frage von Leben oder Tod sei. Als erstes unterbrach ich rücksichtslos den Strom meiner Geschichten. Eine Woche verstrich, eine zweite: nichts. Ich hatte an meiner Kriegslist zu zweifeln begonnen, als ich zusammen mit einem prachtvollen Füllfederhalter einen Umschlag erhielt, dessen Inhalt – und zwar bei weitem – die üblichen Summen übertraf. Wie ich vorhergesehen hatte, konnte mein Vater Schweigen nicht ertragen.

Die Lust zu schreiben zwickte mich, in meinem Kopf drängten sich die Bilder, dennoch beschloß ich, nicht für sein Geschenk zu danken. Und, Ironie des Schicksals, am zweiundzwanzigsten Tag der Quarantäne wurde ich krank. Diesmal jedoch in Wahrheit krank, ungeachtet des hartnäckigen Bemühens des Arztes, das Gegenteil zu beweisen. Sobald ich einen Fuß auf den Boden stellte, wurde mir schwindlig. Ich konnte nichts essen, schon beim Anblick eines Tellers Suppe wurde mir übel. Ich schrak ohne erkennbaren Grund zusammen, mir wurde heiß, mir wurde kalt, ich wußte nicht mehr, was ich anziehen sollte. Stunden verbrachte ich zusammengerollt zwischen zwei Strohbündeln in der Scheune. Malcolm war tot, nichts und niemand hatte ihn mir ersetzen können. Im Glauben, mir damit eine Freude bereiten zu können, hatte Mèrade mir vom Markt ein Paar Meerschweinchen mitgebracht. Eines Morgens fand ich das Weibchen leblos in einer Ecke des Käfigs. Ich hatte nicht einmal den Mut, seine Leiche herauszunehmen. War es die Aussicht, zu meinem Vater nach Paris zurückzukehren, die mich in einen solchen Zustand versetzte? Ich wollte es nicht glauben. Ich sehnte diesen Augenblick so lange schon herbei, nichts konnte mich abhalten.

Meine Unpäßlichkeit ließ nach, als ich wieder zu schreiben anfing. Außer den erprobten Techniken verwandte ich die ganze, von der unerwarteten Revolte meines Körpers aufgewühlte Erregung darauf. Leicht und wonnevoll strömten mir die Worte aus der Feder. Ich begründete mein Schweigen mit einer im Dorf herrschenden Skorfusis-Epidemie – einer ebenso entsetzlichen wie frei erfundenen Krankheit –, die seit einigen Wochen die Hühner und die Heranwachsenden befiel. Die Schule war geschlossen worden. Schon waren zwei Todesfälle zu beklagen. Ich drückte mich nicht klar darüber aus, ob die Opfer zu den Menschen oder den Hühnervögeln zählten. Um keine Panik hervorzurufen, hatten die

Behörden kategorisch gefordert, die Nachricht nicht zu verbreiten und die Sicherheitsvorkehrungen streng zu befolgen. Ich bat meinen Vater inständig, Stillschweigen zu bewahren, und sagte ihm sodann zu seiner Beruhigung, daß ich jeden Morgen auf nüchternen Magen eine lebende Schnecke verschlänge. Diese vorbeugende Behandlung hätte sich bisher als hundertprozentig wirksam erwiesen. Die Schmerle, erklärte ich, oder auch Grauschnecke, sondere eine Substanz ab, die nirgends sonst zu finden sei. Von erstaunlicher Resistenz, könne sie, nachdem sie hinuntergeschluckt worden war, noch zwei Stunden lang am Leben bleiben und in aller Ruhe ihr kleines Geschäft der Produktion von Antikörpern zum Abschluß bringen. Ich verzichtete nicht darauf, die heikle Passage der Grauschnecke durch die Speiseröhre zu schildern, sodann die langsame Agonie der an die Schleimhaut des Magens sich Heftenden und unterzeichnete mit absichtlich unsicherer Hand: »Dein Sohn Joseph«. Das übliche »Davon abgesehen geht es mir gut« setzte ich ohne weiteren Kommentar unten ans Ende der Seite.

Zu meiner großen Überraschung habe ich nach dem Tod meines Vaters in einer Schublade seines Schreibtischs alle meine Briefe sorgfältig aufbewahrt gefunden. Sie waren nach der Reihenfolge ihres Eintreffens geordnet, auseinandergefaltet und numeriert. Manche Sätze waren unterstrichen, andere verbessert oder in Klammern gesetzt. Wir hatten nie über diese Korrespondenz miteinander gesprochen, darum auch ging mir die Entdeckung tief zu Herzen. Sie war, nach so vielen Jahren gegenseitiger Gleichgültigkeit, das postume Zeichen seiner Anteilnahme. Ich begann, mir meine Aggressivität ihm gegenüber zum Vorwurf zu machen, als ich auf einen weiteren Ordner stieß, der ein maschinengeschriebenes Exemplar aller Geschichten und die auf den gelben Seiten eines Telefonbuchs abgehakten Adressen von etwa zwanzig Pariser Verlegern enthielt. Ich bemerkte, daß die örtlichen und zeitlichen Angaben getilgt und die Eigennamen durch Konsonanten mit einem Punkt dahinter ersetzt waren, wie um jede Frage nach verwandtschaftlichen Beziehungen von vornherein zu unterbinden. Ich war J(Punkt), Jean, Jacques oder Jim und er G(Punkt), ein Empfänger unbestimmten Geschlechts, Grottenolm, Gavial, unsichtbarer Voyeur meiner pubertären Rasereien. In die eigene Falle gegangen, sah ich nun auf den geschwärzten Seiten die Schatten und Wünsche eines sich nach Abenteuern sehnenden Provinzlers vorbeiziehen. Die Wahrheit tat sich mir in ihrer ganzen Grausamkeit auf: mein Vater hatte von dem, was ich ihm erzählte, nie ein Wort geglaubt. Ein weiteres Mal hatte er so getan als ob. Die Geldbeträge, die er mir schickte, waren nicht nur, wie ich mir eingebildet hatte, seinen Schuldgefühlen, sondern vor allem der Qualität meiner Produktion proportional gewesen. Noch heute erbebe ich beim Gedanken, daß diese Berichte von einer Drittperson gelesen worden sind. Aus dem Zusammenhang gerissen, der unmenschlichen Regelmäßigkeit der Druckschrift ausgeliefert, zeigten sie nur eine anstößige, krankhafte Ansicht von mir. Ich verbrannte sie Blatt um Blatt, ohne mir bewußt zu werden, daß ich, da ich mich von ihnen trennte, das einzige verlor, was mich noch mit meiner Vergangenheit verband. Trotzdem werde ich die Vorstellung nicht los, daß ich diese Korrespondenz eines Tages wiederfinden werde, verstümmelt, bereichert, unter einem Pseudonym, kurz, auf die eine oder andere Weise ausgebeutet. In den persönlichen Papieren meines Vaters habe ich keinen Hinweis auf einen Erfolg seiner Vorstöße bei den Verlagen entdeckt. Die Zettelkästen der Bibliothèque Nationale bleiben stumm, und meine Zweifel erwachen regelmäßig wieder. Dann stelle ich neue Nachforschungen an. Wenn man es recht überlegt, hätten meine Briefe nur in Form von Fortsetzungen in einer Zeitschrift oder einer speziellen Zeitung publiziert werden können. Das würde die übermäßig hohe Summe der Anweisung erklären, die dazu bestimmt war, mein Schweigen zu brechen. Wahrscheinlich hatte mein Vater einen Vertrag unterschrieben, er war verpflichtet, jeden Monat eine neue Episode für das Feuilleton zu liefern. Ich war gewissermaßen sein Ghostwriter, und vielleicht war ich nicht der einzige.

Die Skorfusis-Epidemie und ihr Begleitzug von schleimigen Schnecken war erfolgreich. Wie es zu dem Beschluß kam, habe ich nie erfahren, jedenfalls ließ mich mein Vater großzügig über ein Dienstbotenzimmer im sechsten Stock eines Hauses verfügen, dessen Miteigentümer er war. Sobald ich in Paris mein Zuhause hatte, begann ich meine bisherige Person nach und nach abzulegen und ein pickeliger Heranwachsender zu werden, den nichts zu interessieren schien. Meine Erleichterung darüber, mich nicht mehr mit Tieren abgeben zu müssen, verwandelte sich bald in ein Gefühl schrecklicher Nutzlosigkeit. Ich war sowohl leer als auch übervölkert, einem Zusammenbruch nahe. Einen Grund, um zu schreiben, hatte ich nicht mehr, mein Vater wohnte direkt unter mir. Es wäre mir nicht in den Sinn gekommen, einfach so, ohne ein bestimmtes Ziel, nur zum Vergnügen, aus Bedürfnis, zur Feder zu greifen. Einen Augustmonat verbrachte ich hinter geschlossenen Vorhängen und schwitzte unter den Bettüchern, überzeugt, daß in Aktion zu leben die Zuflucht der Schwachköpfe sei. So rechtfertigte ich die Angst jener feuchten Nächte, die Leiden jener endlosen Tage.

Der September kam, und ich fand – in Ermangelung eines Lebenssinnes – zu einem Lebensrhythmus zurück. Mein Vater hatte mich in einer Privatschule in der Rue de Rome angemeldet. Wenn die Unterrichtsstunden zu Ende waren, stürzte ich zum Bahnhof Saint-Lazare, so als wollte ich jemanden abholen, und war damit den üblichen Spritztouren mit den Klassenkameraden enthoben. Ich entdeckte das Vergnügen, im Kommen und Gehen der Durchreisenden unterzutauchen, und die neue Vorliebe gab mir wie-

der Mut. Ich hatte den Eindruck, mich dem von mir angestrebten Zustand ständigen Ungleichgewichts zu nähern, wenn ich unbeweglich im Bett lag. Bei Tag und bei Nacht, je nach meinem Stundenplan, begann ich mich in der Schalterhalle herumzutreiben. Ich zählte meine Hin- und Rückwege vom Buffet bis zum Denkmal, wie ein Schwimmer im Becken seine Lagen zählt. Ich lernte das kreischende Geräusch der eintreffenden Vorortzüge vom leisen Quietschen der abfahrenden Fernzüge zu unterscheiden. Ich reiste mit den Ohren. Ich liebte den Geruch des Eisens und den scharfen Geschmack, den er noch lange nachher im Mund zurückläßt.
Ich war nicht der einzige, der diese anonymen Räume schätzte, doch ich begriff sehr bald, daß es nicht angebracht war, die anderen Stammbesucher zu grüßen. Wie auf dem Friedhof Père-Lachaise, den ich im Jahr danach aufsuchte, bestand das Spiel darin, für einen gewöhnlichen Reisenden gehalten zu werden. Jeder bringt seinen kleinen Hintergedanken mit, man schlängelt sich zwischen den Gräbern oder den Bonbonautomaten durch, man geht mit niedergeschlagenen Augen ganz nah aneinander vorbei. Arglos wirken lautet das Geheimnis jener, die im Blick des anderen nicht dem Widerstand der eigenen Einsamkeit begegnen wollen. In der Gepäckaufbewahrung gab ich einen alten Koffer ab, den ich dann und wann abholte, um meine Verlegenheit zu bemänteln. Seinen Inhalt wollte ich nicht kennenlernen, ich hatte das Bedürfnis, mich zu verlieren, mir Fahrten und Verpflichtungen auszudenken. Oft stellte ich mich in

eine Schlange, die längste, und wartete, die Füße ungeduldig gegeneinander schlagend, bis ich an die Reihe kam. Im Augenblick, da ich meinen Fahrschein hätte lösen sollen, machte ich mich aus dem Staub, rannte, um einen imaginären Zug noch zu erreichen, leise fluchend davon. Ich lebte von Hot-Dogs und Schinken-Sandwiches, deren zu einer Kugel zerknüllte Pergaminhülle ich noch lange in der Hand behielt. Sonntags suchte ich als Tourist den Bahnhof Lyon oder den Bahnhof Austerlitz auf. Ich stellte Vergleiche an, bewertete die Unterschiede, den Geräuschpegel, die statistische Masse. Trotz seiner wenig einnehmenden Architektur blieb – und bleibt noch immer – Saint-Lazare mein liebster Zufluchtsort. Ich bin dort auf erobertem Gelände, wie ich es von meiner ersten Begegnung mit Hedwige an auch war.

Nach einer nicht enden wollenden Fahrt im Taxi, das nach Schweiß roch, kamen wir zum Marseiller Hafen. Die Kontrollbeamten der Gesundheitsbehörde sperrten mich eine halbe Stunde lang in ein stickiges Büro, ehe ich Zugang zu Hedwiges Kiste erhielt. Ich wurde einem regelrechten polizeilichen Verhör unterzogen, das erst ein Ende fand, als es meinem Verhandlungspartner gelang, den Zoodirektor zu erreichen. Die Zwischenwände waren dünn, und ich hörte die Schilderung, die er am Telefon von mir gab. Ich hatte nie gedacht, daß meine Person einen so endgültigen Eindruck hinterlassen könnte. In zwei Sätzen war ich klassifiziert und – schlimmer noch – durchschaut. War ich so klein, so braun, so mager, wie er sagte? Warum empfand er das Bedürfnis hinzuzufügen, daß ich trotzdem geläufig Französisch spräche? Ich fühlte mich plötzlich wie eine in einen Waschkessel mit kochendem Wasser getauchte Wolldecke eingehen und verfilzen, unfähig, gegen das Bild anzukämpfen, das sich schamlos meinem Körper aufdrückte. Ich war nichts als braun, mager und klein, ich existierte nur in diesen drei Worten, und nichts in meinem Verhalten, meiner Art zu sprechen, mich zu bewegen, hätte es vergessen machen können.

Schließlich aber war ich der Beauftragte des Zoologischen Gartens von Paris, Modell in verkleinertem Maßstab zwar, trotzdem jedoch beauftragt, darum schuldete man mir ein Minimum an Respekt. Der Mann, der telefoniert hatte, fragte mich, ob ich so liebenswürdig sein wolle, ihm zu folgen, und ich stand auf, kleiner, dunkler, rachitischer denn je. Der Gang über den Hafen war ein wahrer Kreuzweg. Um mir Mut zu machen, versuchte ich mir die Metallstruktur des Bahnhofs Saint-Lazare über meinem Kopf zu denken, aber überall war nur Wasser und Himmel und diese Sonne ohne Schatten, die das Glück der sommerlichen Menschenmassen ist. Der Boden würde unter den Füßen weichen, die Schiffe würden kentern, ihre Masten unter grauenhaftem Donnergetöse bersten. Meine Führer umgaben mich mit ihrem elastischen, sorglosen eiligen Gang. Und weit davon entfernt, mich wieder aufzurichten, bestärkte gerade die Sicherheit ihres Auftretens dieses Gefühl einer bevorstehenden Katastrophe, das mich in gefährlichen Wellen überflutete. Ich habe das Meer stets gehaßt, seinen Geruch, seine Unermeßlichkeit. Mein Vater hatte mich in den Ferien einmal hingeschleppt, wir brachten die Zeit zwischen Ambulatorium und Apotheke zu. Voller Ausschlag war ich in die Normandie zurückgekehrt. Der Hausarzt erklärte mich für allergisch gegen die Gischt, ich wurde mit Quecksilbersalbe eingepinselt, und es war nie mehr die Rede davon, mich zur Erholung ins Croisic zu schikken.

Meine Beklemmung wich, als wir in den Schuppen traten. Die Kisten häuften sich um uns, Schutzwälle einer gefräßigen, zerrütteten Gesellschaft. Tonnenweise waren hier fehlgeleitete Waren, die gehorsam auf ihren Eigentümer warteten. Der Mann, der telefoniert hatte, erzählte mir, daß eine Ladung von zweihundert Papageien im vergangenen Jahr hier solchermaßen zurückgelassen worden war. Bis man die Empfängerfirma ermittelt hatte – die übrigens die Vorsichtsmaßregel getroffen hatte, Konkurs anzumelden –, hatten die armen, durch die Raumnot wahnsinnig gewordenen Tierchen sich gegenseitig aufgefressen und waren eines nach dem anderen eingegangen. Jeden Morgen hatte man, von betäubendem Lärm begleitet, zu Dutzenden die furchtbar verstümmelten Kadaver entfernen müssen, die hinten in den Käfigen lagen. Ich dachte an Mèrades Meerschweinchen, und gleichsam um mich vor jenen beängstigenden Vorstellungen zu schützen, fragte ich meinen Gesprächspartner, ob er schon einmal Papagei gegessen habe. Er sah mich entsetzt, dann zweifelnd an, unschlüssig, ob meine Frage ernst zu nehmen sei, und richtete das Wort nicht mehr an mich. Je weiter wir in das Labyrinth der havarierten Waren vordrangen, desto dunkler wurde der Schuppen. Ich sann darüber nach, welch außerordentliches Forschungsgelände diese stagnierende Masse für einen zukünftigen Archäologen darstellen würde. Oft stelle ich mir vor, wie die postnuklearen Forscher sich über die Überreste unserer Zivilisation beugen. Ich frage mich, welchen seltsamen Kult sie uns andichten werden, wenn sie die Gegenstände unserer täglichen Verehrung rekonstruieren. Die Zeit ist nicht so fern, da die Menschen, die Überlebenden, Ausgrabungen machen, um zu erfahren, woher sie kommen und warum sie, ohne Erinnerung, an der Spitze einer Armee von Kadavern, da sind. Wie viele kleine Schätze habe ich nicht eingescharrt in der Hoffnung, daß spätere Generationen in ihnen die Spuren meines Erdenwandels erkennen würden. Mein Vater duldete eine solche Zukunftsvision nicht, er hielt sie für übereilt und pessimistisch. Er verstand nicht, daß sie das einzige Mittel war, das ich gefunden hatte, um ohne allzu große Schwierigkeit mit ihm zusammen zu wohnen. Der provisorische Zustand unseres Daseins – dies nicht mehr auf individuellem Niveau, sondern in der Rangordnung der menschlichen Rasse – machte die Lügen, mit denen wir uns herumschlugen, sehr verzeihlich. Mit neunzehn Jahren lebte ich schon wie die Davongekommenen, meiner Vorrechte bewußt und darauf bedacht, sie zu wahren, den Körper in eine imaginäre Schwimmweste gezwängt, deren Dicke mich von den anderen absonderte. Ich wußte es, litt darunter – und hätte um nichts in der Welt diesem Leiden entrinnen wollen.

Nachdem wir längere Zeit durch die Zollager des Hafens von Marseille gegangen waren, hatten sich unsere Augen an das Halbdunkel gewöhnt. Als wir in den Hof kamen, in dem Hedwige sich befand, brauchte ich eine Weile, um mich an das Sonnenlicht zu gewöhnen. Die Kiste stach von der mit Kalk geweißten Wand deutlich ab. Sie erschien mir riesig und schwarz, wie ein Fehlen von Raum, ein stumpfes Loch ohne Tiefe, das alles Licht absorbierte. Drei Zollwächter hielten Wache, und blindlings streckte ich ihnen den Brief des Direktors entgegen. Jemand nahm ihn in Empfang, ich wurde mit meinem Vornamen Joseph vorgestellt, so als ob das in meinem Alter genügte. Man gab mir dreimal die Hand. Der Mann, der telefoniert hatte, schob mich zu einer Bockleiter hin und forderte mich auf hinaufzusteigen. Ins Innere der Kiste öffnete sich eine kleine Luke. Begierig darauf, wieder in die Dunkelheit einzutauchen, steckte ich den Kopf ganz hinein. Ein saurer Fäulnisgeruch schlug mir entgegen. Während des Bruchteils einer Sekunde hatte ich den Eindruck, das Wesen dessen, was meine Kindheit auf dem Bauernhof gewesen war, wiederzuerleben. Etwas bewegte sich und drängte sich an mein Gesicht. Ich zog mich sacht zurück, von dem sanften, feuchten Gestank berauscht. Meine Erschütterung war so stark, daß sich mein

Körper instinktiv ans Holz der Leiter preßte. Ich tauchte wieder ins Dunkel und blieb dort, bewegungslos, die Finger um das Fenstersims gekrampft. Und wieder kam Hedwige zu mir. Ich hatte wohl bei ihrer Berührung gestöhnt, und ihr Fell zuckte vor Überraschung. Ich hätte gewünscht, daß dieser Augenblick ewig dauern möge.
Eine Hand umfaßte meinen rechten Knöchel, mir war, als zöge sich mein ganzes Sein zusammen. Bebend fuhr ich abermals mit dem Kopf zurück und blickte nach unten. Einer der Zollbeamten hielt sich die Nase zu.
»Sie stinkt, die kleine Hedwige«, erklärte er unter kehligem Lachen.
Ich glaube, wenn seine Kollegen nicht dagewesen wären, hätte ich ihn umbringen können. Ich bot mich an, auf den Kistendeckel zu klettern und zu versuchen, die verklemmte Tür zu öffnen.

Drei Meter über dem Fußboden hockend sah man das Meer. Ich schlug wie ein Irrer mit einem Metallhammer zu, unter meinen Füßen stampfte Hedwige mit den Hufen. Endlich gab die Angel nach und, von meinem Schwung mitgerissen, wäre ich fast hinabgestürzt. Ich krümmte mich zusammen. Es bedurfte der Vermittlung der drei Zollbeamten und der Befehlsgewalt eines vierten, um mich schließlich dazu zu bewegen, wieder hinunterzuklettern.

Nach zweitägiger Reise im Zug, dann im Transportwagen bis zum Zoo von Vincennes war ich es, und ich allein, dem Hedwige zu folgen geruhte, um ihre Kiste zu verlassen, den Weg zu überqueren und ins Innere ihrer neuen Loge zu treten. In diesen fremden Gebieten erkannte sie mich schon als bevorzugten Gesprächspartner an. Gleich nach unserer Ankunft ließ mich der Direktor in sein Amtszimmer rufen. Die Farbe hatte mittlerweile Zeit gehabt zu trocknen, aber die Stühle standen immer noch, mit ihrem Sicherheitskordon aneinandergefesselt, in den vier Ecken. Zu meiner Erleichterung erfuhr ich, daß meine Funktionen sich auf die ausschließliche Pflege Hedwiges beschränken sollten. Der Oberwärter würde mich über alles informieren. Was die Einteilung der Arbeitsstunden betraf, so überließ der Direktor es mir, mich mit den anderen Pflegern abzustimmen.

Dank der wertvollen Ratschläge des Oberwärters kam ich mit Hedwige sehr bald zurecht. Es ist allerdings zu sagen, daß meine Aufgabe nicht schwierig war. Ihre Mahlzeiten wurden von den Zooköchen zubereitet, ich mußte sie ihr lediglich bringen und ihren Käfig reinigen. Ich tat es mit mechanischer Aufmerksamkeit, wie um mich vor ihrem Einfluß zu schützen. Ein sonderbares Schamgefühl verbot mir, Hedwige in dem ihr gebührenden Maße anzuerkennen. Sie erschien mir damals so anders als ich, so mir fernstehend. Ich ignorierte sie lieber, sie war nur ein Gegenstand, ein Gegenstand meiner Pflege, sonst nichts.

Froh, der väterlichen Atmosphäre zu entkommen, dehnte ich die Zeit meiner Anwesenheit bis aufs äußerste aus. Das Zoo-Personal nahm mich hin, ohne mich wirklich zu bemerken, ich war für sie nur ein Zubehör, der kleine Mann im Schatten der großen Hedwige. Manche glaubten, daß ich aus Südafrika stammte und nicht Französisch spräche – und ich tat nichts, um sie davon abzubringen. Sie behandelten mich mit herablassender Freundlichkeit, und als einer von ihnen sich in etwas Ähnlichem wie Englisch mit mir zu unterhalten versuchte, blickte ich ihn mit bekümmerter Miene an. Ich spürte, daß der Schatten eines Zweifels seinen Geist durchzog. Sein Lächeln erstarrte. Er versuchte es nie mehr. Das war mir nur recht. Blind vor Angst, die Phantome meiner Kindheit zu wecken, brachte ich den Menschen meiner Umgebung nur schwaches Vertrauen entgegen. Die Ereignisse glitten an mir ab, ohne einen spürbaren Eindruck zu hinterlassen. Der uneingestandene Zweck dieser Gleichgültigkeit – dies verstand ich erst später – zielte darauf ab, die im Hafen von Marseille durch Hedwige in mir heraufbeschworene Erschütterung auszulöschen. Auszulöschen, oder vielmehr auszureißen, wie man Unkraut ausreißt. Denn in der Tat, wie könnte man es von seinem Körper hinnehmen, daß er sich von einem Stallmistgeruch erregen läßt? Wie war die verzweifelte Raserei zu erklären, die sich meiner bemächtigt hatte, als ich, oben auf der

Kiste hockend, mit wuchtigen Hammerschlägen auf die Tür losging, die mich von Hedwige trennte? Nein, besser war es zu vergessen. Jene Erregung der Reise zuzuschreiben und der plötzlichen Verantwortung, die mir übertragen worden war. Darum blieb ich nach beendetem Arbeitspensum niemals bei Hedwige. Ich ging spazieren. Oft hatte ich den Eindruck, zur Ausstattung zu gehören. Ich war eine Vogelstange, ich war ein Felsen, man sah mich an, ohne mich zu bemerken, ich beobachtete, ohne angesehen zu werden. Die Besucher, denen ich den Vorzug gab, gingen, die Hände in den Taschen, mit weit ausgreifenden Schritten durch die Alleen des Gartens und blieben vor den leeren Käfigen stehen. Sie suchten. Ein unsichtbarer Vorhang trennte sie von der übrigen Welt.

Von den ersten Tagen an erfüllte mich die Gewißheit: der Zoo ist eines jener magischen Reviere, das sich nur den Geduldigen und Unaufdringlichen offenbart. Die Person, die sich hier aufführt, als ob ihr alles gehöre, wird nicht mehr sehen, als man ihr zu zeigen geruht. Alles wird ihr organisatorisch erfaßt, effizient, logisch erscheinen, und in gewissem Sinn hat sie recht. Zu regelmäßigen Zeiten werden die Tiere gefüttert, kommt und geht das Publikum, die Arbeitskolonnen wechseln sich ab, um die zum Betrieb des Unternehmens notwendigen Dinge zu verrichten. Und doch entsteht hinter den Gitterstäben eine Welt von barbarischer Poesie, in der jeder als einzelner wirkt, in der, Menschen und Tiere ver-

mischt, alle lebenslänglich an Bord dieser Arche sind, in der ungewissen Erwartung der Sintflut.
Der Direktor regierte diese Mannschaft als absolutistischer Herrscher, von seinen Abenteuern wurde in der Bar wie von den sagenhaften Taten eines Helden des Altertums erzählt. Damals wählte er seine Angestellten selbst aus, vom einfachsten Gärtner bis zum obersten Veterinär, was der Gesamtheit des Personals einen geheimnisvollen Zusammenhalt verlieh. Er kannte uns alle bei unseren Vornamen. Jeden Morgen unternahm er seine Inspektionsrunde. Sobald ein Gespräch sich in die Länge zog, setzte er sich rittlings auf seinen unvermeidlichen Feldstuhl, die Fersen in die Erde gerammt und den Oberkörper nach vorn geneigt, wie ein Reiter vor dem Hindernis. Das von der ständigen Abnutzung weich gewordene Leder paßte sich ohne Scham den intimen Teilen seiner Anatomie an. Die Art, wie er auf dem Ding ritt, während er die Berichte der Pfleger anhörte, verriet mir bald die Zweideutigkeit seiner Person. Ich lernte an den Bewegungen seines Beckens den Fortschritt seines inneren Dialogs abzulesen. Er liebte die Frauen, alle Frauen. Trotz seines vorgeschrittenen Alters hatte man ihn in Verdacht, auf die neuen auszubildenden weiblichen Mitglieder seinen Charme auszuüben. Wenn man der Wirtin des Restaurants glauben konnte, hegte er eine Vorliebe für einfache, mollige Naturen. Ich stellte das genaue Gegenteil seiner Gelüste dar. Anfänglich machte mir das schwer zu schaffen. Nicht als ob ich mit ihm eine besonders enge Beziehung hätte eingehen wollen, ein solcher

Gedanke wäre mir nie gekommen, doch die Vergünstigungen, die er seinen Schützlingen zugestand, empörten mich. Da ich den Schulen koedukativen Charakters ferngeblieben war, hatten sich mir die Probleme der Rivalität und der Verführung nie gestellt. Die jungen Frauen erschienen mir wie wandelbare Wesen, die geheimnisvollen Beschäftigungen nachgingen. Ich beobachtete, wie sie untereinander redeten, und alles in ihrem Betragen erstaunte mich. Sie ängstigten mich nicht, sie waren mir fremd. Wie konnten sie es wagen? Daß der Direktor sich in ihrer Gegenwart lächerlich machte, schien mir seiner und unser aller, die wir ihm unterstellt waren, unwürdig. Die kleinen Mädchen sind anders. Zwar können auch sie sich nicht zurückhalten, sie sind von ihrem eigenen Charme berauscht, aber ich habe sie stets beneidet. Ihr Betragen im Zoo war eines der Dinge, die mich anfänglich am meisten erstaunten. Sie zeigen ein ganz anderes Verhältnis zu den Tieren als die Erwachsenen, ein nahes, gewiß, ein jedoch auch aggressives Verhältnis. In den ersten Sommertagen trugen sie die Kleider ihrer älteren Schwester, Kleider mit im Rücken gekreuzten Trägern. Am Halsansatz, am Beginn der Schulter, an der falschen Stelle, bildete sich manchmal eine Falte, wie auch in der Kniekehle, wo die Haut so durchscheinend war, daß man die Venen sich abzeichnen sah. Es war ein wenig beängstigend, sich dieser bedrohlichen Zartheit bewußt zu werden. Ich hätte diese Einzelheit wohl gar nicht bemerkt, wenn nicht eines der kleinen Mädchen mir auf ganz unerwartete Weise aufgefallen wäre. Mein Leben lang werde ich mich an jenen Sonntag erinnern. Ich hatte mich ans Fenster meines bevorzugten Beobachtungspostens gestellt, im Heuspeicher, der über den Felsen der Paviane blickt, als mir direkt gegenüber ein Mann anfing, sich zu masturbieren. Es war ein schöner Tag, und die Menge drängte sich auf den Wegen des Zoogeländes. An ihren zotigen Begeisterungsäußerungen schien er nicht den geringsten Anteil zu nehmen. Seine Hand im Lederhandschuh bewegte sich auf und ab mit der regelmäßigen kalten Traurigkeit eines Vogels. Seine verstörten Augen folgten auf den Felsen den karmesinroten Popobakken eines alten Weibchens. Sein Gesicht verkrampfte sich wie im Schmerz. Japanische Halbwüchsige machten mit der Kamera Jagd auf die Affen, sie hatten eine seltsame Art, nach jeder Photographie zu lachen. Was sahen sie durch ihre Objektive, was wir nicht auch hätten sehen können? Vom mechanischen Tanz der Apparate gefesselt, hatte ich nicht bemerkt, daß sich ein kleines Mädchen davorgeschoben hatte. Sie bahnte sich entschlossen einen Weg bis hin zu dem Mann, ihre Lockenfrisur legte sich an sein Geschlecht. Einen Augenblick hielt er inne, hielt überrascht den Atem an, dann drehte er sich leicht nach links und setzte sein hartnäckiges Bemühen um ein sich schwierig anlassendes Vergnügen fort.

Ich war der einzige Zeuge dieser Szene, ein Vorzug, der mich schuldbewußt machte und mir ein Gefühl der Ohnmacht gab. Mit neunzehn Jahren kannte ich die Liebe nur von einigen Bildern aus meiner Kindheit auf dem Bauernhof her, als der Stier die Kühe bestieg oder Malcolm in der Hündin des Feldhüters steckenblieb. Bei der geringsten Bewegung heulten sie aus Leibeskräften. Was mich am meisten entrüstete, war das Verhalten des kleinen Mädchens. Sie schien die Situation zu genießen, rieb sich an den Beinen des Mannes und stieß Freudenschreie aus, die zu schrill waren, um nur den Pavianen zu gelten. Ihre Komplizenschaft – die bisher unaufdringlich gewesen war – zeigte sich deutlich, als sie anfing, ihnen Erdnüsse hinüberzuwerfen. Sie beugte sich zurück, um Schwung zu nehmen, stieß mit dem nackten Arm gegen den Leib ihres Nachbarn und zielte, wie um ihn zu erregen, auf die prallen Hinterteile der armen Tiere. Wenn das Geschoß seine Zielscheibe erreichte, brach das kleine Mädchen in helles Lachen aus, drehte sich um und suchte in seinem Blick ein Zeichen heimlichen Einverständnisses. Doch er verhielt sich ausweichend und war gewiß ebenso peinlich berührt wie ich. Ich glaube, daß er mich bemerkte, denn seine Hand hörte auf, sich zu bewegen, als meine in meinen Hosenschlitz fuhr. Ich versteckte mich hinter dem hölzernen Fensterladen. Der Mann zog seine Jacke aus und verhüllte sich mit ihr. Ich fand ihn schön. Seine Kleidungsstücke schmiegten sich einem langen zarten Körper an, einem jünglingshaften Körper. Nur sein Gesicht drückte, in Übereinstimmung mit der Situation, brutale Kraft aus. Sein kurzer Haarschnitt betonte eine riesige, von unregelmäßigen Furchen durchzogene Stirn. Warum hatte er seine Handschuhe angelassen? Die bedürftige und beherrschte Art seiner Gesten beeindruckte mich.

Beinahe unwillkürlich bemühte ich mich, sie nachzuahmen, und ich atmete im gleichen Rhythmus wie er. Ich war sein unsichtbarer Spiegel; sicherlich erriet er das, denn er ließ die Augen nicht vom Fenster. Ich beherrschte die Szene von meinem Schlupfwinkel aus, seine Kühnheit ermutigte mich, wieder ans offene Fenster zu treten. Er schob seine Jacke ein wenig zur Seite, und seine Hand kam zum Vorschein, weiß und glatt wie die eines Säuglings. Angesichts dieser porzellanenen Fragilität schwand mein letztes Zaudern. War sein Geschlechtsteil nicht viel kleiner als meines? So kindisch es auch erscheinen mag: diese Feststellung erfüllte mich mit einer mir sonst kaum je eigenen Sicherheit. Ich suchte mich nicht länger zu verstecken. Das kleine Mädchen ahmte mit wunderlichen Grimassen die Mimik der Affen nach. Sah es mich? Ich fing seinen Blick auf, ja, es blickte mich nun unverwandt an und lutschte am Finger; die Verhältnisse kehrten sich um, ein gereizter Affenmann warf eine alte Brotkruste in die Menge. Für wen hielt man ihn eigentlich? Die Menschenhorden, die sich vor den Gittern zusammenballten, warfen ein verwirrendes Bild der Außenwelt zurück. Vor welchem furchteinflößenden Gegner suchten sie sich zu schützen? Alle bettelten um ein Zeichen der Anerkennung, und die Tiere, die es müde waren, auf ihre unaufhörlichen Herausforderungen zu antworten, flüchteten sich in dummes Gestikulieren. Nur der Mann und das kleine Mädchen hoben sich von der Masse wie Leuchtkäfer ab, zuckende, dem wilden Gras, das die Wege meiner Kindheit säumte, sich anklammernde Lichter. Daraufhin überstürzte sich alles: sie, eingekeilt zwischen uns beide, die doppelte Bewegung unserer Hände; sie, von einem Fuß auf den anderen hüpfend, unsere schweigenden Anstrengungen, sie...

Am Ende des Wegs erhebt sich der Bauernhof, mit aufgelöstem Haar erwartet mich meine Ziehmutter auf der Türschwelle. Ihr Mann überfällt sie von hinten, sie stößt einen Schrei aus, ich verstecke mich hinter einem Busch. Sie beugt sich vornüber, was sucht sie? Er würgt sie mit seinen starken Armen, sie will davonlaufen, sträubt sich, aber er hält sie fest an sich gepreßt...

Die Luft verdichtete sich zu einem undurchlässigen Nebel, und das Bild löste sich auf und ließ mich feucht und matt zurück, freudlos.

Als ich wieder aus dem Fenster schaute, war der Mann fortgegangen. Ich stürzte die Speichertreppe hinunter, schwankend zwischen Begierde und Angst, Wohlwollen und Ekel. Meine klebrigen Finger glitten über das Geländer. Ich stellte mir vor, daß die Leichen der Samenfäden sich in den Furchen meines Handtellers mit dem Staub des Holzes vermischten. Ich war so voller Ungeduld, daß ich die Türschlüssel ins Stroh fallen ließ und einige lange Minuten damit verlor, sie wiederzufinden. Im selben Augenblick, als ich hinaustrat, rannte mir das kleine Mädchen vor der Nase davon. Es lief zu einer jungen Frau, die friedlich auf einer Bank saß und auf es wartete. Der Mann war verschwunden. Ich ging zum Ausschank, in der Hoffnung, daß er auf den Gedanken gekommen sein könnte, mich dort zu suchen. Er war nicht dort. Zum Trost sagte ich mir, daß ich es niemals gewagt hätte, ihn anzureden. Ohne lange zu fragen, servierte mir die Wirtin ein Glas Weißwein. Die getigerte Hauskatze kam und setzte sich direkt vor mich auf den Tisch. Mechanisch kratzte ich sie auf dem Kopf, und sie fing an zu schnurren. Die Erde schien mir menschenleer, gerade noch lebenswert für die privilegierten Wesen, die mit anonymen Liebkosungen zufrieden sind. Ich dachte an meinen Vater. Abends zuvor hatte ich ihn in der Badewanne gefunden, schlafend. Ich konnte seinen Verfall nicht länger mit ansehen. Beim dritten Glas Wein machte der große Überdruß einer angenehmen Schlaffheit Platz. Man mußte die Dinge nehmen, wie sie kamen. Ich glaube, daß das kleine Mädchen an mir vorbeiging und einen gewaltigen Pandabären aus Plüsch in den Armen trug, aber mit Sicherheit könnte ich es nicht behaupten. Sie gleichen einander alle. Ich stand auf und ging zur Kasse am Eingang Daumesnil.

Die Kassiererin hieß Jeanne Blin. Sie war die einzige Angestellte im Zoo, deren vollen Namen ich kannte. Als sie eines Morgens gesehen hatte, daß ich unschlüssig war, welche Richtung ich einschlagen mußte, um zum Oberwärter zu gelangen, hatte sie es sich in den Kopf gesetzt, mir die Anordnung und den Betrieb des zoologischen Gartens zu erklären. Sie war es, die mir auf dem Plan die Lage des Speichers oberhalb des Paviankäfigs gezeigt hatte. Dort waren früher die Salzvorräte aufbewahrt worden. Mit bemerkenswerter Präzision hatte sie mir vom stündlichen Ablauf des Alltags an dem Ort erzählt, der in den neunzehn Jahren, die sie hier arbeitete, zu ihrem Gebiet geworden war. Jeanne kannte den Zeitplan jedes einzelnen in- und auswendig. Dabei blieb sie von morgens bis abends in ihrer Kasse eingesperrt, einem hölzernen Häuschen, dessen Wände mit Ansichten tapeziert waren. Heute glaube ich, daß ich sie den anderen Insassen des Zoos gleichsetzte und es mir erlaubte, ihr in dieser Eigenschaft – ausschließlich dieser Eigenschaft – Besuche abzustatten. Sie war das erste Tier auf dem Rundgang, dazu abgerichtet, Eintrittskarten zu verkaufen, das Hartgeld zu zählen und Soldaten in Uniform (bis zum Unteroffiziersgrad) gratis einzulassen. Auf dem Lageplan zwischen »Geiern« und »Garagen« eingeklemmt. Ich empfand für sie ein Gefühl des Mitleids, das durch nichts gerechtfertigt war. Ich hatte Lust, sie zu beschützen, sie zu ernähren, ihr die Arme zu streicheln. Es war lächerlich, niemand hatte je so auf mich gewirkt. Ihr gelocktes Haar, das durch wiederholte Tönungen eine undefinierbare Farbe angenommen hatte, faszinierte mich. Ihr üppiger Busen kam durch eine weiße Bluse – immer dieselbe – von sanfter Durchsichtigkeit zur Geltung. Ich wäre gern ihre Mutter gewesen, sie hätte die meine sein können. Jeanne, Joseph, zweimal fünf Buchstaben, denen ein J voranging, ihr Name erinnerte mich an meinen. Schon glaubte ich nicht mehr an Zufall.

Jeden Morgen ging ich, um sie zu begrüßen, mit der gleichen Freude bei ihr vorbei, bis zu jenem Sonntag, als ich, von dem kleinen Mädchen und den Pavianen beunruhigt, mich mitten am Nachmittag ohne Entschuldigung oder Vorwand einfach vor ihrer Kasse aufpflanzte, weil ich das verzweifelte Bedürfnis hatte, jemandem gegenüberzustehen, der mit mir wie mit einem Menschen reden würde, trotz des Spermas auf dem Treppengeländer, der Farbe meiner Haut, der drei Glas Weißwein und meines Wunsches, den ich nicht eingestehen konnte, den Kopf meines Vaters sacht im kalten Wasser der Badewanne versinken zu sehen. Und Jeanne Blin tat genau das, was ich von ihr erhoffte. Sie erkundigte sich nach meinem Befinden, beschwerte sich über die Hitze, beklagte den Tod Li-Lis, eines Geschenks von Mao Tse-tung, des männlichen Pandas, der von einem Bauchspeicheldrüsenkrebs hinweggerafft worden war. Sie weinte fast, als sie Yen-Yen erwähnte, seine nunmehr zur Einsamkeit verurteilte Gefährtin. Ich stützte die Ellenbogen auf den Schaltersims, hörte ihr zu und fühlte mich wohl. Einen Augenblick lang glaubte ich, wir könnten wahre Freunde werden. Als sie sich bückte, um ein heruntergefallenes Geldstück aufzuheben, beugte ich mich über die Ablageplatte. Ich sah eine im hinteren Teil der Bretterbude an die Wand genagelte Ansichtskarte genauer an. Es war die Photographie einer verfallenen Hütte am Rand eines von Bergen gesäumten blauen Sees.

»Das ist Norwegen«, erklärte sie mir feierlich, so als ob sie ein bedeutendes Familienmitglied vorstellte.

»Sehr erfreut«, antwortete ich und neigte mich noch ein wenig weiter vor.

Ich hatte nicht versucht, komisch zu sein, Jeanne aber lachte. Seit langem war es das erste Mal, daß ich jemanden so herzlich zum Lachen brachte. Zwar war es vorgekommen, daß ich einiges Kreischen hervorrief, doch die Leute wußten nie, was sie von mir halten sollten. Ich machte meine Scherze in den unerwartetsten Augenblicken, meine Miene blieb steinern, niemand verstand das geringste. Als ich mich Norwegen entgegenbeugte, nutzte ich dies jedenfalls, um einen Blick auf Jeannes Beine zu werfen. Da gewahrte ich den in eine Ecke gestellten Feldstuhl des Direktors. Es verschlug mir den Atem. Etwas weiter lag sein granatroter Schlips auf dem Boden. Ja, sein Selbstbinder, dessen war ich ganz sicher, sah zu Füßen der Kassiererin unter dem gestreiften Leinenvorhang hervor. Ich glaubte, mich von dem Anblick, der ungeheuerliche Bilder in mir hervorrief, nie mehr losreißen zu können. Jeanne legte mir die Hand auf die Schulter, und ich spürte, daß sie mich zurückzudrängen versuchte. Ich leistete Widerstand. Sie näherte ihren geschminkten Mund meinem Ohr und so, als flüsterte sie mir einen schlüpfrigen Witz zu, bat sie mich, ihr ein Paket Papiertaschentücher zu kaufen.

»Heuschnupfen«, gab sie zur Erklärung und verstärkte den Druck ihrer Hand. Ich rührte mich nicht von der Stelle. Aus dem Widerstand entwickelte sich eine sonderbare Lust. Ich dachte an Malcolm. Neben Norwegen war eine andere Ansichtskarte mit Reißzwecken an die Wand geheftet, sie stellte die Romulus und Remus säugende kapitolinische Wölfin dar.

Die Bronze glänzte wie feuchte Haut in der Sonne. Mit einem Ruck richtete ich mich wieder auf und ging ohne weitere Erklärung.
Als ich ihr die Taschentücher brachte, war der Rolladen der Baracke herabgelassen. Ich legte sie auf die Bank gegenüber der Kasse, ging zurück und postierte mich wieder ans Fenster des Heuspeichers. In einer Felsspalte, dicht aneinandergedrängt, ruhten sich die Paviane von ihren sonntäglichen Orgien aus. Die letzten Besucher wagten kaum mehr, vor den Käfigen stehenzubleiben. Jetzt bald würde der Zoo schließen. Ob mein Vater mich zum Abendessen erwartete?

Ich sollte nie erfahren, ob der Direktor tatsächlich hinter dem gestreiften Leinenvorhang gekauert hatte. Aufgrund der übertriebenen Freundlichkeit, die mir die Kassiererin am Tage danach und den folgenden Tagen erzeigte, bin ich allerdings versucht zu sagen, daß mein Verdacht nicht nur die Frucht meiner Phantasie war. Sie bot mir aus dem Becher ihrer Thermosflasche Kaffee an und stellte mir eine Menge Fragen über meine Vergangenheit. Glaubte sie mein geheimes Einverständnis zu gewinnen, indem sie mich nötigte, ihr vertrauliche Mitteilungen zu machen? Ich erzählte ihr mit zweifelhafter Ernsthaftigkeit alles mögliche. Mein Schweigen stand nicht zum Verkauf; wenn sie meine Freundin hätte sein können, hätte Jeanne dies verstanden, und die Eifersuchtsszenen ihres alten Ehemannes – denn sie war verheiratet – waren mir genauso wenig wichtig, wie meine normannische Kindheit sie interessierte.

Meine Enttäuschung wuchs bei jedem meiner Besuche. Ich schwor mir, nicht mehr zu ihr zu gehen, doch eine mir unerklärliche Macht zwang mich tagtäglich, den zur Kasse führenden Weg einzuschlagen. Obwohl Jeannes Reden mich oft ärgerten, war mir ihre Gegenwart unentbehrlich geworden. Ich hatte das Bedürfnis zu hören, wie ihre ein wenig falsch klingende Stimme gegen Satzende jeweils wie eine dahinwelkende Tulpe erstarb. Später begriff ich, daß mir lediglich die Vorstellung, nicht bei ihr zu sein, unerträglich war. Was tat sie in meiner Abwesenheit? Warum machte ihre Strickerei nicht schnellere Fortschritte, warum?

Seit sieben Wochen arbeitete ich im Zoo, als sich endlich eine Unterhaltung über das Thema Verrat und Liebe entspann. Jeanne Blin ereiferte sich, ihre Augen schimmerten in einem Glanz, den ich nicht an ihnen kannte. Mit Wehmut beschwor sie die leidenschaftlichen Begegnungen ihrer Jugendzeit, um einzuräumen, daß sie sich seit jenen Jahren kaum verändert fühlte. Wie es dazu kam, weiß ich nicht mehr, aber ich erinnere mich noch genau des Augenblicks, in dem ich den Entschluß faßte, ihre Liaison mit dem Direktor zunichte zu machen. Die Szenerie erhellte sich mit einem Schlag. Jeanne mochte reden, soviel sie wollte, ihre Begeisterung ließ mich kalt. Wurde ihr meine veränderte Einstellung bewußt? Sie verstummte. Ich lächelte ihr zu. Jeanne lächelte zurück. Schon brütete ich in meinem Kopf die Pläne der schrecklichen Erpressung aus, die ihr und, indirekt,

mein Leben verändern sollten. Ein seltsamer Stolz erfüllt mich, wenn ich an die ganze Geschichte zurückdenke. Dabei sollte ich mich schämen.
Was die Erpressung angeht, so beschränkte sich mein Handeln in der ersten Zeit darauf, Jeannes Kasse zu überwachen. Zu meiner großen Verblüffung verging kein Tag, ohne daß der Direktor sich mit ihr in der Baracke einschloß. Er nutzte die Stunden, in denen wenig Betrieb war, sie ließ ihren Rollvorhang herunter... Wenn zufällig ein verirrter Besucher eine Eintrittskarte kaufen wollte, verwies sie ihn an die Hauptkasse. Einmal ließ sich ein solcher nicht abweisen, und, ein Billett zwischen Zeigefinger und Mittelfinger geklemmt, kam die Hand der Kassiererin zwischen den Lamellen hervor, teuflisches Fleisch mit lackierten Nägeln. Bei dieser Erscheinung wurde mir übel. Das abgewürgte Handgelenk, die Röte ihrer Haut, kurz, diese Art, einen Teil ihrer selbst für den Dienst an der Außenwelt abzusondern, während im Innern der Rest ihres Körpers sich dem Direktor hingab, versetzte mich in eine schreckensvolle Welt. Wenn mein Wunsch, die beiden zu trennen, bisher auch nur eine Spielerei gewesen war, nahm er jedoch nun eine dramatische Wendung. Mit diesem Bild konnte ich nicht leben, es widerte mich an, empörte mich, das einzige Mittel, sich ihm zu entziehen, bestand darin, es zu zerstören. Aus dieser Überzeugung schöpfte ich alle notwendige Kraft, um meine Skrupel – und meine Scheu – zu überwinden. Als ich die beiden heraustreten sah, sie benommen und er zitternd, empfand ich für sie ein Haßgefühl, das mich

selbst überraschte. Nachdem sie, wie vor dem Überqueren einer Straße, sorgfältig nach links und rechts geschaut hatte, trippelte die Kassiererin zu den Toiletten. Der Direktor blieb minutenlang vor dem Käfig der Geier stehen, in die Betrachtung der Fleischfetzen verloren, die an riesigen, neben den abgehauenen Ästen liegenden Knochen hingen. Ein kahlhalsiger Vogel stellte sich vor ihm auf und entfaltete seine breiten Flügel. Endlich nahm er den Weg zu seinem Büro wieder auf. Ahnte er etwas? Ein letztes Mal drehte er sich nach der Bude um.

An jenem Nachmittag beschloß ich, auf die Gefahr hin, meine Arbeit außerhalb der Öffnungszeiten beenden zu müssen, die Kassiererin nur noch zu verlassen, um Hedwige zu füttern. Dadurch wurden ihre Begegnungen mit dem Direktor unmöglich. Jeanne schien mir das nicht übelzunehmen. Falls ihr meine Gesellschaft auf die Nerven ging, ließ sie doch nichts durchblicken. Mit ihren Lippen, weich und glatt wie die Haut einer Frucht, stöberte sie weiter in meiner Vergangenheit. Wenn sie, noch mitgenommen von den nächtlichen Träumen, morgens eintraf, erwartete ich sie auf der Außentreppe. Dann ging ich, ihr ein Hörnchen oder eine Brioche zu kaufen, sie zog ihre Thermosflasche hervor, und wir aßen gemeinsam unser zweites Frühstück. Gegen Mittag versuchte der Direktor manchmal einen Abstecher, aber ich war immer zur Stelle, stand unbeirrbar vor der Kasse und riß die Eintrittskarten der Besucher ein. Und wenn Jeanne Blin eine Viertelstunde bevor geschlossen wurde, ihre Abrechnung machte, blickte ich ihr über die Schulter und rechnete nach. Ich lernte Münzen einzurollen und die Geldscheine in Bündeln zu je zehn zu stapeln. Unter meinem Begleitschutz gab sie ihre Tageseinnahmen bei der Verwaltung ab. Mochten die Tierpfleger sich auch das Maul zerreißen, erst an der zur Metro Porte Dorée führenden Treppe ließ ich sie allein. Endlich verschwand sie im dunklen Gang, und ich kehrte zu Fuß zum Zoo zurück. Dann erst, wenn ich, am Fenster seines Büros vorbeikommend, den Direktor dabei überraschte, wie er, in der Falle zwischen seinen mit Lackfarbe tadellos gestrichenen vier Wänden, sein wächsernes Gesicht über seine Papiere neigte, war ich glücklich. Es war mir gelungen, die beiden einen weiteren Tag einander fernzuhalten. Die Kraft, die sie zueinander hinzog, sammelte sich in mir, ich verließ mich auf die beiden, ihre Leidenschaft, in gewisser Weise gehörten sie mir. Damals erwog ich den wahren Sinn des Wortes »besitzen«. Ich begann zu ahnen, daß das Drama, das sich in Malcolms Beisein abgespielt hatte, nur die Generalprobe zu meinem künftigen Leben gewesen war. Ich frohlockte im Gedanken an die Zahl der Begegnungen zwischen dem Direktor und der Kassiererin, die ich vereitelt hatte. Doch die Euphorie war nicht von Dauer, und sobald ich mich in meiner kleinen Kammer befand, versetzte mich die Angst zu verlieren, zu scheitern, in neue Unsicherheit. Was geschähe, wenn sie ein Treffen außerhalb des Zoos, zum Wochenende oder für den Abend vereinbarten? Das einzige Mittel, diese Möglichkeit zu verhindern, bestand darin, daß ich selbst die Umstände ihrer nächsten Begegnung bestimmte. Jedenfalls konnte ich den Belagerungszustand nicht ewig fortsetzen. Es nützte nichts, daß ich mir die zwischen zwei Vorhanglamellen eingeklemmte Hand in Erinnerung rief. Jeannes unablässige Fragen brachten mich aus der Fassung. Sogar ihr Kaffee lag mir im Magen. Ihre Freundlichkeit ängstigte mich.

Und was, wenn es ihr tiefinnerster Wunsch war, ich möchte den Direktor auf seinem Feldstuhl hinter dem Vorhang ersetzen?

Während ihrer Liebesspiele hatte ich nie in die Bretterbude zu blicken gewagt, doch heute weiß ich, daß meine Vorstellungen die Wirklichkeit bei weitem übertrafen. Der Gedanke daran, allein und nackt zusammen mit der Kassiererin eingeschlossen zu sein, war das Thema meiner Lieblingsbeschäftigung. In wie vielen schlaflosen Nächten drehten sich mir unsere Körper im Kopf herum, und unsere Sätze, die Sätze, die man gewiß aussprechen mußte, ehe man einander umfing, und deren Sinn oder Form ich nicht kannte. Dies beunruhigte mich am meisten: mir schien, daß es mir an Wortschatz mangelte. Und der Pornofilm, den ich mich gezwungen hatte, in einem darauf spezialisierten Kino beim Bahnhof Saint-Lazare vom Anfang bis zum Ende anzusehen, war nicht dazu angetan gewesen, mich diesbezüglich zu beruhigen. Ich behielt nur verworrene Bilder von der Aufführung zurück. Die jungen Mädchen und die sonderbare Art, wie sie im Bildvordergrund die Schenkel spreizten, machten mich ratlos. Ihr schrilles Miauen spritzte aus den Lautsprechern wie das Sperma aus dem Schwanz der Männer, in unvorhersehbaren Stößen, und ich konnte nicht begreifen, wie ihre Lust zustande kam. Ich geriet in Vermutungen. Nichts von alledem verschaffte mir einen Ständer, ich gewann den Eindruck, mir fehle etwas. Obwohl mein Begriff von der weiblichen Anatomie nun eine gewisse Genauigkeit gewonnen hatte, entbehrte ich doch immer noch stark des psychologischen Zugangs, der der menschlichen Rasse eigen ist. Ich mußte wohl oder übel zugeben, daß die einzige Möglichkeit, meine Neugier zu befriedigen, darin bestehen würde, einer wirklichen Liebesszene ohne Fahraufnahme und Überblendung beizuwohnen. Nach zwei Wochen strenger Überwachung beschloß ich, die Kassiererin und den Direktor einander in die Arme zu treiben.

Durch eine angeblich anonyme Botschaft in zwei Exemplaren – sie bestand aus Wörtern, die aus Zeitungen verschiedener Herkunft ausgeschnitten worden waren – wurde die Begegnung für den Tag der Betriebsversammlung anberaumt. Dieser ein wenig komischen Methode hatte ich mich nicht so sehr aus wirklicher Notwendigkeit unterworfen, wie um das Wiedersehen mit einem geheimnisvollen Nimbus zu umgeben. Ich glaube, die beiden Protagonisten begehrten einander so heftig, daß sie jeder, selbst einer von meiner eigenen Hand gezogenen Spur gefolgt wären. Als ich die Umschläge verschloß, dachte ich an die Briefe zurück, die ich meinem Vater geschickt hatte. Oft hatte ich sie mehrere Tage lang in meiner Schulmappe behalten, ehe ich sie auf die Post gab. Ich liebte die weiche Beschaffenheit, die das Papier annimmt, wenn es häufig angefaßt worden ist. Ich liebte auch die berechnete Unsicherheit meiner Schrift, die von Knitterfalten durchzogen war, so als sei sie heimlich, beim Schein einer schlechten Taschenlampe zustande gekommen. In Gedanken sah ich mich, wie ich an meinem Füllfederhalter kaute, völlig gebannt von dieser unberührten Oberfläche, auf der alles möglich war, alles außer dem Zufall.

Hinter Hedwiges Käfig, zwischen der Kleereserve und dem Außengehege, waren zwei ursprünglich für die Tiermaler bestimmte Logen. Dorthin bestellte ich die Kassiererin und den Direktor. Die vergitterten Fenster der Ateliers blickten über die Giraffenanlage und einen Teil des Restaurants, für das Publikum und auch die Tiere waren sie nicht sichtbar. Die Künstler konnten somit die Modelle in aller Ruhe beobachten, ohne durch die Neugier der Besucher belästigt zu werden. Das Vorhandensein dieser kleinen Räume hatte mir die Kassiererin mit der Spitze ihrer Stricknadel auf dem Plan gezeigt. Seit der Tierphotographie als Massenerscheinung war der Raum außer Gebrauch geraten und verwahrlost, und nur wenige Angestellte erinnerten sich, daß es ihn gab.

Trotz wiederholter Überschwemmungen war die Treppe noch in sehr gutem Zustand, und mit Hilfe eines Eisendrahts und eines Schraubenziehers gelang es mir, das Schloß zu öffnen. Im Obergeschoß teilte sich der Raum in zwei aneinandergrenzende Ateliers. Im ersten schien die Zeit stillgestanden zu sein: der Maler würde gleich zurückkommen, jemand hatte ihn jäh in seiner Arbeit unterbrochen, denn seine Farbtuben waren offengeblieben. Außer seinem Material hatte der Mann ein Feldbett, zwei Stühle mit Strohsitz und eine Kiste herbeigebracht, in der sich alte Bücher stapelten. Die in Arbeit befindliche Leinwand war mit der Bildfläche zur Wand aufgestellt worden, und eine unergründliche Macht hatte mich bisher daran gehindert, sie umzudrehen. Auf der Rückseite des Rahmens klebte eine Abbildung der Heiligen Jungfrau. Der ungewöhnliche Charakter der Einrichtung wurde noch durch ein Dutzend Pinsel verstärkt, die mit Nylonfaden an der Decke befestigt waren und im Raum schwebten wie ebenso viele trunkene, mitten im Flug erlegte Vögel. Ihre spitzen Schnäbel schienen im Begriff, auf die leere Staffelei, einen auf seinen drei hölzernen Füßen stehenden Rammbock herabzustoßen. Auf dem Boden bildeten mit dunklen Flecken übersäte Terrakottafliesen sonderbare Mosaiken. Trotz der Staubschichten auf der Palette ahnte man Siena, Ockerrot, Sand. Ich dachte an Italien, die warmen Farben der Häuser, an die zur Stunde der Siesta menschenleeren Straßen. Ich hatte die Grenzen Frankreichs nie verlassen, aber in meiner Vorstellung war Italien so. Ein großer, trüber Spiegel reflektierte das Fenster, bleiches, unbeständiges Licht fiel auf den dicken Wandbehang, der die beiden Ateliers trennte. Das Zimmer auf der anderen Seite war völlig nackt. Nicht ein

Stoffetzen, nicht eine Spur von Farbe. Der Kontrast war so stark, daß man den Eindruck hatte, die Luft dort wie eine dichte, schwere Masse berühren zu können.

Am Morgen selbst des berüchtigten Stelldicheins schob ich das Feldbett von einer Loge in die andere und brachte in den Falten des Vorhangs einen unsichtbaren Schlitz an. In Gedanken sehe ich mich warten, kerzengerade auf einem Stuhl sitzend, die Kehle wie zugeschnürt. Wenn man mir befohlen hätte, von der Spitze des hohen Felsens herabzuspringen, wäre mir nicht beklommener zumute gewesen. Die Kassiererin traf zuerst ein, und als ich ihre Schritte auf den Treppenstufen hörte, fehlte nicht viel, und ich wäre davongelaufen. Doch nein, ich blieb unter rasendem Herzklopfen wie gelähmt sitzen. Auf dem Treppenabsatz zögerte sie, dann hörte ich, wie sie die Tür zum leeren Zimmer aufstieß. Stückchenweise geriet sie in mein Blickfeld, zuerst in Rückenansicht, dann im Profil. An diesem Tag trug sie einen zu ihrer üblichen Hemdbluse passenden weißen Rock. Ich hatte vorsorglich den Vorhangstoff an der Wand befestigt, aber kannte ihre unbezähmbare Neugier zu gut, um nicht zu fürchten, daß sie den Durchgang erzwingen könnte. Glücklicherweise wandte sie sich sogleich zum Bett. Sie legte ihre Tasche darauf ab und entnahm ihr eine Gummimembrane, die sie eincremte und sich mit zerstreuter Geste in die Hose schob. Mit nach hinten gerecktem Hinterteil konzentrierte sie sich einige Sekunden lang, dann entspannte sich ihr Körper, sie zog ihre Hand wieder hervor, an der sie mit gerümpfter Nase roch. Ihr Rock blieb einen Augenblick lang an ihrem Gürtel hängen, und ich bemerkte, daß sie Strümpfe trug, die ganz von allein in Schenkelhöhe sitzen zu bleiben schienen. Unmittelbar über dem Nylon wirkte die Haut rot und fett. Die Kassiererin untersuchte den Überwurf, der die Matratze bedeckte. Sie setzte sich auf den Rand und verschränkte die Finger auf den Knien. Nun warteten wir zu zweit.

Endlich kam der Direktor. Noch bevor er Jeanne auch nur begrüßte, bemerkte er, daß in siebzehn Minuten eine Betriebsversammlung stattfände. Er zog seine Taschenuhr hervor, öffnete den Deckel und berichtigte: »Sechzehn Minuten, genau sechzehn«, worauf sie mit betroffener Miene antwortete: »Dann wollen wir uns beeilen.«

Ich war verblüfft. Mir, dem davon träumte, ein echtes Tête-à-tête mit seinen Komplizen und seiner besonderen Sprache zu überraschen, versetzten diese ersten Worte etwas wie eine Ohrfeige. Ich glaubte, die beiden würden in Gelächter ausbrechen, sie spielten nur Theater, doch nein, die Unterhaltung hielt inne, und tatsächlich eilten sie aufeinander zu, stürzten sich aufeinander, jedenfalls begriff ich nicht, wie es zuging, daß die Kassiererin mit bis zum Nabel aufgeknöpftem Mieder sich plötzlich auf den Knien befand und ihre Hände den Hosenschlitz dessen kneteten, der ihr Chef und der meinige war.

Einige Minuten verstrichen – einige der kostbaren

Minuten, die uns von der Betriebsversammlung trennten. Das Fieber begann den Direktor zu pakken, als er seinen Feldstuhl auseinanderfaltete. Meine Ahnung bezüglich der ursprünglichen Funktion dieses Gegenstandes in seinem Intimleben war also nicht gänzlich irrig gewesen. Seine Hose rutschte bis auf die Fersen hinunter. Mit sicherer Bewegung ließ die Kassiererin den Haken ihres Büstenhalters aufspringen. Sie nahm ihm bereits die halbe Arbeit ab. Ich stand auf, um besser sehen zu können. Aus ihrer Spitzenverpackung befreit, sanken die Brüste, weich wie Stoffpuppen. Diese Lässigkeit war nicht ohne Schönheit. Jeanne zeigte sich mir von vorne, und ich las auf ihrem Gesicht die Worte, die auszusprechen sie unterließ. In ihren hellen Augen entdeckte ich nur Zärtlichkeit und Verschwiegenheit. Ich bemitleidete sie. Doch ihr Wesen fügte sich mit Arroganz dem heftigen Begehren ihres Liebhabers, der jetzt sein halb schlafendes Geschlecht an ihrer Brust, ihrem Bauch, zwischen ihren geschminkten Lippen rieb. Ein Streifen roter Farbe drückte sich der glatten gepuderten Haut ihrer Wangen auf. Obwohl es mich im Grunde erregte, machte mich all dieses Ungestüm befangen, denn trotz der Bemühungen der beiden, eine zerreißende Leidenschaft zu erleben, spürte man, daß ihre Körper nicht mitmachten, oder ihr Geist, kurz, etwas, was ich nicht zu benennen wüßte, war nicht dabei.
»Jane, Jane ...«
Die Beine mit seiner Hose und nun auch mit seiner auf den Fersen verwurstelten Unterhose auf den Bo-

den gestemmt, das Steißbein an den fahlgelben Ledergurt seines Feldstuhls gedrückt, hob der Direktor diejenige auf, die er plötzlich Jane nannte, Jane englisch mit klagender Stimme, und zwang sie, ihn zu besteigen. Aber sie hieß nicht Jane, das war lächerlich, ich hätte schreien mögen, die Wahrheit wiederherstellen wollen. »Jane«, ächzte er, während er seinen schlappen Schwanz auf französisch zwischen Jeannes Schenkel steckte, Jeanne mit ihren Strümpfen, die durch ein Wunder noch festsaßen, mit ihrer eingecremten Gummischeibe und ihrem Mann, der zu Hause auf sie wartete. Sie stöhnte. Wie konnte ihr diese beschämende Maskerade nur gefallen? Er lief dunkelrot an, als sie seinen Daumen, dann seinen Zeigefinger in den Mund nahm und an ihnen lutschte. Sein Gesicht schwankte in meine Richtung. Seine Züge erstarrten in einer scheußlichen Grimasse. Einige Barthaare zwischen die Lippen geklemmt, mit geweiteten Pupillen hörte der Direktor jäh zu atmen auf. Die im Nacken schlaffen Falten seines Halses bildeten um den Gummi seines Selbstbinders zwei von ein paar grauen Haaren bewachsene Fleischwülste. Ich glaubte, er habe die Besinnung verloren, denn die Kassiererin fing an, nein, nein zu schreien, wobei sie ihn an sich gepreßt hielt. Von Panik erfaßt, lief ich ans Fenster des Ateliers, um nach Hilfe zu rufen, und stieß dabei an die aufgehängten Pinsel, die sich um die Staffelei zu drehen begannen. Einer davon heftete sich an meinen Schal, und es dauerte einige Sekunden, bis es mir gelang, mich von dieser leblosen Hand zu befreien. Da sah ich im Fen-

sterrahmen hinter dem Gitter Hedwiges kleinen Kopf erscheinen.
So viel Vertrauen und gleichzeitig so viel Neugier lag in ihrer Art, den Blick auf mich zu richten, daß mir vor Rührung die Kehle eng wurde. Ich näherte mich ihr langsam. Ein lauer Atemstrom liebkoste mir die Stirn. Ihre Wimpern waren riesig, und ihre dunklen mandelförmigen Augen hoben sich stark ab von ihrem bernsteinfarbenen Fell. Intelligenz, Feinfühligkeit sprach aus ihnen, die göttliche Gnade geteilten Schweigens. Dort war das wahre Glück und nicht in den grotesken Liebesfaxen, deren Regisseur wider Willen und einziger Zuschauer ich war. Ich hob meine Handfläche an ihr Maul, sie wich mit einem Ruck zurück, ohne mich aus den Augen zu lassen. Ich schwor mir, daß ich sie lehren würde, meine Liebkosungen zu empfangen. Und sie zu ersehnen.

»Wer ist da?«
Der Direktor war nicht tot. Seine Stimme kam zwar hinter dem Vorhang her, aber sein Tonfall gab mir zu verstehen, daß wir, wenn ich nicht sehr schnell handelte, uns im nächsten Augenblick Aug in Auge gegenüberstehen würden. Ich packte das gegen die Wand gelehnte Bild und rannte im Schutz dieses behelfsmäßigen Wandschirms schleunigst die Treppe hinunter. Ich schlug die Tür hinter mir zu und legte das Sicherheitsschloß vor. Der Riegel blieb mir in der Hand, und ich warf ihn ins Gebüsch. Der Direktor würde eine gewisse Zeit brauchen, ehe er es fertigbrachte, das Schloß zu sprengen. Niemand hatte

mich herauskommen sehen. Betont ruhigen Schrittes wandte ich mich den Innenkäfigen zu. Ich schloß mich im Speicher ein. Als ich, noch bebend vor Angst, das Gemälde endlich ansah, begriff ich, daß meine Begegnung mit Hedwige nicht die Frucht des Zufalls war. Es stellte eine junge Giraffe und ihren Pfleger dar – was angesichts der geographischen Lage des Ateliers nicht erstaunlich war. Eine Vielzahl unvollendeter, gleichsam aufeinandergetürmter Landschaften umgab die Dargestellten, was die Lektüre der Geschichte, die sich im Bildhintergrund abspielte, schwierig machte. Eine Einzelheit jedoch lenkte meine Aufmerksamkeit auf sich: eine ziegelrote Linie, um die herum sich die ganze Komposition anzuordnen schien. Es war ein breites Band, das die Giraffe um den Hals trug, von genau demselben Farbton wie mein unvermeidlicher Wollschal. Eine an diesem Halsband befestigte kleine Dose mußte wohl irgendeinen Talisman gegen den bösen Blick enthalten.

Am unteren Bildrand hatte der Maler in feinen kalligraphischen Buchstaben den Titel seines Bildes vermerkt: »Die Giraffe des Paschas von Ägypten und ihr Pfleger Jussuf«. In der Mitte des Bildes stand ein Mann mit sonnenverbranntem Teint, gekleidet in ein langes Gewand aus graubraunem Leinen. Seine rechte Hand krampfte sich um die Spitze eines in seinen Gürtel gesteckten Stabs. Seine schwarzen Augen schimmerten in übernatürlichem Glanz.

Jussuf ging den Berittenen voraus. Darum auch war er der erste, der den aus einem kleinen Akaziengehölz auftauchenden, unmäßig langen Hals der künftigen Beute bemerkte. Ihr vollkommen bewegungsloser Körper verschwand in der Masse des Gezweigs. Ihr Schwanz fegte ihre Flanken mit der Regelmäßigkeit eines Automaten. Wie hatte die Natur nur eine solche Fahrlässigkeit begehen können? Trotz ihrer verzweifelten Versuche, in der Landschaft zu verschwinden, ragte die Giraffe über alles hinaus. Sie schien von einer göttlichen Hand als ein unpassendes Belvedere in diese dornigen öden Täler gestellt worden zu sein.
Mit seiner rauhen Stimme fing Atir zu schreien an, er befahl den Jägern, das Wäldchen zu umzingeln. Obwohl niemand ihn leiden mochte, hörte jeder auf ihn. Sein Ehrgeiz war unwiderstehlich. Von dem Lärm gewarnt, verließ die Giraffe ihren Zufluchtsort. Da verstand Jussuf, warum sie so lange gewartet hatte, ehe sie flüchtete: ein Giraffenjunges von kaum einem Jahr versuchte mühsam, ihr zu folgen. War es krank? Es wiegte seinen Kopf von rechts nach links, wie um zu bedeuten, daß es zu spät sei, zu spät. Wirklich war Atir gerade auf seiner Höhe angelangt. Er schickte sich an, seine Waffe zu heben, als Jussuf ihn mit einem Peitschenhieb zwang, in der Bewegung innezuhalten.
»Wir werden es lebend zurückbringen«, erklärte er.
Sodann nahm er seinen graubraunen Wollmantel, ließ ihn gleich einem Lasso in der Luft kreisen und warf ihn

dem verschreckten Giraffenjungen auf den Kopf. Wütend, weil ihm zuvorgekommen worden war, nahm Atir unter Fluchen die Verfolgung der Mutter auf.
Ein Tier zu erlegen galt als ein Akt gemeinschaftlicher Liebe und, mit dem erforderlichen Hofstaat und mit den Spielregeln, als eine mustergültige Art, sich unter Männern zu messen. Jussuf verabscheute diese barbarischen Sitten. Er allein widerstand der grauenvollen Lust, zuzusehen, wie die Giraffenmutter, deren vier Sehnen man durchtrennt hatte, zusammenbrach und in Atirs Lanze fiel. Sie atmete noch lange. Die überreizten Jäger skandierten ihren Sieg, bei jeder Bewegung des Tiers entwich ihren Lippen unwillkürlich ein heiseres Röcheln. Den Hals zum kleinen Akazienwald hinstreckend, mit aus den Höhlen tretenden Augen, fand die Giraffe kein Ende mit Sterben. Aus ihrem weit offenstehenden Maul drang nicht der leiseste Laut.
Das Giraffenjunge wurde an einen Tamariskenstrauch gebunden, und seine Mutter wurde sofort zerlegt. Jeder lud sein Stück blutiges Fleisch mehr schlecht als recht auf ein Kamel, und das Abendessen konnte beginnen. Ein erlesenes Stück war geopfert worden, um den doppelten Fang zu feiern. Das Fleisch auf dem Rost verströmte einen scharfen Geruch, den das regelmäßige Fächeln der Palmwedel nicht zu vertreiben vermochte. Obwohl es dunkel wurde, war die Luft heiß und schwer. Man leerte einen vollen Wasserschlauch über die Lider der Giraffe. Auf diese Weise würde ihre Seele ertrinken und nie mehr zurückkehren, um den Schlaf der Lebenden zu stören. Gemäß einem von den alten Ägyptern übernommenen Brauch

wurde ihr Kopf an genau der Stelle begraben. wo sie erlegt worden war. So fand ein ebenso argloses wie nutzloses Dasein seinen Abschluß.

Jussuf hielt sich dem Feuer und dem Fest fern. Als einem intimen Freund Muker Beys hatte man ihm den Schwanz der Giraffe übergeben. Die schwarzen Schwanzhaare, Amulette gegen Löwen und untreue Frauen, wurden im Bazar von Sennar mit Gold bezahlt. Außerdem hatte er zwei dürre Schienbeine für sich in Anspruch genommen, die niemand haben wollte.
Mit der flachen Messerklinge reinigte er den ersten Knochen und befestigte ihn anstelle eines Schwerts an seinem Gürtel. Dann trennte er dem zweiten mit einem Hieb von diabolischer Exaktheit den Gelenkkopf ab. Eine weiße Masse spritzte heraus. Er preßte seine Lippen darauf und führte seine Zunge in den Hohlraum des Knochens. Er saugte den warmen, dicken Saft ein, drückte ihn eine Weile an seinen Gaumen, wobei er achtgab, ihn nicht mit seinem Speichel zu vermischen, und spuckte ihn dann in seine linke Hand. Nachdem er sich vergewissert hatte, daß ihn keiner sehen konnte, fuhr er damit zwischen seine braunen Schenkel und rieb das Mark wild in die letzten Winkel seines Körpers ein. Beschämt bedeckte er seine beiden Hände mit sandiger Erde und schlief ein.

Jussuf erwachte vor allen anderen, mit leerem Magen und trübem Geist. Das geköpfte Schienbein lag nur wenige Zentimeter von seinen Augen entfernt. Er

wollte es packen und weit wegwerfen, doch seine Bewegung erstarrte. Der Knochen schien von einem inneren Leben erfüllt zu sein. Rührte er sich wirklich? Jussuf glaubte an eine Wahnvorstellung und schüttelte den Kopf. Eine dunkle Macht verbot ihm aufzustehen. Da begriff er: zu Hunderten drängten sich Skarabäen am Eingang der Knochenhöhle, oder vielleicht waren es keine Skarabäen, sondern andere Insekten mit grünlichem Panzer, deren Namen er nicht kannte. Sie kämpften miteinander, um sich einen Weg zu bahnen, die einen kletterten auf die anderen, manche, die unter der wimmelnden Masse erstickten, versuchten vergeblich umzukehren. Entsetzt zog Jussuf die Knie an den Leib, wie um sich vor einer schrecklichen Invasion zu bewahren.
Minuten verstrichen, bis er seinen Blick von dem Schlachtfeld zu lösen vermochte. Endlich riß er sich aus seiner Erstarrung, entfernte sich rückwärts gehend und stürzte dann plötzlich zur Gruppe der Kamelstuten. Keuchend füllte er eine Schale mit Milch und besprengte sich. Die reinigende Flüssigkeit rann ihm die Beine hinab. Er trank auch, und da erst dachte er daran, daß das Giraffenjunge genährt werden müsse. Beruhigt fing er wieder an zu melken.

Als er in das Lager ging, gewahrte er, daß sich die Insekten nicht über die Essensreste hergemacht hatten. Er nahm einen Fladen, Saubohnen und einige Datteln. Atir schnarchte am Feuer, die Schenkel gespreizt, die Arme über dem Kopf verschlungen. Jeder Atemzug verzerrte sein Gesicht. Besonders seine Nasenflügel waren von erstaunlicher Beweglichkeit. Jussuf lächelte beim Gedanken, das befallene Schienbein zu holen und neben seinen Feind zu legen. Das Giraffenjunge schlief anmutig zusammengerollt. Sein rosiges Fell schien die ersten Sonnenstrahlen zu spiegeln. Jussuf blieb lange in seine Betrachtung versunken.

Nur wenige Meter trennten mich vom Nebenraum des Restaurants, wo die Betriebsversammlung stattfand. Widerwillig ließ ich hinten im Speicher das Gemälde zurück, das die Giraffe und Jussuf, ihren Wärter, darstellte. Stundenlang hätte ich dort verweilen und es betrachten mögen.

Dem wilden Getöse, das in Wogen durch das große Glasfenster drang, entnahm ich, daß der Direktor noch nicht eingetroffen war. Zum erstenmal sah ich alle Angestellten beisammen und war überrascht von der Zahl jener, denen ich, wie mir schien, nie begegnet war, weder auf den Wegen des Gartens noch in den Verwaltungsräumen. Allerdings hatte, seit ich mich mit Hedwige beschäftigte, mein Beobachtungssinn an Schärfe verloren. Oder aber er hatte sich im Gegenteil so verfeinert, daß meine Aufmerksamkeit sich nur noch auf lächerliche Einzelheiten heftete: den an einer Jacke fehlenden Knopf, die Länge einer Hose, eine Hand mit schmutzigen Nägeln, ein Armband, eine Verletzung. Durch vieles Tun, Gehen, Denken, kurz, durch mein geheimes Leben entzogen sich mir die Dinge selbst, und das ließ sich mit den Erfordernissen des Metiers immer schwerer vereinbaren. Meine angebliche südafrikanische Herkunft begann als Entschuldigung einige Abnutzungsmerkmale zu zeigen. Obwohl meine Dienstobliegenheiten recht einfach und begrenzt waren, wurde von mir erwartet, daß ich in der Equipe arbeitete, und ich hatte es noch nicht zustande gebracht, mir die Namen oder auch nur die Gesichter meiner Kollegen zu merken. Ich orientierte mich recht und schlecht an den Farben ihrer Uniformen. Um diese Schwäche zu beschönigen, hatte ich mir Anfälle von Kurzsichtigkeit ausgedacht – eine von meinem Vater geerbte Krankheit mit häufigen Rückfällen, hatte ich der Kassiererin erklärt, die sich über den jähen Wechsel in meinem Verhalten wunderte. Wenn jemand das Wort an mich richtete, pflegte ich die Augen zusammenzukneifen und mich ihm zu nähern, bis ich an ihn stieß, wie der Goldfisch des Direktors an die Wände seines Glases. In den äußersten Fällen zog ich eine dicke Brille aus der Tasche und legte sie mir vorsichtig in Stirnhöhe oben auf die Nase. Dann brauchte ich nichts mehr vorzutäuschen, die Landschaft löste sich auf, die Mitesser meines Gesprächspartners verschwanden, im Schutz der dicken Korrekturgläser antwortete ich irgend etwas, ohne mich um die Folgen meiner Worte zu kümmern. Ich spürte meinen Körper auf diesem gelatinösen Nebel mit der trägen Grazie eines Tropfen Öls dahingleiten, der in ein Glas Wasser fällt. Blind und frei, des Zwangs der Formen ledig, war ich endlich mir selbst wiedergegeben.

Ich habe nie verstanden, wie ein derart dummes Requisit es mir in einem solchen Grad erlauben konnte, mich von dem Bild zu lösen, das ich den anderen von mir gab. Sicher ist, daß ich diesen Trick mit Leichtigkeit und manchmal sogar einer gewissen Wollust an-

wandte. Ich liebte es, die Konturen zu verwischen, die Gesichter zerplatzen zu sehen, bis sie in einer simplen Schwingung verschwommener Farben verschwanden. Daß der Mensch, der sich gerade vor mich hinstellte, sich in diese ekelhafte Masse verwandeln konnte, gab Anlaß zum Nachdenken über den trügerischen Charakter unserer Wahrnehmungen und das, was wir so bombastisch Wirklichkeit nannten. Ich hatte den Eindruck, einen anderen Typus von Information zu erlangen. Im Grund verdankte ich es meiner Kurzsichtigkeit, das Verhältnis zwischen Jeanne Blin und dem Direktor entdeckt zu haben. Warum hätte ich mich zur Ansichtskarte aus Norwegen vorgebeugt, wenn nicht, weil ich mich auf dieses Alibi berufen hatte? Da ich stets ausgezeichnet gesehen habe, wagte ich meine Brille zu Hause nie zu tragen, doch ich bin davon überzeugt, daß sie mir, über den Umweg einiger Ungeschicklichkeit, ganze Seiten des Lebens meines Vaters offenbart hätte. Manchmal fragte ich mich, wie es Hedwige – um ein Wesen mit einem außergewöhnlich weiten Gesichtsfeld anzuführen – gelang, sich darin zurechtzufinden, obwohl es zu ihren Füßen nur so von Leuten wimmelte. Mit neunzehn Jahren stellte ich mir viele Fragen, die ohne Antwort blieben. Kurz, paradoxerweise war es mir gegeben, besser zu sehen, indem ich weniger gut sah, und das war vielleicht der erste Widerspruch, den ich als unwiderlegliche Folge dessen hinnahm, was bewirkte, daß ich ich war, Joseph, vollberechtigt, einmalig, andersartig existent.
Zu diesem Gesichtspunkt gesellte sich das oberfläch-

liche Vergnügen, mich beschützt zu fühlen wie ein Kind, das, wenn es die Augen schließt, glaubt, es werde unsichtbar. Ich hatte das Spiel so weit getrieben, daß ich mir von meinem ersten Gehalt ein Brillengestell aus Schildpatt ohne Gläser kaufte, das ich von Zeit zu Zeit aufsetzte. Ich hatte das teuerste Gestell im Laden gekauft, so als ob die Höhe seines Preises den sonderbaren Charakter meines Schritts rechtfertigte. Mit dieser wunderlichen Krücke ausgestattet, betrat ich an jenem Tag das Hinterzimmer des Restaurants. Absichtlich, um auf mein Kommen aufmerksam zu machen, puffte ich die Wirtin, so daß sie ihr mit Geschirr beladenes Tablett mir beinahe auf die Füße hätte fallen lassen. Ich bat sie mit einem solchen Ungestüm um Verzeihung, daß sie nur mit Mühe ernst bleiben konnte. Jede Person, die ich dabei entdeckte, wie sie sich über mich lustig machte, war ein möglicher Zeuge. Meine Ungeschicklichkeit würde sich bezahlt machen. Ich betonte sie. Für einmal wollte ich beachtet werden. Obwohl die an die Kassiererin und an den Direktor gerichteten Schreiben anonym gewesen waren, traf ich doch lieber Vorsichtsmaßnahmen. Nach einigen Minuten setzte ich mich an einen leeren Tisch, in die Nähe der auf das Giraffengehege blickenden großen Fensterscheibe. Neunzig Individuen würden bereit sein zu bestätigen, daß ich bei der Betriebsversammlung anwesend gewesen war, mit den anderen auf das Eintreffen des Direktors gewartet hatte. Und, hätte ich hinzufügen können, auf das von Mme Blin, seiner Mätresse.

Von meinem Stuhl aus sah ich den Fels, hinter dem sich die Ateliers befanden. Und aller Wahrscheinlichkeit nach zwei hilflose Wesen, die gegen eine verschlossene Tür trommelten. Sie dauerten mich. Ich wäre gern hingegangen, um ihnen zu öffnen, doch ich fürchtete den Zorn des Direktors. Mein Arbeitsvertrag lief Ende des Monats September aus, und mir war schon bewußt, daß ich nicht mehr ohne den Zoo sein konnte. Ich mußte unbedingt eine Verlängerung meines Volontariats erwirken. Anderswo sein, obwohl man da ist, wie an der Grenze der Kontinente, frei und eingeschlossen, ich konnte mir kein Leben vorstellen, das meinem Zustand gemäßer gewesen wäre. Die Entdeckung des Bildes, der Vorname des Wärters und die Deutlichkeit jener roten Linie in der Mitte der Leinwand erschienen mir wie ebenso viele offenkundige Beweise meiner Bestimmung. In meiner Verstörtheit wegen des unerwarteten Aussehens der überstürzten Liebe, deren Zeuge ich gerade gewesen war, verwandelte sich, was nur ein simples zeitliches Zusammentreffen sein mochte, in wirkliche Offenbarungen. Ich klammerte mich verzweifelt an diese Zeichen. Noch wagte ich mir nicht einzugestehen, daß die einzige Sache, die mich an den zoologischen Garten band, Hedwiges Anwesenheit war. Es bedurfte damals großen Mutes, um die Tatsache der Begegnung mit einem öffentlichen Wesen von überlangem Hals und prallem Hinterteil zu akzeptieren und vor allem meinen Vater dazu zu bewegen, sie hinzunehmen. Im Hinblick auf meine Karriere bot diese Wahl kaum irgendwelche Möglichkei-

ten. Nach sieben Jahren der Arbeit konnte ich, falls ich Eifer zeigte, nachdem ich Lehrling gewesen war, zum Pfleger ernannt und sodann fest angestellt werden, und da hörte die Beförderung auf. Der Titel Revierpfleger konnte auf verschiedenen Wegen, nach Abschluß eines sehr schwierigen Leistungswettbewerbs und einer speziellen Ausbildung erworben werden. Mit neunzehn Jahren war ich noch nicht ohne jeden Ehrgeiz. Vor allem hatte ich das Bedürfnis, meinem Vater zu beweisen, daß ich trotz seines kläglichen Vorbilds fähig sei, eine sogenannte Position einzunehmen. Ich konnte mir schlecht vorstellen, wie er seinen Freunden sagte, sein Sohn sei Wärter im Zoo von Vincennes, und was mich eigentlich zum Lachen hätte bringen sollen, war mir schrecklich peinlich.
Das Restaurant war nun voll von Menschen. Nach dem Wirbel der beiden letzten Stunden strömte eine besänftigende Wärme in meinen Körper ein. Ich fühlte mich schwer und ruhig, beschützt vom Stimmengewirr meiner Mitmenschen, die ihrerseits anfingen, ungeduldig zu werden. Die Doppelgestalt der Kassiererin und des Direktors verblaßte allmählich, um der außergewöhnlichen Erscheinung Hedwiges im Fensterrahmen Platz zu machen. Sie hatte sich gerade in dem Augenblick gezeigt, als ich der Angst nachgab und im Begriff war, mich durch Hilferufe zu verraten. Ihr verdankte ich, daß ich hier saß, ein Glas Wein in der Hand, über jeden Verdacht erhaben. Nun kehrten mit Gewalt die Bilder unserer ersten Begegnung im Hafen von Marseille zurück, diese

allzu lange verdrängten Bilder. Hedwige? Seit zwei Monaten brachte ich ihr zu essen und zu trinken, wechselte ich ihre Streu, ohne mir ein Zeichen des geheimen Einverständnisses, einen Zärtlichkeitsbeweis zu erlauben. Man hatte mir das Vorrecht angeboten, ihr Herr und Meister zu sein, und ich führte mich wie ein Sklave, ärger noch, wie ein Beamter auf. Vom Schamgefühl blind gemacht, hatte ich mir die Freude versagt, sie heranwachsen zu sehen. Denn Hedwige war noch ein Kind, trotz ihrer zwei Meter achtzig, ein braves, verirrtes Kind, wie ich selbst es in ihrem Alter gewesen war. Unser Leben verlief in parallelen Linien. Was ich auch tun mochte, ich war von ihr abhängig und sie war es von mir, wir waren für immer miteinander verbunden, und wenn ich dies weiterhin nicht hätte beachten wollen, wäre das im Atelier entdeckte Bild dagewesen, um mich an die Tatsache zu erinnern.

Der Wein trug dazu bei, daß die Kurve der Höhepunkte unserer Geschichte sich mit geometrischer Genauigkeit im Raum abzeichnete. Zuerst war ich zu ihr hinaufgestiegen, mein Kopf war ihr in der hölzernen Luke erschienen. Dann ist sie es, die sich zu mir geneigt, die Beine gespreizt und den Hals schräg gestreckt hatte, um mich durch das Atelierfenster zu überraschen. Ich bin es, der ihr mit Hammerschlägen die Tür ihrer Kiste geöffnet hatte. Sie ist es, die mir durch die bloße Hochherzigkeit ihres Blicks die Augen öffnete über die Unsinnigkeit meines Verhaltens. Wir antworteten einander, indem wir die Daten auswechselten, unsere Wege griffen ineinander wie die Stücke eines riesigen Puzzles, wir folgten der Logik des Spiegels, der seitenverkehrt wiedergibt. Unsere Bahnen stellten sich mir so deutlich dar, daß ich den Eindruck eines unermeßlichen Privilegs gewann, nicht allein, weil ich Hauptanlaß dieser seltsamen Übereinstimmungen, sondern auch und vor allem, weil ich fähig gewesen war, sie zu erkennen, sie zu verstehen. Ich dachte an Malcolm, an den Mann mit den Pavianen, an die Briefe, die ich meinem Vater geschickt hatte, um ihn zu bewegen, mich wieder nach Paris zu sich zu nehmen, und alles schien mich genau zu diesem Augenblick hinzuführen, da ich, an einem Tisch vor einem Glas Wein sitzend, beschloß, mich dieser sonderbaren Berufung völlig zu widmen.

In meine Träume verloren, bemerkte ich nicht, daß sich das Hinterzimmer des Restaurants allmählich leerte. Die krankhafte Pünktlichkeit des Direktors war eine wesentliche Komponente seiner öffentlichen Rolle, und da er noch immer nicht kam, begann man sich zu beunruhigen. Er war weder in seinem Büro noch im Raubtierhaus, kurz, seit mehr als einer Stunde hatte keiner der engen Mitarbeiter ihn gesehen. Auf seinem altertümlichen schwarzen Fahrrad kehrte der Oberwärter gerade von seiner Runde zurück. Er hatte nichts Ungewöhnliches bemerkt. Zur allgemeinen Überraschung steuerte er auf meinen Tisch zu. Er fragte mich, ob ich wisse, wo Mme Blin sich befand, und da ich antwortete, ich hätte nicht die leiseste Ahnung, nahm er mich beim Arm und zog mich hinaus. Der Alkohol befreite mich von meinen üblichen Hemmungen, und in aller Seelenruhe erzählte ich ihm, wie die Kassiererin fünfunddreißig Minuten bevor der Zoo schloß, ihre Arbeit und mich selbst verlassen hatte. Ich mochte den Oberwärter gern. Hinter der Klarheit seiner blauen Augen spürte ich das dahinmodernde Ungeheuer, das sein Leben quälte. Er schien die Welt in jedem Augenblick neu zu erfinden, als wolle er den schmerzlichen Stempel einer allzu grausamen Vergangenheit auslöschen. Er hörte mir mit solcher Inbrunst zu, daß ich der Lust nicht widerstand, am Verfahren einer erdichteten Geschichte festzuhalten. Angesichts der Beharrlichkeit meiner Fragen sei die Kassiererin ärgerlich geworden, erklärte ich. Ich sei ihr bis zum Felsen über dem Giraffengehege gefolgt, und während ich einem Besucher den Weg zu den Toiletten zeigte, sei sie verschwunden.

Ich legte eine Pause ein. Der Oberwärter glaubte zu ahnen, daß ich zögerte, vor den anderen zu sprechen. Wir machten einige Schritte, und mit einer Bewegung, die deutlich genug war, um von allen bemerkt zu werden, wies ich in die Richtung der Ateliers.

»Meiner Ansicht nach«, fügte ich hinzu, »ist sie nach da oben gegangen, um sich auszuruhen.«

»Und der Direktor«, fragte er, die Stimme senkend, »wissen Sie nicht, ob er zufällig...?«

Ich zuckte die Achseln, wie um zu sagen, daß ich alles getan hätte, um das Schlimmste zu vermeiden. Ich wiederholte meine Geste zum Felsen hin, unauffälliger diesmal. Der Oberwärter beugte sich zu mir herunter.

»Ich sehe wirklich keine andere mögliche Erklärung...«, schloß ich nach langem Schweigen, dicht an ihn gedrängt. Seine Uniform roch ländlich. Verschämt ließ ich die Auslassungspunkte nachwirken und schüttelte den Kopf zum Zeichen der Mißbilligung. Ich bemerkte, daß die Schuhe des Oberwärters seit langem nicht mehr geputzt worden waren. Im selben Moment fiel meine Brille – diejenige, die keine Gläser hatte – auf den Boden. Warum aber auch hatte der Optiker mir unbedingt ein zu großes Gestell verkaufen wollen? Der Oberwärter bückte sich, um sie aufzuheben. Ich riß sie ihm aus der Hand.
»Ein Mißgeschick«, stotterte ich, »sie sind heute morgen zerbrochen, ich habe mich darauf gesetzt... Es ist einfach lächerlich, ha, ha, in tausend Stücke!«
Ich erschöpfte mich in Entschuldigungen, und der Oberwärter blickte mich erstaunt an. »Das macht doch nichts«, sagte er wiederholt. Trotz allen Wohlwollens, das er in die Worte legte, konnte ich mich nicht beruhigen. Ich suchte nach meiner zweiten Brille, der vollständigen, um zu beweisen, daß ich wirklich kurzsichtig sei, daß er mir glauben müsse. Da ertönte die Stimme des Direktors, verstärkt durch das Echo der Felsen, und ich klammerte mich daran wie ein Schiffbrüchiger an eine Rettungsboje.
»Jane«, rief er, »Jane, wir sind gerettet, ich habe das Schloß sprengen können.«
Der Ton kam genau von der Stelle her, auf die ich Sekunden zuvor gewiesen hatte.
»Sehen Sie«, platzte ich los, »ich habe Sie nicht angelogen, nicht wahr?«

Endlich fand ich meine Brille. Die Züge des Oberwärters verschwammen, und es gelang mir, meine Aufregung zu beherrschen. Der Kreis der Angestellten schloß sich enger um mich. Wir spitzten die Ohren, warteten gespannt auf Jeannes Antwort. Da keine erfolgte, hielt jemand es für gut, eine allgemeine Runde auf die Gesundheit des Direktors vorzuschlagen, aber die Versammelten blieben stumm. Die kleine Gruppe der Gärtner entfernte sich unter dem Vorwand, diese Geschichte ginge sie nichts an. Die große Mehrheit des Personals wußte in der Tat nichts von der Existenz der Künstlerateliers, da deren Fenster von dort aus, wo wir uns befanden, nicht zu sehen waren. An der Art, wie sie die steinige Wand mit den Augen absuchten, konnte man erkennen, daß sie erwarteten, ihren Chef auf der hölzernen Leiter erscheinen zu sehen, die vom Speicher hinabführte, das Haar zerzaust, den Bart voller Stroh und die Fliege kläglich im Hemdausschnitt hängend.

Trotz seiner stattlichen Schulterbreite folgte der Oberwärter dem Schauspiel mit der Naivität eines Kindes. Ich bewunderte an diesem Mann, der fast dreimal so alt war wie ich, seine fabelhafte Fähigkeit zu staunen; ich beneidete ihn. Er glich seinem Fahrrad, solide und tüchtig, einfach wie die sogenannten Dinge aus einer anderen Zeit. Was wußte er über die Kassiererin und den Direktor? Jeden Morgen um acht Uhr holte er die Berichte der Pfleger ein, und so war er denn auch über vieles auf dem laufenden. Mit den Nachrichten von der Nacht ging er von einem Gehege zum anderen, und wenn er sich dabei manchmal eine Indiskretion zuschulden kommen ließ, geschah dies jeweils mit einer solchen Freimütigkeit, daß niemand daran dachte, sie ihm übelzunehmen. Er hatte sehr jung in dem Beruf angefangen und mit dem berühmten weiblichen schwarzen Panther des Zirkus Pinder gearbeitet. Manchmal erwähnte er diese Episode seines Lebens, die Abreisen mitten in der Nacht, die Routen, die Zirkuskuppel. Er sprach mit einer solchen Wehmut davon, daß ich mich fragte, warum er die Truppe verlassen und sich in Vincennes vergraben hatte. Ich stellte ihn mir in die Trapezkünstlerin verliebt vor – ihr paillettenbesetztes, im Licht der Scheinwerfer glänzendes Trikot –, ihre heimlichen Begegnungen, die Wut des Tierbändigers, ihres Verlobten, schließlich die Flucht, das freiwillige Exil hinter den Gittern des zoologischen Gartens. Wie ich später erfuhr, war sein Leben ganz anders gewesen.

Der Oberwärter fuhr zusammen, als ich ihn meinerseits beim Arm nahm und ihn nötigte, mit mir ins Restaurant zurückzukehren und sich hinzusetzen. Ich offerierte ihm ein Glas, und wir tranken schweigend. Ich dachte unwillkürlich, daß so ungepflegte Schuhe Zeichen einer tiefen Vereinsamung seien. Obwohl meine eigene Einsamkeit mich nie geängstigt hatte, erschreckte mich plötzlich die seine. Was tat er außerhalb der Dienstzeit? Kein Ehering beeinträchtigte die massige Kraft seiner Bauernhände. Der Oberwärter war nicht der Mann, sich mit einem gewöhnlichen Verlangen zu begnügen – noch ein solches hervorzurufen. In wenigen Jahren würde man ihn in

den Ruhestand versetzen. Um ihn zu trösten, würde die Direktion eine schöne Abschiedsfeier organisieren. Der Betriebsrat würde ihm eine Terrakottafigur seines Lieblingstieres überreichen. Ich hatte den Eindruck, daß er trotz seines ständigen Lächelns, trotz seiner gesunden, kräftigen Leibesbeschaffenheit der Prüfung der Freiheit nicht standhalten würde. Man würde ihn in der Küche seiner kleinen Zweizimmerwohnung finden, erhängt. Diese Gewißheit bedrängte mich, ich sah ihn an der Decke baumeln wie die Schlachtteile im Kühlhaus des Zoos.
Ich hörte, wie die hintere Saaltür des Restaurants aufging, und nahm meine Brille ab. Unauffällig schlüpfte Jeanne Blin zu uns herein, die Handtasche an die Brust gedrückt. Vor den Küchenräumen blieb sie stehen, um ihre Strümpfe hochzuziehen, ich sah, daß einer seitlich eine vom Knie bis zur Ferse reichende Laufmasche hatte. Wie eine Wunde, die sich unter der Klinge des Degens öffnet, verbreiterte sich dieser Schmiß bei jedem ihrer Schritte, und die zugleich verlorene und siegesgewisse Art, wie sie näher kam, trieb mir die Tränen in die Augen.
»Die Versammlung ist wohl schon zu Ende?« fragte sie.
Der Oberwärter sah mich an, und aus diesem Blick entstand unsere Komplizenschaft, wenn bei zwei Menschen, die nur einen Augenblick der Traurigkeit teilen, von Komplizenschaft die Rede sein darf.
»Der Direktor ist noch nicht da«, erklärte der Oberwärter mit gewohnter Freundlichkeit.
Jeanne Blin spielte die Überraschte. Sie setzte sich an

unseren Tisch. Ich ahnte, daß der Oberwärter bei dem Gedanken zitterte, die Kassiererin könnte entdecken, daß er sich nicht täuschen ließ und daß wir alle, die wir hier waren, genau wußten, woher sie kam und warum ihr Rock zerknittert, ihr Haar in Unordnung war und ihr Teint von den verschiedenen Retuschen des Make-up unrein wirkte. Als er ihr einen Kaffee bestellte, dankte Jeanne ihm mit etwas zuviel Nachdruck, und ich sah, wie er rot wurde. Sein Herz schien fern Vergangenem anzugehören, bei jedem Hauch, jedem geringsten Zeichen von Dankbarkeit zu zukken. Doch welche bösartige Macht erfaßte mich, daß ich ihm in diesem verschwiegenen und zarten Augenblick eine unangenehme Bemerkung über diese Art, in Gegenwart der Kassiererin zu erröten, entgegenschleudern mußte? Ich war neidisch auf die ganze Welt, ich verabscheute mich. Ich handelte meinen Gefühlen zuwider, indem ich mit drei Worten die zwischen uns entstandene Atmosphäre des Vertrauens zerstörte, so als hätte sich die Schärfe meiner Gelüste plötzlich über den Tisch ergossen, bittere Inkontinenz des Geistes. Der Oberwärter starrte mich mit offenem Mund an, dann stand er langsam auf. Die Kassiererin folgte seiner Bewegung. Einen Moment lang glaubte ich, sie wollten mich schlagen. Ich verstand nicht, weshalb sie da vor mir stehenblieben. Der Oberwärter streckte die Hand aus, und mit der instinktiven Bewegung eines geprügelten Kindes schützte ich mein Gesicht. Ich wollte aufstehen. Ein Druck auf die Schulter nötigte mich, sitzen zu bleiben. Nun begriff ich, daß der Zoodirektor dicht hinter mir stand.

»Ich hätte Ihnen ein paar Worte zu sagen, Jeanne, wenn Sie erlauben?«

Der Oberwärter rückte seinen Stuhl an meinen heran, um dem Direktor Platz zu lassen, der seinen Feldstuhl aufklappte und sich zu uns an den Tisch setzte. Abermals versuchte ich zu fliehen, doch er hinderte mich daran.

»Und Ihnen auch, Joseph«, fügte er hinzu.

Mit verblüffender Dreistigkeit begann er daraufhin, Jeanne vorzuwerfen, daß sie ihren Posten mehr als dreißig Minuten vor der vorgeschriebenen Zeit verlassen habe. Er hielt ihr ein wiederholtes Fehlen vor sowie meine ständige Anwesenheit an der Kasse, Tatsachen, die ihm mehrfach angezeigt worden seien und die er selbst während seiner täglichen Rundgänge festgestellt habe.

»Finden Sie es normal«, fuhr er fort, »daß ein Besucher Ihre kleinen Privatunterhaltungen unterbrechen muß, um seine Eintrittskarte zu kaufen? Widersprechen Sie nicht, Jeanne, ich bitte Sie...«

Jeanne widersprach nicht, und der Oberwärter warf erschütternde Blicke in die Runde. Ich setzte meine Brille wieder auf, die richtige, das heißt die richtige falsche, die mit den Gläsern.

»Und Sie, Joseph, war es falsch von mir, Ihnen zu vertrauen? Ihr Verhalten...«

Bevor er seinen Satz zu Ende bringen konnte, erwiderte ich, daß meine Arbeit immer gewährleistet gewesen sei und seine Vorwürfe mir deshalb unbegründet erschienen. Ich weiß nicht, woher die Sätze kamen, die meinem Mund entströmten, noch welche magische Kraft mir diese Kühnheit verlieh. Ich sah den Direktor wieder vor mir, wie er seine Uhr zog, sich beeilte, sein Geschlechtsteil hervorzuziehen, und konnte seinen Zorn nicht ernst nehmen. Ich erklärte, daß ich jedoch, da sich bei meiner gegenwärtigen Beschäftigung täglich nur einige Stunden der Tätigkeit nachweisen ließen, bereit sei, ein Projekt auszuführen, das genügte, um die Zeit, die ich bei der Kassiererin totschlug, gänzlich auszufüllen.

»Ein Projekt?« wiederholte der Direktor. Es schien ihn zu belustigen, daß ein Kerlchen meines Schlags imstande war, ihm die Stirn zu bieten.

»Ich würde gern«, sagte ich, »mein Volontariat dazu nutzen, um eine Untersuchung anzustellen über ...« Ich zögerte. Die Hand der Kassiererin, die zwischen den Lamellen des Vorhangs auftauchte, ihr Büstenhalter aus Spitze ...

»Eine Untersuchung«, fuhr ich fort, »über die Integration der Giraffen in ein geschütztes Milieu.«

In der vergangenen Woche war ein Student von Maisons-Alfort gekommen, um zu diesem Thema Fragen zu stellen, und da die anderen Pfleger abwesend waren, hatte er sich an mich gewandt. Ich übernahm seine eigenen Formulierungen, mied jedoch das Wort ›Gefangenschaft‹. Der Direktor war sehr pedantisch im Hinblick auf den Gebrauch der Ausdrücke, die die Begriffe Einsperrung und Freiheit bezeichnen – und heute verstehe ich, wie sehr er recht hatte. Er hielt die in den zoologischen Gärten gehaltenen Tiere für privilegierte Wesen, die, vom Problem des Überlebens erlöst, sich den ihnen auferlegten Zwängen vollkommen anpaßten. Er behauptete, daß der Elefant oder der Schimpanse alle Aussicht habe, hinter Gittern besser als, sich selbst überlassen, im natürlichen Umfeld zu leben. Allerdings hätte man sich über die Definition dieses ›besser‹ verständingen müssen. Jedenfalls hütete ich mich, das Gespräch auf dieses Gebiet zu bringen, und der Direktor nahm meinen Vorschlag mit Begeisterung an, sagte mir seine Unterstützung und Förderung zu, schlau genug, um zu verstehen, daß ich mir eine Hintertür öffnete, indem ich ihm den Weg zu Jeannes Kasse ohne Einschränkung überließ. Von dieser neuen Aussicht gestärkt, drückte er mir die Hand, und in einem schönen Exkurs über persönliche Initiative und persönlichen Unternehmungsgeist stellte er mich meinen Kameraden, wie er sie nannte, als Beispiel dar. Schließlich verschob er die Betriebsversammlung auf den nächsten Tag. Aus Gründen, die von seinem Willen unabhängig seien, sagte er.

Mein Volontariat wurde bis zum Winter verlängert, danach erhielt ich einen nach Jahresfrist zu erneuernden Vertrag, eine zwar unterbezahlte Anstellung, die mir gegenüber meinem Vater jedoch eine gewisse Glaubwürdigkeit zusicherte. Einige Wochen nach der Betriebsversammlung war Jeanne Blin durch ein Geschöpf mit glatten Armen und Schlitzaugen an der Kasse entthront worden. An die Stelle der Ansichtskarten heftete die Neue ein Plakat, das ein um einen Blumenkorb flatterndes Nektarvogelpärchen darstellte. Ich nahm ihr diese Veränderung des Wandschmucks sehr übel und beantwortete ihren morgendlichen Gruß nie. Die kapitolinische Wölfin verschwand. Norwegen fand sich in den Verwaltungsräumen auf dem Deckel eines Photokopiergeräts wieder. Jeanne arbeitete nun in der allgemeinen Buchhaltung des Zoos. Wenn ich am Fenster ihres Büros vorüberkam, tat sie so, als sähe sie mich nicht. Ich folgerte daraus, daß wir miteinander verkracht waren.
Seitdem ich mein Interesse an den Giraffentieren und mein Desinteresse an der Kassiererin bekundet hatte, erzeigte mir der Direktor unverhoffte Freundlichkeit. Er erteilte mir die Erlaubnis, zu jeder Tages- und Nachtzeit im zoologischen Garten zu zirkulieren. Er selbst schlug mir vor, ich solle mir dort ein provisorisches Refugium einrichten – für den Fall, daß meine Untersuchungen es erforderlich machten. Ich schaffte einen Schlafsack herbei, eine Lampe und

einige Bücher, die ich im Heuschober neben Hedwiges Stall unterbrachte. Außer dem Oberwärter war ich der einzige, der einen Hauptschlüssel besaß und mit ihm nicht nur die Türen zu den Diensträumen, sondern auch die Außenkäfige öffnen konnte. Da der Direktor sich den Fortschritt meiner Arbeiten angelegen sein ließ, war ich gezwungen, tatsächlich einige Beobachtungen anzustellen.
Ich machte mich mit einem Ernst daran, der mich selbst erstaunte. Was nichts als ein Scherz gewesen war, wurde in weniger als einem Monat zu meiner Hauptbeschäftigung und zum einzigen Gegenstand meiner Überlegungen. Ganze Stunden verbrachte ich damit, mein kleines Notizbuch in der Hand, neben Hedwige zu kauern. Die Pfleger staunten über ihre Fügsamkeit und meine Geduld – oder war es umgekehrt? Aus ihren Blicken schloß ich, daß sie uns, den einen wie die andere, für Schießbudenfiguren hielten. Um ihrem Geschwätz ein Ende zu machen, beschloß ich, meine Arbeitszeit noch zu erweitern. Nicht selten sah man mich mitten in der Nacht Wache halten. Ich bemerkte, daß Hedwiges Schlafzeiten sehr zerstückelt waren. Sie schlief nie länger als einige Minuten ohne Unterbrechung und wurde von den Mondbewegungen stark beeinflußt. Ich teilte dem Direktor diese ersten Ergebnisse mit. Er ermutigte mich, in dieser Richtung fortzufahren, die, behauptete er, noch nicht erforscht worden war, schien aber nicht übermäßig überrascht zu sein. Als ich ihn fragte, ob ihm Hedwiges Schlaflosigkeit normal erscheine, antwortete er mir lediglich, daß das Wort

›Schlaflosigkeit‹ eine menschliche Erfindung sei. Er sagte dies mit einem kleinen Lächeln, das mir den Gedanken eingab, er wisse, wovon er sprach.
»Die Ameisen«, fügte er hinzu, den Feldstuhl wieder zusammenklappend, »schlafen überhaupt nicht.«
Daß derart winzige Geschöpfe mit meiner Hedwige verglichen werden konnten, verunsicherte mich. Trotzdem setzte ich die nächtlichen Beobachtungen fort. Auf diese Weise gönnte ich mir, mit offenen Augen auf den hellen Bauch meiner Schutzbefohlenen starrend, weite Traumgestade. Beim Ansatz der Hinterbeine war eine leicht gewölbte, faszinierende Körpergegend, wo die dunklen Flecken ihres Fells stufenweise verblaßten. Meine Zuneigung für Hedwige fand dort einen Nährboden von idealer Reinheit.
Während des Tages schloß ich mich, um den Fragen der Besucher zu entgehen, oben im Speicher ein, wo ich immer noch das die Giraffe des Paschas von Ägypten und ihren Wärter Jussuf darstellende Gemälde versteckt hielt. Durch häufiges Betrachten war es mir gelungen, die Anordnung der bunten Schichten zu verstehen, die sich dank eines feinen Spiels von Verdichtungen und Transparenzen im Bildhintergrund vermischten. Sie beschworen – wie mir einige Jahre später bestätigt wurde – die Landschaften, die der Mann und das Tier zusammen durchquert hatten. Zunächst erschien, über ihnen schwebend, eine durch wenige schnelle Pinselstriche mit dornigem Gebüsch bepflanzte Wüstenzone. Dieser Boden wurde durch einen dünnen Strahl grüner Farbe zwei-

geteilt, der, sich verzweigend, auf einen blauen, von Kuppeln gesäumten Strand fiel. Wie vom Meer schartig gemacht, zeichnete sich auf der anderen Seite in einem Schaumnebel die Küste ab. Dann kam graues Gewölk, von dem sich das berühmte rote Halsband der Giraffe, der Schlußstein des Bildes, abhob. Darauf Land, von Straßen durchzogen, von Dörfern verschiedenster Bauweise übersät. Die dominierende frühlingshafte Farbe der Wälder wurde nach unten hin dunkler, um in einem Feuer aus Ocker und Violett zu enden. Genau unter der Kalligraphie des Titels sank die Sonne über einem Bett welken Laubes, das sich seinerseits ins Nichts verlor. Die untersten zehn Zentimeter des Bildes waren leer geblieben, jungfräulich wie Hedwiges Bauch. Woran hatte der Maler gedacht, als er diesen freien Raum gelassen hatte? Nicht der leiseste Hinweis, der es zu erraten erlaubt hätte. Im Vordergrund stachen Jussufs nackte Füße von der weißen Leinwand ab. Trotz des Eindrucks von Kraft, der von seiner Person ausging, verlieh ihm dieses Fehlen eines Stützpunkts ein anfälliges, ungeschicktes Aussehen. Er wirkte so, als sei er bereit, sein Schwert gegen Feinde zu ziehen, die ebenso gefährlich wie unsichtbar waren, im Glauben, die Giraffe zu verteidigen, während offensichtlich sie es war, die ihn vor den Gefahren der Welt beschützte. Ihre Hufe standen fest zwischen den Bäumen, und ihr Leib bildete mit dem Hals eine schöne Wellenlinie, die sich zu Jussufs Kopf hin senkte.

Doch beschützte sie ihn wirklich? Je nach Tag und Stimmung schienen sich die Kräfteverhältnisse zu vertauschen. Die Grenzen sind so fein, daß es mir auch heute noch schwerfällt, die sie vereinenden Bande mit Sicherheit zu deuten. Es liegt etwas Schlangenhaftes in dieser Art, sich hinabzubeugen, und es liegt Bosheit in den Augen des Mannes. Welche verführerischen Worte sagt sie ihm ins Ohr? Welcher heimlichen Gedanken sucht er sich zu entledigen, indem er die Waffe zieht? Einer wie der andere kämpfen sie, gegen wen, gegen was, scheint der Maler selbst nicht zu wissen. Vielleicht kämpfen sie nur darum, alle beide, auf ewig vereint im vom Rahmen bestimmten beschränkten Raum figurieren zu können. Das Ganze gemahnte mich an jene Kalender, deren Papptürchen man zur Weihnachtszeit öffnet und wobei jeden Morgen eine neue Episode der Geschichte der Geburt Christi enthüllt wird. Mitunter verflüchtigt sich das Motiv, oder aber es wird im Gegenteil durch ein paar rasche Bleistiftstriche deutlicher, Herausforderung gleichsam an das fliehende Universum, das es umgibt. Es liegt Genialität in dieser Verbindung von Struktur und Nebel. Bilder, die die Lust an der Erzählung, der Wanderroute und nicht so sehr die an der Situation oder der Anekdote vermitteln können, sind selten.

Trotz meiner Nachforschungen habe ich den Maler des Bildes immer noch nicht identifizieren können. Zwischen der Behandlung der Szenerie und der Ausführung der Lebewesen besteht ein so großer Unterschied, daß ich mich sogar gefragt habe, ob es nicht von mehreren Künstlern geschaffen worden ist. Keine Spur einer Signatur, ob Einzahl oder Mehrzahl, erlaubt auf diese Frage zu antworten. Bleibt meiner Meinung nach, daß der wahre Schöpfer derjenige – oder diejenige – ist, der den Maler inmitten seiner Arbeit unterbrochen und ihr das nostalgische Aussehen der auf immer unvollendeten Dinge auferlegt hat.

Hedwige paßte sich dem ihr auferlegten Leben vollkommen an. Sie zeigte wie ihre in Gefangenschaft geborenen Artgenossen keinerlei besondere Ungeduld. Nur eines quälte mich: ich hatte sie nie den geringsten Laut ausstoßen hören. Der Oberwärter versicherte mir zwar, daß ihre Stummheit angeboren sei, aber ich konnte es nicht glauben. Ich bat ihn, mir zu erzählen, wie sich die Dressurübungen mit den jungen Raubtieren des Zirkus Pinder abgespielt hatten, und reich an solchen Hinweisen setzte ich mir in den Kopf, die Mauer des Schweigens, die mich von Hedwige trennte, zu durchbrechen. Ich war überzeugt, daß sie, wenn sie in wildem Zustand ihre Sprechorgane nicht geübt hatte, dies nur in Ermangelung eines ebenbürtigen Partners unterlassen hatte. Daß andere ihresgleichen eines Schreis ermangelten, der diese Bezeichnung verdiente, nun ja, aber von Hedwige, wie soll ich sagen, wollte ich es nicht hinnehmen.
Bald schon schien es mir unerläßlich, zwischen uns eine aufeinander abgestimmte Sprache herzustellen. Meine ersten Versuche in dieser Richtung endeten alle mit Mißerfolgen. Trotz aller Bemühungen blickte Hedwige mich weiterhin mit völlig ratloser

Miene an, wenn ich versuchte, im Austausch gegen irgendwelche Nahrung einen Laut zu erhalten. In der Hoffnung, in ihr die Erinnerung an eine einstige Funktion zu wecken, mochte ich röhren, wiehern, bellen, blöken, soviel ich wollte, Hedwige blieb stimmlos. Ich wartete mehrere Monate, bis ich mich zum Einsatz der harten Behandlung entschloß; doch nichts zu wollen: auf den Schmerz reagierte sie nur, indem sie leicht mit den Augen zwinkerte, und dieses stille Ertragen der Foltern, die ich ihr heimtückisch durch die Gitterstäbe hindurch zufügte, machte mich wahnsinnig. Allein die unkontrollierten Bewegungen ihres langen Halses verrieten ihre Erregungen. Ganz gleich, ob sie geängstigt oder zornig, zufrieden war oder schmollte, schien Hedwige nicht zuzugestehen, daß es eine andere Form der Äußerung als dieses groteske Hin- und Herschwingen geben könne. Die Starrheit ihres Verhaltens war verblüffend. Wie gelten lassen, daß ein Körper von solcher Größe nur ein derart begrenztes Kommunikationsfeld besaß? Manchmal sagte ich mir, daß ich es sei, der sie nicht verstand, daß ich taub sei, und ich faßte mich wiederum in Geduld. Ich dachte mir neue Spiele, neue Versuche aus. Ich lernte.

Nach einer ganzen Saison widersprüchlicher Behandlungen begann ich ernstlich zu zweifeln an meiner Arbeit – da ich Arbeit nannte, was, wie ich später einsah, nichts als ein langes Verführungsunterfangen war. Oft ging ich in die über dem Giraffengehege liegenden Künstlerlogen, um mich dort zu sammeln und frischen Mut zu schöpfen. Ich sah den Direktor wieder vor mir, seinen zwischen die Zähne geklemmten Bart, und das trostlose Lächeln der armen Jeanne, die sich an ihn klammerte wie ein Kind an das hölzerne Pferd des Karussells, das nicht aufhört, sich zu drehen. Ich sah Hedwiges kleinen Kopf hinter dem Fenstergitter wieder vor mir, ihre staunenden Augen und ihre riesigen Wimpern. Unbeweglich verharrte ich dort, aufrecht neben der staubigen Palette, von den um mich herum aufgehängten Pinseln bewacht. Es dauerte lange, bis ich mich an die in der Holzkiste hinten im Atelier zurückgelassenen Bücher heranzumachen wagte. Es waren etwa dreißig gebundene Bände, alte Schriften über die Zubereitung von Farben, aber auch klassische Theaterstücke und Romane. Ihre Anwesenheit in wenigen Metern Entfernung von der Staffelei verlieh ihnen eine entscheidende Bedeutung. Hatte der Maler sich von einem dieser Werke inspirieren lassen, als er das Porträt Jussufs und der Giraffe des Paschas von Ägypten schuf? Ich transportierte die Kiste auf den Heuboden und begann während der Stunden zu lesen, in denen ich Hedwiges Verhalten hätte beobachten sollen. Da sie sich für diese Gegenstände zu interessieren schien, die plötzlich meine ganze Aufmerksamkeit in Anspruch nahmen, kam mir der Gedanke, ihr laut vorzulesen, einfach vorzulesen, ohne zunächst mehr von ihr zu verlangen, als daß sie mir zuhörte. Ich wähnte, wenn sie mich ständig hörte, würde sie schließlich ein Mittel erfinden, um mich nachzuahmen und um in gewisser Weise sprechen zu lernen. Leider monologisierte ich ganze Stunden, ohne daß etwas aus ihren flaumigen Lippen drang. Ich ging von Shakespeare zu Dante über, von Dante zu Dostojewski. Manchmal begann sie mitten in einem erhabenen Satz wiederzukäuen, und ich fragte mich, ob Hedwige es wahrhaft verdiente, daß ich sie zum Zentrum meines Lebens machte. Dieses unflätige Wiederhochkommen der Nahrung versetzte mich in verzweifelte, in keinem Verhältnis zu den Anlässen stehende Rasereien. Mir war, als sähe ich meine Pflegemutter Mèrade wieder vor mir, wie sie sich mit ihrem Küchenmesser die Zähne reinigte. Eines Sonntags urinierte Hedwige ostentativ auf ein gebundenes Exemplar der *Erinnerungen von jenseits des Grabes,* das ich in einem Winkel des Käfigs vergessen hatte. Vor Zorn trieb ich ihr die Spitze des Geräts, dessen ich mich gewöhnlich bediente, um die Strohbündel vom Speicher hinunter zu befördern, mitten ins Hinterteil. Sie bäumte sich auf und schickte sich von diesem Augenblick an noch fügsamer in meine geringsten Launen. Ich brachte ihr bei, auf Befehl sich herumzudrehen und mit dem Fuß aufzustampfen. Der Direktor war entzückt, als er sah, mit welcher Grazie Hedwige meine Anordnungen befolgte. »Ein echtes dressiertes kleines Ungeheuer«, bemerkte er, nachdem er mich beglückwünscht hatte, und diese Äußerung ließ mir das Blut in den Adern erstarren. Hedwige war abgerichtet, aber gegen mich abgerichtet. Ich hatte den Eindruck, daß sie mich verabscheute und daß sich hinter ihrer Unterwürfigkeit ein wildes Verlangen verbarg, mich zu beseitigen. Sie hätte alle Ursache gehabt, es zu tun, ich benahm mich

gemein ihr gegenüber, in Wahrheit jedoch erzeigte mir Hedwige nur Liebe und Güte. Vielleicht verübelte ich es ihr sogar, daß sie mir nichts verübelte. Ich stellte mich oft in Reichweite ihres Hufs, versuchte den unvermeidlichen Unfall zu provozieren, der mich halbtot auf den Boden ihres Käfigs hinstrekken würde. Ich ging unerhörte Wagnisse ein, und trotzdem versuchte sie nie, sich zu rächen. Wenn ich mich ihr zu Füßen hinsetzte, war ihre Geschicklichkeit mir auszuweichen, in Anbetracht der Enge ihres Raums, unglaublich. Auf meine Angriffe reagierte sie mit hartnäckiger Rücksichtnahme. Und wenn ihr der Instinkt eine aggressive Bewegung eingab, richtete sie sie sofort gegen sich selbst.
Ich war ihr absoluter, unstreitiger Herr und Meister und zweifelte immer noch. Jeden Tag hielt ich es für nötig, die Beweise dafür zu erneuern, ein originelles Mittel zu finden, um Eindruck zu hinterlassen. Ich war vom Wunsch beherrscht zu erleben, daß sie sich allen meinen Forderungen unterwarf. Ich verlangte viel, sie gab mir das Zehnfache. Ihre Großmut reizte mich aufs äußerste. Dennoch fuhr ich damit fort, ihr laut vorzulesen, und diese Lehrzeit war nur scheinbar nutzlos. Meine Unnachgiebigkeit wurde in der Tat doppelt belohnt: Hedwige lernte mit der Zeit, mir zuzuhören. Und ich fand Geschmack daran, sie zu unterhalten. So kam ich eines Abends, als sie mitten in einem Auszug aus der *Göttlichen Komödie* Zeichen der Ungeduld äußerte, auf den Gedanken, selbst eine Geschichte zu erzählen. Vom Porträt der Giraffe des Paschas von Ägypten inspiriert, sprach ich vom Nil,

von den Pharaonen, dann schilderte ich ihr Jesu Geburt, den über seine Wiege – eine Viehkrippe – geneigten Ochs und Esel, die Erschütterung Mariens, den ratlosen Blick Josephs, der im Gesicht des kleinen Engels vergeblich nach einer Ähnlichkeit suchte. Hedwige hörte mir gebannt zu. Tags darauf wiederholte ich das Experiment. Bald gab ich das Vorlesen zugunsten solcher Stegreiferzählungen gänzlich auf. Ihr Konzentrationsvermögen wuchs von Woche zu Woche, obwohl ich einfach alles sagte, was mir in den Sinn kam. Ich fand hierbei das gleiche Vergnügen wie einst, als ich an meinen Vater geschrieben hatte. Die Hauptperson dieser grausamen Geschichten hieß nun Jussuf. Ich ersann ihm eine Vergangenheit, Feinde, ein Schicksal. Sogar eines meiner Heftchen widmete ich ihm. Gern stellte ich ihn mir in seinem Geburtsland vor, irgendwo in Afrika, wie er das Giraffenjunge vor dem Schwert der Jäger rettete. Die Worte rissen mich mit, und oft verlor ich die Kontrolle über seine Taten. Jussuf führte mich in mir unbekannte Zonen meiner selbst, ich unterwarf mich seinen Wahnvorstellungen, ich empfand seine Ängste. Je tiefer ich in seine Privatsphäre eintauchte, desto stärker erregte sich Hedwige. Sie scheuerte ihr Hinterteil an der Tür und stieß mit ihren kleinen Hornzapfen gegen die Ständer ihrer Futterkrippe. Eines Abends, als ich besonders in Schwung war, begannen ihre Hufe im Rhythmus meiner Sätze auf den Boden zu hämmern. In meiner Geschichte wurde Jussuf im Hafen von Marseille von einer Meute streunender Hunde angefallen. Er drohte ihnen mit seinem Schwert, zu dem im Verlauf der Tage das Schienbein der Mutter der jungen Giraffe geworden war. Hedwige schaute mich unverwandt an. Um zu sehen, was sie tun würde, hörte ich mitten im Satz mit meiner Geschichte auf. Zu meiner großen Enttäuschung verlor sie sofort das Interesse an mir und fing mit geistesabwesender Miene an wiederzukäuen.

Wie ihr sagen, daß ich mehr von ihr erwartete, eine Antwort, eine Frage, kurz den Beweis eines wirklichen Zwiegesprächs? Ich rief sie beim Namen, und ihre Ohren bewegten sich mir zu. Hätte ich mich mit diesem Zeichen der Anerkennung begnügen sollen? Mochte mein Held auch von den Hunden zerrissen werden, ihr machte es nichts aus. Mir blieb nichts weiter übrig, als zum Heuboden hinaufzusteigen und mich in den Schlaf gleiten zu lassen.

Fühlte Hedwige meine Niedergeschlagenheit? Ich war im Begriff, im Stall das Licht zu löschen, als sie sich endlich mit einem Huftritt gegen die Käfigtür äußerte. Das Eisen hallte im ganzen Gehege wider. Ich hörte, wie die Giraffen auf der anderen Seite der Mauer in Panik gerieten. Darauf schürzte Hedwige die Lippen und streckte mir zum ersten Mal ihre schwarze Zunge heraus, die sie in ihrer ganzen Länge aus dem Mund hängen ließ. Ich fing wieder an, sie mit Worten zu liebkosen. Mit den Händen umfaßte ich die Gitterstäbe im Gefühl, unsere erste Begegnung in Marseille aufs neue zu erleben, ich auf der Leiter stehend, den Kopf ins Dunkel tauchend, und sie bebend, stampfend in ihrer gepolsterten Kiste.

Die Hunde hatten sich beruhigt, nun umsprangen sie

Jussuf und fuhren ihm mit den feuchten Schnauzen zwischen die Beine. In jener Nacht war es besonders warm.

Am Tag darauf fand der Oberwärter mich im Gang des Stalls, schlafend. Ich weiß nicht, welche dumme Entschuldigung ich vorbrachte, um mich zu rechtfertigen, ich entsinne mich nur, daß er so freundlich war, mir zu glauben. Er lud mich ein, mit ihm auf der Terrasse des Restaurants einen Kaffee zu trinken Er erzählte mir von seiner Kindheit, seinen Eltern, und ich hing wie gebannt an seinen Lippen. »Mein Vater«, sagte er, »war Briefträger. Sein ganzes Leben hat er die Briefe der anderen ausgetragen, ohne je selbst welche zu erhalten. Wir wohnten in der Creuse, in einem abgelegenen Haus zwischen Tannen. Eines Morgens – ich war knapp sechzehn Jahre alt – wurde ich von dem Geräusch von Glöckchen geweckt: es war ein Zirkus, der auf der Straße weiter unten vorüberzog. Damals wurden die Wohnwagen noch von Pferden gezogen. In aller Eile kleidete ich mich an und lief den Abhang hinunter, ihnen entgegen. Eine Frau schritt neben der Wagenkolonne her, ihr saß ein Seidenäffchen auf der Schulter. Sie fragte mich, ob ich einen Ort kenne, wo sie die Tiere tränken könnten, und der Affe versteckte sich in ihrem langen schwarzen Haar. Ich führte sie zur Quelle. Mein Vater, der unruhig geworden war, weil ich nicht zurückkehrte, stieß mit dem Rad zu uns.
Diesem Rad da«, präzisierte der Oberwärter und wies auf sein altertümliches Fahrzeug.

»Die Fortsetzung ist leicht zu erraten: am selben Abend noch half ich ihnen beim Aufstellen der Sitzreihen. Sie schlugen mir vor, während der Sommermonate mit ihnen zu ziehen. Mein Vater gab mir seinen Segen. Meine Mutter nahm mir das Versprechen ab, ihr zu schreiben – und ich glaube wohl, das ist das einzige Versprechen in meinem Leben, das ich nicht gehalten habe. Ich lernte für die Tiere zu sorgen, der Leiter der Menagerie verließ uns, ich ersetzte ihn. Einige Wochen später traf das kleine schwarze Pantherweibchen ein, dem ich meinen Ruf als Dompteur verdanke. Es hinkte leicht, niemand wollte es haben: ich wurde damit betraut, es zu dressieren. Als der Direktor von Pinder unsere Nummer sah, kaufte er uns alle beide dem Chef des Zirkus ab, wie Sklaven.«
Der Oberwärter seufzte. Trotz der Bitterkeit seiner Worte spürte ich, daß er jenem Leben noch nachtrauerte. Ich fragte ihn, auf welchem Umweg er dazu gekommen sei, im Zoo von Vincennes zu arbeiten.
»Mein Pantherweibchen wurde krank«, sagte er einfach, »der zoologische Garten erklärte sich bereit, es in Kost zu nehmen, ich ging mit. Ich pflegte es Tag und Nacht mehrere Monate lang...«
Der Oberwärter schwieg. Seine starken Finger lagen ganz flach vor ihm auf dem Tisch, so als suchten sie in den Masern des Holzes Hilfe. Ich legte meine Hände auf die seinen. Er befreite sich sofort und stand auf. Ich begleitete ihn bis zu seinem Fahrrad. Ich mochte ihn sehr gern.

Als das schöne Wetter einsetzte, mußte ich Hedwige aus ihrem privaten Innenkäfig herauslassen. Ich fürchtete diesen Augenblick, da sie mit der Außenwelt konfrontiert sein würde. Es war mir gelungen, unter dem Vorwand einer bronchopulmonären Anfälligkeit Hedwiges, die niemand in Zweifel zog, das Ereignis bis Anfang Juli zu verschieben. Zu meiner Entlastung muß ich sagen, daß meine Pflege im ganzen genommen konsequent und wirksam war. Die Tierärzte des zoologischen Gartens sparten nicht mit Lob mir gegenüber. Manchmal kamen sie sogar und fragten mich um Rat. Meine Kindheit auf dem Hof hatte mir zu einer sehr eigenartigen, letztlich aber sehr positiven Betrachtungsweise der Gesundheit und ihrer Perversionen verholfen. Ich übte mich mehr im Vorbeugen als im Pflegen, und Hedwige war nie wirklich krank, von den kontrollierten Unpäßlichkeiten abgesehen, die ich ihr, den Erfordernissen meiner Experimente entsprechend, von Zeit zu Zeit auferlegte. Ihre intellektuelle Frühreife färbte auf ihr Wachstum ab, und obwohl ich sie auf affektivem Niveau im Zustand kindlicher Zuneigung beließ, entwickelte sich ihr Körper doch mit auffallender Schnelligkeit.
Von ihrem ersten Ausgang ab ließ ich mich auf der Terrasse des Restaurants nieder. So konnte ich sie überwachen, ohne von den Besuchern gestört zu werden. Ich hatte den Eindruck, wie eine Mutter zu handeln, die ihr Kind auf dem Schulhof allein läßt. Es fehlten nur noch der Ranzen und das Pausenbrot. Mèrade gab mir am Tag, an dem die Schule wieder

anfing, immer die doppelte Schokoladenration mit. Zu meiner großen Erleichterung hielt sich Hedwige der Herde fern. Die anderen Zöglinge wirkten neben ihr ziemlich grau, als spiegelten sie die sie umgebenden Betonfelsen wider. Hedwiges Fell hatte die rosigen Reflexe ihres heimatlichen Afrika behalten. Ihre mit Kiefernteer eingeriebenen Hufe glänzten in der Sonne, schwarz und glatt wie Lackschühchen. Sie war entzückend.
Ich ließ einige Wochen verstreichen, ehe ich meinen Beobachterposten verließ. Hedwige nahm die Gewohnheit an, mir mit den Augen zu folgen; am anderen Ende der Allee spürte ich noch ihren besorgten Blick. Mein unvermeidlicher roter Schal half ihr wohl, mich von den anderen Wärtern zu unterscheiden. Ich habe mich lange gefragt, ob sie mich an diesem Zubehör erkannte. Ich wagte den Schal nicht abzulegen, blieb lieber im Zweifel, als mich einer negativen Antwort auszusetzen. Unsere Beziehung schien mir noch zu wenig stark zu sein. Ich wartete den nächsten Sommer ab, um meinen Schal durch ein großes beiges Halstuch zu ersetzen, das ich meinem Vater entlieh. Ich besprühte es mit Riechwasser, um den aus der Seide aufsteigenden Tabakgeruch zu mildern. Trotzdem bekundete Hedwige, als sie mich kommen sah, die gleiche Begeisterung wie sonst. Somit gewann ich die Gewißheit, daß die geheimnisvolle Verwandtschaft, die uns einte, nicht die Frucht meiner Wahnvorstellungen war. Ich erschien ihr nicht lediglich als eine Anhäufung von Farben, ein Geruch, eine Funktion, sondern als ein dreidimen-

sionales Lebewesen mit einer zusätzlichen vierten Dimension: ich war Joseph.
Um mir jedoch ihr Mißfallen an dieser unangebrachten Veränderung zu verstehen zu geben, schnupperte Hedwige lange am Futter, das ich ihr an jenem Morgen brachte, und musterte mich derartig verachtungsvoll, daß ich mich schuldig fühlte, auch nur einen Augenblick an der Tiefe ihrer Zuneigung gezweifelt zu haben. Aus Stolz – damals hätte ich behauptet, aus Neugier – trug ich drei Tage lang mein beiges, mit Vetiveröl parfümiertes Tuch um den Hals geschlungen, und drei Tage lang weigerte sich Hedwige zu verzehren, was meine Hand berührt hatte. Sie begann die Besucher anzubetteln, sei es um ein Stück hartes Brot, sei es um eine Erdnuß, die sie mühsam vom Boden aufnahm, ohne den Blick von mir zu lassen. Es war unsere erste Kraftprobe, und diesmal gab ich mich geschlagen. Am vierten Tag kehrte ich mit meinem roten Schal zurück, und alles hatte wieder seine Ordnung. Mein Vater, der froh gewesen war, mich dies letzte Zeichen der mütterlichen Herrschaft endlich ablegen zu sehen, begnügte sich damit, die Achseln zu zucken, als ich ihm sein Halstuch zurückgab. Er schien mir immer weniger am Leben zu hängen.
Hedwige war nicht nachtragend. Da der Tierarzt bei ihr eine leichte Nahrungsmittelvergiftung festgestellt hatte, erhielt sie Anspruch auf eine Vorzugsdiät auf Porridgebasis mit Sojamilch und gekochten Zwiebeln. Sie aß sie, ohne mit der Wimper zu zucken. Vom Monat September an nahmen wir unsere Leseabende wieder auf. Diese seltsamen, täglich mit grö-

ßerer Ergriffenheit wiederholten Unterhaltungen wirkten wie eine Droge auf mich. Ich entdeckte jenes Gefühl unendlicher Freiheit, das die Tatsache verleiht, sich nicht allein angehört, sondern überdies verstanden zu wissen. Wenn ich meine Geschichte unterbrach, wußte Hedwige, daß sie die Lippen hochziehen und ihre schwarze Zunge aus dem Munde hängen lassen sollte. Sie war unwiderstehlich. Die Person Jussufs nahm in meiner Vorstellung Gestalt an. Der Direktor kümmerte sich kaum mehr um meine Forschungsarbeit, darum vernachlässigte ich meine Notizbücher jedoch nicht. Ich hatte es mir zur Gewohnheit gemacht, die Ergebnisse meiner Versuche darin zu vermerken. Oft las ich sie wieder durch. Hedwiges Gebaren gegenüber ihresgleichen hatte sich seit ihrer Ankunft im Zoo nur wenig geändert: sie blieb dabei, die anderen zu ignorieren. Dagegen stellte sie sich oft an das seitliche Gitter und beobachtete die Strauße. Mit geradezu menschlichem Eifer betrachtete sie die unglückseligen Geschöpfe mit ihren verkniffenen Mienen, die sich auf nur zwei Füßen fortbewegen mußten. Ihre Neugier verwandelte sich in wahre Faszination, als im Jahr darauf ein gewisser Glibett nach Vincennes kam. Es war das ein dicker, einsamer, ziemlich kahler Straußenhahn, der mit dem Zoo von Tozeur gegen ein Gazellenpärchen ausgetauscht worden war. Gewohnt, umgeben von einem auf Limonade versessenen Dromedar und einem unaufdringlichen Stachelschwein allein in einem winzigen Käfig zu leben, ertrug der Strauß den ihm plötzlich gebotenen Raum nur schlecht. Trotz aller

Bemühungen seines Pflegers blieb er mit trüber Miene in einer Ecke hocken und scharrte im Sand. War es Mitleid, was Hedwige bewog, sich in ihn zu vernarren, oder war es Verkennung der Regeln ihrer Rasse? Entdeckte sie einen verwandten Zug in dem Tier mit dem langen Hals und den riesigen Wimpern? Hedwige besaß wohl eine sonderbare sinnliche Wahrnehmung ihrer eigenen anatomischen Form. Wenn sie sich, von seinem kahlen Hinterteil bezaubert, zu ihm hinunterbeugte, traten die Grenzen der ihr von mir erteilten Erziehung in ihrer ganzen Ungeheuerlichkeit deutlich zutage. Um mich zu beruhigen, sagte ich mir, daß Hedwige in ihren afrikanischen ersten Lebensmonaten wohl einem alten Straußenvogel begegnet sein müsse, so daß Glibett sie an ihre Kindheit erinnere, weiter nichts. Wie sonst die unnatürlichen und völlig idealisierten Bande erklären, die sie mit dem armen Vogel knüpfte? Der Oberwärter berichtete mir, daß das arabische Wort Glibett dasselbe bedeutet wie das, was wir in der Schule Pipas nannten, jene gerösteten, gesalzenen Sonnenblumenkerne, die der Ärger der Putzfrauen waren. Daß ein so umfangreiches Tier mit einem so unbedeutenden Ding in Verbindung gebracht werden konnte, bewies, welch lächerlichen Eindruck Glibett ungewollt machte.

Obwohl ihre kleinen Verführungsspielchen mich anfänglich belustigten, erwiesen sie sich auf die Dauer doch als schwer erträglich. Es war schmerzlich zu sehen, wie meine Hedwige an der Grenze der beiden Gehege stampfte, taub gegen meine Rufe und – wider Willen – stumm auf die seltenen Klagen ihres

Verehrers hin. Drei Meter nur trennten die beiden, was ihnen nach ihren Maßstäben lächerlich und nur um so ärgerlicher erscheinen mußte. Sobald Glibett einen Schritt tat, folgte Hedwige ihm. In ihrem Blick war Traurigkeit zu lesen, wenn er sich vom Gitter entfernte. Sie ahmte ihn nach, ein ergreifender Zerrspiegel, stöberte mit ihrer zarten Schnauze im Sand, wenn er mit seinem Schnabel im Boden stocherte. Glibetts Pfleger erklärte mir, daß der Pfauenhenne zur Brunstzeit die Pflicht auferlegt ist, bis in jede Einzelheit die gleichen Figuren wie das Männchen auszuführen. Woher wußte Hedwige dies? Wenn der Vogel sich vor ihr niedergelassen hatte und seine flugunfähigen Flügel entfaltete, bewegte Hedwige verzweifelt den Hals oder die Ohren, außerstande, an ihrem Körper zu finden, was diesen beiden weichgefiederten Fächern entsprechen konnte. In äußerster Erregung wandte sie ihm sodann den Rücken zu, hob den Schwanz sehr hoch und urinierte.

Hedwige machte mir Sorgen. Manch einer wird behaupten, daß ich, vom Schauspiel einer simplen gegenseitigen Neugier verstört, mich von meiner Phantasie habe hinreißen lassen und daß meine Schlußfolgerungen, wenn auch nicht ein Fall von Wahnsinn, so doch von einer sehr persönlichen Betrachtungsweise der Wirklichkeit seien. Heute zweifele ich selbst mitunter an der Zuverlässigkeit meiner Beobachtungen. Doch da sind meine Notizbücher, die beweisen: es ging etwas Tiefgreifendes in ihr vor, was auf indirekte Weise unsere Beziehung in Unordnung brachte.

Dem Anschein nach bestand kein Grund zur Besorgnis. Hedwige erfreute sich bester Gesundheit, und unsere Lesungen litten nicht unter diesem parallelen Verhältnis. Wenn Hedwige auch während der Stunden im Außengehege manchmal mit mir schmollte, geriet sie doch, sobald ich sie hineinführte, wieder in meine Gewalt. Ich hatte ihr nichts vorzuwerfen, nichts.

Oder aber alles. Denn schließlich war die exakte Wiedergabe unserer gewohnten Gesten, so als existierte Glibett überhaupt nicht, an sich eine Kränkung. Ich hatte das Gefühl, erst nach dem Fest zu kommen, nur noch die Konfettis einzusammeln. Warum tat sie so ›als ob‹? Warum fühlte sie sich genötigt, mich anzulügen? Ich hätte lieber gesehen, daß sie mich ablehnte, mich und meine blödsinnigen, allzu menschlichen Geschichten. Dann wäre ich imstande gewesen, neue Spielregeln auszudenken. Die Druckmittel, über die ich verfügte, um ihre Exzesse einzudämmen, waren zahllos, zunächst aber mußte Hedwige Verfehlungen merken lassen. Sie aber versteifte sich darauf, unter ihrer unverletzlichen Maske einer braven, ergebenen und stillen Schülerin aufzutreten. Sehr bald begriff ich, daß es an mir war, die Konfrontation herbeizuführen, auf die Gefahr hin, in wenigen Wochen die Arbeit mehrerer Jahre zunichte werden zu sehen. Wenn wir weiterhin nur so taten als ob, würde ich den Mut verlieren und sie wie ein dressiertes, gebändigtes Tier behandeln, was sie im Grunde nie gewesen war. Der Gedanke an die gemeinsam zurückgelegte Strecke und die Anwesenheit des Bildes hinten im Speicher milderten glücklicherweise die ernüchternden Überlegungen, die mich bedrängten.

Die Tage verstrichen, und ich gelangte zu keinem Entschluß. Es fehlte mir an Selbstsicherheit. Dank der besonderen Anstrengungen des Personals nützte mein Rivale meine Schwäche aus, neue Federn zu bekommen. Und mit erbitternder Beharrlichkeit zeigte ihm Hedwige ihr Hinterteil. Ich verdächtigte sie, ihren Urin während der Nacht zurückzuhalten, um den Genuß ihrer morgendlichen Bedürfnisse für Glibett aufzusparen. Wenn Beethoven, der Bulle der Herde, von dem Geruch angezogen, sich näherte, zögerte Hedwige nicht, ihn mit einem Tritt abzuweisen. Er sah sie zweifelnd an und ging zu einer anderen Gefährtin. An Partnerinnen fehlte es nicht. Auf der anderen Seite des Grabens, hinter dem Gitter, blähte Glibett wie eine gefräßige, schmierige Schlange den Bauch und verrenkte den Hals. Sein Zynismus widerte mich an. Im Schatten dieses dicken, in Samen geschossenen Hahns zu leben wurde unerträglich. In der Pariser Luft zog er sich ein nässendes Ekzem zu, das mich vollends davon überzeugte, daß nur sein Verschwinden das Problem endgültig lösen könne.

Um jeglichen Verdacht abzuwenden, war ich der erste, der Glibetts Tod beklagte. Ein Maniker, hieß es, habe in den Straußenkäfig eine mit Rattengift gefüllte bretonische Sandtorte geworfen. Die Verpackung der Torte sowie das Paket, das das Gift enthalten hatte, waren in einem Gebüsch neben dem

Restaurant gefunden worden. Einzig der durch den Klimawechsel geschwächte Glibett starb an den Folgen des Anschlags. Der Tierarzt diagnostizierte eine innere Blutung. Bei der Autopsie wurde eine Rasierklinge in Glibetts Magen gefunden. Der Direktor äußerte sich entrüstet über die Böswilligkeit mancher Besucher und die Verderbtheit der menschlichen Rasse. Trotz der zahlreichen Schilder, die das Füttern der Zootiere auf das entschiedenste verboten, kamen Fälle von Vergiftung immer noch zu häufig vor. An den Schlüsselstellen des zoologischen Gartens wurde die Aufsicht verstärkt. Ich schlug den Einsatz einer Patrouille Freiwilliger vor, die in Zivilkleidung in stillen Zeiten die Wege durchstreifen sollten. Vor einer solchen Idee graute mir zwar, aber ich wußte, daß sie nie in die Tat umgesetzt werden würde. Wirklich wurde meine Anregung von allen begrüßt und sodann geflissentlich vergessen.

Ich bin überzeugt, im Sinne der Geschichte gehandelt zu haben, als ich uns von Glibett trennte. Hedwige tröstete sich, indem sie ihre ganze Liebeskraft auf meine Person übertrug. Ihre Maske fiel, und mit der Maske fielen die letzten Bedenken dahin, die uns einander ferngehalten hatten.

Jussuf führte das Giraffenjunge nach Khartum und übergab es seinem Freund Muker Bey, dem Gouverneur. Dieser dankte ihm überströmend, wobei er den übelriechenden Schwanz der Giraffenmutter unter seiner Nase hin und her schwenkte, wie um einen bösen Gedanken zu vertreiben. Er beschloß, seinerseits die junge Giraffe dem Vizekönig Mohammed-Ali Pascha zu schenken, und ließ ihm sofort eine Botschaft schicken: Wenn Seine Exzellenz der Pascha von Ägypten geruhen wolle, im berühmten Park seines wunderbaren Palastes zu Alexandrien das Zeichen seiner höchsten Wertschätzung in der Person einer anbetungswürdigen *Zarafa* anzunehmen, wäre dies eine Ehre...

Der Gouverneur brachte seine heuchlerischen Formulierungen so sehr durcheinander, daß der bewußte Pascha den Gegenstand des Schreibens erst acht Wochen später wirklich verstand, ganz genau am 24. September 1826, als er in seinem vizeköniglichen Bett faulenzte und an seinem Fenster im ersten Stock das verblüffte Gesicht des reizenden Geschöpfs erscheinen sah.

Überraschte es ihn bei einer heimlichen Beschäftigung? Hatte er eine weiblichere Form erwartet? Seine Enttäuschung – oder seine Wut – kam noch am selben Abend beim Mahl zum Ausbruch. Er habe wahrhaftig Wichtigeres zu tun, sagte er entrüstet, wen glaubten sie zum Besten halten zu können... Nur dank der Intervention des französischen Konsuls, der zufällig an dem denkwürdigen Abendessen teilnahm, wurde das Giraffenjunge verschont. In der Tat schlug der Konsul vor, es unverzüglich König Charles X. zu schicken. Entzückt davon, seine Beziehungen zu Frankreich verbessern und sich dabei des lästigen Fräuleins entledigen zu können, ließ Mohammed-Ali Pascha die beiden Sudanesen kommen, die sich um die Giraffe seit deren Gefangennahme gekümmert hatten. Atir warf sich ihm zu Füßen, während Jussuf mit geschlossenen Augen in einiger Entfernung stehenblieb. So viel Reichtum entsetzte ihn. An seinen Körper gepreßt, gleich einem Schwert in seinen Gürtel gesteckt, hielt er das letzte Schienbein der Giraffenmutter. Er hatte sich geschworen, sich nie von ihm zu trennen. Seine ungesellige Haltung erschreckte die Versammlung wohl ein wenig, denn niemand richtete das Wort an ihn. Nervös lachte sich der Konsul eins ins Fäustchen. Atir jedoch, den die Aussicht auf eine Reise nach Paris in einen unbeschreiblichen Erregungszustand versetzte, versicherte dem Souverän, daß das Giraffenjunge die Schiffsreise sehr gut vertragen werde, sofern es seine dreiundzwanzig Liter Milch pro Tag erhalte. Der Konsul bot die Mitwirkung seines nubischen Saïs, eines gewissen Hassan, eines Spezialisten für Wiederkäuer, an, und der Abend endete in allgemeiner Heiterkeit. Man stellte sich die Begegnung der beiden größten Tiere der Welt vor, Charles X., der vor seinem Pflegling errötete, und die Giraffe, die die Federn am Hut der Herzogin von Berry abweidete. Jussuf nutzte die allgemeine Verwirrung, um sich aus den Festräumen zu

schleichen und in die milde Wärme der Stallungen zurückzukehren. Die kleine Giraffe schien ihn zu erwarten. Zu ihren Füßen zusammengerollt, schlief er ein.
Der französische Konsul erhielt den Auftrag, ein Schiff ausfindig zu machen, das die drei Kühe, die drei Männer und das Tier von Alexandrien nach Marseille bringen würde. *I due fratelli* war das einzige, was imstande war, das Mittelmeer noch vor Ende Oktober zu überqueren. Der Kapitän Manara hatte seinen Preis um die Hälfte nachgelassen, er hatte versprochen, das Schlingern zu vermeiden, kurz, die Reise schien sich gut anzulassen. Der Konsul berauschte sich an seinem Erfolg und schrie von allen Dächern, daß er der Urheber einer historischen Begegnung sei und daß man lange nach seinem Tod noch von ihm sprechen werde. Seit dem Untergang des Römischen Reiches hatte nie mehr eine Giraffe französischen Boden betreten. Er machte darauf aufmerksam – und kam sich dabei geistreich vor –, daß dies ein Ereignis von Größe sei.
Endlich war der Tag der Abfahrt gekommen. Jeder steuerte sein Scherflein bei. Die Frau des französischen Konsuls, eine Piemontesin mit gelbem Haar, behauptete, die Kühe, die prinzipiell die Milch liefern sollten, würden nach weniger als einer Woche Aufenthalt im Schiffsladeraum keine mehr geben. Von Neid gequält, erklärte mit Bestimmtheit der englische Konsul – ein gewisser Salt Henry –, die Seeluft rufe bei den Camelidae schwere Gehirnschäden hervor, und die Giraffe riskiere nicht nur, unter entsetzlichen Schmerzen ihre Seele auszuhauchen, sondern vor allem, durch un-

kontrollierbare Wahnsinnshandlungen die Sicherheit der Passagiere und Mannschaften zu bedrohen. Er machte aus dem Epos eine Apokalypse. Niemand sprach über Atir, Jussuf und den Stallburschen Hassan. Und doch waren sie es, die weitaus am meisten unter der Reise zu leiden haben sollten.

Das Gespenst des Straußenhahns spukte noch oft durch meine Nächte. Es dauerte lange, bis ich begriff, daß die Zweideutigkeit – und die Gewalttätigkeit – meines Verhaltens ihm gegenüber auf der Tatsache beruhte, daß Glibett, so abstoßend er auch gewesen war, mich zu sehr überzeugenden erotischen Abdriften anregte. Orgasmen erlebte ich damals nur mittels einer komplexen Schar von Bildern, die natürlich von Zeit zu Zeit erneuert werden mußten. Sein Gang eines Kriegsversehrten ließ mich, so sonderbar dies auch erscheinen mag, nicht gleichgültig. Ich stellte mir vor, wie er mit gesträubten Federn zum Angriff auf die große Hedwige loszog. Ich machte ihn vor ihr lächerlich, und das bereitete mir ein trübes, bitteres Vergnügen. Oft vermischte sich die groteske Vision des zu Füßen seiner Dulcinea einherwatschelnden Straußes, dessen runder Schnabel in ihrem feuchten Geschlecht wühlte, mit der Erinnerung an Jeanne. Wo ihre Strümpfe endeten, sträubten sich auf der blauroten Haut der Kassiererin plötzlich schwarze Stoppeln. Der Direktor warf ihr vor, ihn mit Glibett betrogen zu haben. Er verfolgte sie auf den Wegen des Zoos und bedrohte sie mit seinem Feldstuhl. Sie war unschuldig. Hedwige betrachtete die Szene mit bestürzter Miene. Schließlich, mit weit aufgerissenen Augen, nahm sie mich in ihr Maul.

Im Grunde warf ich Glibett vor, daß er mich zu Träumen von solcher Unschicklichkeit anregte.

Einige Jahre später saß ich bequem in einem Autobus der Linie 46 und dachte einmal wieder an dies alles, als eine Mutter und ihre beiden Kinder mir gegenüber Platz nahmen. Nach einem kleinen Spaziergang auf den Bahnsteigen der Gare du Nord fuhr ich zum Zoo zurück. Die junge Frau war zu sehr damit beschäftigt, ein winziges Ding, das sie sich vor die Brust gebunden hatte, zu nähren, um mir die geringste Beachtung zu widmen. Weit davon entfernt, mich peinlich zu berühren, machte ihre Gleichgültigkeit mich vielmehr glücklich. Von diesem unsichtbaren Schirm beschützt, konnte ich in aller Ruhe meiner Lieblingsbeschäftigung frönen: schauen. Ich duckte mich auf meinem Sitz, verschränkte die Arme und wartete. Die Entschiedenheit, mit der der Säugling seine Wünsche durchsetzte, fesselte mich. Es genügte, daß er mit einer Hand in den schwindelerregenden Ausschnitt fuhr, der ihm als Kopfkissen diente, und eine Brust von erschreckender Pracht tauchte wie durch Zauberschlag aus der formlosen Masse der sie schützenden vielfachen Stoffe. Der Säugling schluckste, während er seine Nase an der milchweißen Haut rieb, bis er den Schnuller aus Fleisch und Blut zwischen die Lippen nahm. In der Art, wie er seinen kleinen Mund dem Gegenstand seiner Lust näherte, glich er, trotz der unterschiedlichen Größenverhältnisse, Hedwige so sehr, daß ich meinen instinktiven Widerwillen zu bezwingen verstand, um mit ihm die weiche, üppige Wärme dieser preisgegebenen Brust zu genießen. Ahnte die ältere Tochter, was ich dachte? Sie war, oder wollte wenigstens, daß man dies glaubte, in das

Ausführen einer Zeichnung auf der beschlagenen Fensterscheibe des Busses vertieft. Inmitten der Häuserchen und Bäume las ich deutlich die mir geltende Botschaft: Nein, schrieb sie, und diese vier Lettern wiederholten sich in Großbuchstaben im bewölkten Himmel. Ich tat so, als bemerkte ich sie nicht, aber das von ihrem kleinen drallen Zeigefinger geschriebene latente Verbot schüchterte mich furchtbar ein. Ich fühlte mich in meinen Empfindungen eingeklemmt und um so tiefer beschämt, als meine Verlegenheit auf meinem errötenden Gesicht zu lesen sein mußte. Ich, der ich als Heranwachsender ein Meister in der Kunst der Verstellung gewesen war, empfand mich gegenüber diesen dreien durchschaubar und ihnen schutzlos ausgeliefert, erobert von der Naivität der Madonna mit der nackten Brust. Die ganze Fahrt über wiegte sie ihr kleines Tier und war für die sie umgebende Welt nicht vorhanden. Wenn es zu saugen aufhörte, blieb das Baby am feuchten Blick seiner Mutter hängen. Von so viel Süße wie gebannt, schlief es schließlich jedesmal ein. Dann kam sie wieder zu sich, küßte ihr Töchterchen, las ihre Siebensachen zusammen, knöpfte zuletzt mechanisch die Bluse wieder zu. Ein jähes Bremsen weckte früher oder später den kleinen Engel wieder auf, und das Ganze begann von neuem, ohne Überdruß auf der einen oder anderen Seite. Ich bewunderte ihre Geduld. Vor allem anderen gefiel mir der Augenblick, wenn der Säugling aus seiner Lethargie erwachte, mit seinen kleinen Fingern in den Schlitz der Hemdbluse fuhr und sich unter suchenden Kopfbewegungen in die Falten des Stoffs drängte. Er verwandte leidenschaftliche Energie darauf, und seiner Kehle entrangen sich unwillkürlich tierische Klagelaute. Wäre Hedwige nicht stumm gewesen – ich mußte mich wohl bescheiden, es war mir noch nicht gelungen, ihr den geringsten Laut abzunötigen –, so hätten ihre Schreie, stelle ich mir vor, jenen gleichen können.

Der Autobus füllte und leerte sich in regelmäßigem Zyklus. Niemand versuchte, sich neben mich zu setzen. Als wir den Platz Daumesnil überquerten, fuhr die Frau mit dem Zeigefinger über das zahnlose Zahnfleisch ihres Sprößlings und liebkoste es mit der Spitze des Fingernagels. Die Gebärde war von einer solchen Sinnlichkeit, daß ich nun meinerseits einen langen Seufzer nicht unterdrücken konnte. Das kleine Mädchen hörte ihn und verpaßte mir, während es weiter auf die Fensterscheibe zeichnete, einen Fußtritt auf das rechte Knie, der mir einen hellen Schmerzenslaut entriß. Die Mutter blickte mich vorwurfsvoll an, so als weckte ich ihr Kind, und erwiderte dann verwirrt mein Lächeln, als ich gerade noch das riesige Paket Windeln auffing, das unter der Bank umzufallen drohte. Sie begann ihr Baby trokkenzulegen, irrte sich in den Halterungen ihrer Känguruhtasche, verdrehte die Traggurte, setzte es mir endlich notgedrungen auf die Knie und stand auf, um alles zu entwirren.

»Sie erlauben?« fragte sie einfach.

Sie hatte einen leichten ausländischen Akzent. Ihre Stimme war ruhig, sehr hell.

»Er ist... herzig«, stotterte ich, selbst überrascht über die freundliche Grimasse, die das Kind mir schenkte.
»Nein«, sagte sie, den Kragen ihrer Hemdbluse wieder glättend, »das ist ein Mädchen. Es heißt Lisa.«
Was hätte ich antworten sollen? Das Gespräch war damit beendet. Ich blieb starr sitzen, bebend vor Angst beim Gedanken, ich könnte eine falsche Bewegung machen. Bei der Berührung mit dem Säugling wurde meine Hose allmählich naß. Ich hielt ihn wie ein Hundejunges, dessen Geschlecht man feststellen will, lehnte den Kopf an meinen Bauch. Die Söckchen aus rosa Wolle strampelten durch die Luft. Es schien glücklich darüber, seine Mutter zur Gänze sehen zu können. Die Frau streckte mir ihre Hände entgegen. Angesteckt von der Fluidität dieser wunderbaren Liebe, fing ich an zu lachen. Der Säugling lachte jetzt auch. Das kleine Mädchen hatte zu malen aufgehört. Es stierte mich an, als wollte ich ihm seine Schwester rauben, und vielleicht wollte ich es auch, das Mädchen hatte recht. Ich preßte den kleinen, dick eingemummelten Körper an mich, und die Frau breitete ihre Arme aus. Sie beugte sich nun vor, ihre Brust schaukelte ganz leicht unter meinen Augen. Mein Druck verstärkte sich noch. Wie könnte ich das Glücksgefühl wiedergeben, das mich damals bestürmte? Ich preßte, preßte immer härter...
Lisa fing an zu brüllen. Alle Fahrgäste im Bus drehten sich nach uns um. Der Druck meiner Hände lokkerte sich, die junge Frau nahm mit unendlicher Zärtlichkeit ihr Kind auf. Sie hatte nichts bemerkt

und dankte mir. Ihr Vertrauen erfüllte mich mit Freude. Durch sie hatte ich einen der schönsten Augenblicke meines Daseins erlebt.

Oftmals denke ich an Lisas Mutter zurück, und ich nehme es mir übel, nicht gleichzeitig ausgestiegen zu sein, sie einfach so, ohne ein Wort, gehen gelassen zu haben. Während der Fahrt hatte ich nicht bemerkt, daß auch das kleine Mädchen um die Taille und über den Schultern eine Art Geschirr trug, an dem ein Gurt aus weichem Leder befestigt war, den sie ihrer Mutter im Augenblick des Aufbruchs in die Hand gab. Ich half ihnen, ihre Sachen auf einem Kofferwagen zu verstauen. Ich hielt ihn zwischen den Beinen fest, als ein Spanner mir aus den Händen glitt und mich mit voller Wucht traf. Der Schmerz war prompt und unerträglich. Ich krümmte mich unter dem Vorwand, meine Schuhe binden zu müssen. Das war das letzte Bild, das ich ihnen bot.
Der Bus fuhr an, und ich wäre im Gang fast der Länge nach hingeschlagen. Als ich aus dem Fenster sah, überquerten sie den Platz. Sie glichen den Gauklerfamilien, die durch Paris' Straßen ziehen, von Hof zu Hof gehen, um ihre gelehrige Ziege oder ihre tambourspielenden Bären vorzustellen. Das kleine Mädchen an der Leine führte den Zug an, galoppierte in Zeitlupe, wie ein Pferd, das vor dem Start eines Rennens zurückgehalten wird. Zu meiner großen Überraschung hinkte die Frau. Ihr Gang war zu regelmäßig, im Ungleichgewicht zu sehr installiert, um nur die Folge einer vorübergehenden Verletzung zu sein.

Ich dachte an das schwarze Pantherweibchen des Oberwärters. Weit davon entfernt, mich zu enttäuschen, erfüllte mich ihr Gebrechen vielmehr mit einer süßen Hoffnung. Wir waren einander ähnlich, ich hätte Berge versetzen können, um zu versuchen sie zu lieben. Ja, ich liebte sie, oder, richtiger, ich hätte sie abgöttisch verehren können, wie man das Andenken eines verstorbenen Wesens vergöttert. Damals war ich überzeugt, daß ich nur den Wunsch hegen müßte, um sie eines Tages, dank des berühmten Zufalls, an den ich glaubte und auch nicht, wiederzufinden. Manchmal quälte ich mich mit Gedanken an ihr Haus, ihren Mann, ihre Gewohnheiten. Ich hätte sie töten wollen, so fern war sie mir, sie töten, indem ich sie mit ihrem Kind nackt in meine Arme nahm, sie beide zusammenpreßte, bis sie erstickten. Oder aber ich malte mir aus, daß wir alle vier bei meinem Vater wohnten und daß es die kleine Schwester war, die mich aufgrund ihrer Bösartigkeit zwang, sie mit ihren Riemen zu erwürgen. Ich fälschte das Verbrechen in einen Unfall um. Oder auch die Frau verweigerte sich mir. Sie nahm meinen Schutz an, zog sich vor mir aus, massierte sich die schwere Brust vor meinen Augen, bestand darauf, daß wir im selben Bett schliefen, aber duldete nicht, daß ich sie berührte. Sie wurde schwanger und versuchte mich davon zu überzeugen, daß ich sie während des Schlafs besessen hätte. Ich flehte sie an, mir den Vorfall zu schildern. Ihre Worte waren von erdrückender Präzision. Ich war genötigt, auf die Toilette zu fliehen, um nicht auf ihr weißes, schon von einem glatten, vollen Bauch gespanntes

Nachthemd zu ejakulieren. Sie nutzte diesen Umstand, um wieder einzuschlafen. Ich begann an mir zu zweifeln. Ich ließ mein Sperma in einem darauf spezialisierten Laboratorium untersuchen, masturbierte und dachte dabei an Glibetts kahles Hinterteil. Ich wurde für unheilbar zeugungsunfähig erklärt. Ich ließ die Untersuchungen wiederholen, beschwor diesmal das Bild Hedwiges. Mein Samenerguß war dichter und reichlicher. Es erschien mir sinnfällig, daß die Natur der Phantasievorstellungen auf die Qualität und die Stärke der Samenfäden einwirkte. Ich faßte wieder Hoffnung. Ich würde Vater werden, Vater! Nach einer endlosen Wartezeit, in der ich mir einbildete, daß Lisas Mutter die Wahrheit gesprochen habe, erhielt ich meine Resultate. Ich war steril. Ich tötete sie, um es ihr zu ersparen, ihre Lüge eingestehen zu müssen. Sie litt nicht dabei, ich ja. Ich mußte im Zoo eine Schnelltrennsäge ausleihen, um sie zu zerstückeln. Ich schloß sie, Koffer um Koffer, hinter den Metalltüren der Schließfächer im Bahnhof Saint-Lazare ein. Dann dachte ich an meine Pflegemutter. Würde sie von meinem Verbrechen durch die Zeitung erfahren? Mèrade war lüstern nach solchen Vermischten Nachrichten mit immer wieder neu auftauchenden Fakten. Wenn eine solche Serie begann, richtete sie es so ein, daß das Abendessen mit den Nachrichten zeitlich zusammenfiel, und wir rührten uns nicht von unseren Stühlen, den Blick im Gitter des Radioapparats verloren. Ein Frauenkörper reichte für sieben Fächer, zehn Episoden; mit den Kommentaren hatten wir Vorrat für ein halbes Dutzend Wochen. Wenn die Ermittlungen auf der Stelle traten, brachte der Schuldige – darum bemüht, auf der Titelseite zu bleiben – die Sache wieder selbst in Schwung, was auf kürzere oder längere Sicht seine Festnahme garantierte. »Vanity-case« ließ er von einer Telefonzelle aus mit verstellter Stimme fallen, »Les Aubrais«. Man entdeckte einen Fuß, eine Hand, bestenfalls einen grauenvoll verstümmelten Kopf. Bald darauf wurde der Verbrecher eingesperrt. Dem Lärm der Vermutungen folgte die methodische – und für das Kind, das ich war, erhebende – Gewißheit der kühlen Wiederholung, die man als Rekonstruktion bezeichnete, so als ob es möglich wäre, die Teile des Opfers wieder zusammenzufügen. Daß der Verbrecher dabei war, von den Photographen bedrängt, von den Journalisten ganz Frankreichs bestürmt, verwirrte mich mehr als alles andere. Ich bewunderte seinen Mut, seine Entschlossenheit, wenn er im Gerichtssaal alles leugnete, trotz der erdrückenden Beweise, die gegen ihn sprachen. Jeden Tag kaufte ich die Zeitung, und ich sammelte die Ausschnitte. In den Pausen, wenn meine Mitschüler Briefmarken oder Schlüsselringe tauschten, zog ich den überfahrenen Hunden das Fell ab. Ich interessierte mich nur für aus bezeichneten Teilstücken bestehende Kadaver, die anderen waren mir völlig gleichgültig. Wir nannten sie die Eisenbahner, so als ob der Umstand, ihnen einen besonderen Charakter zuzuerkennen, uns, Mèrade und mir, erlaubte, uns von der blinden Herde der Liebhaber Vermischter Nachrichten abzuheben. Wir genossen es, in einigen, scheinbar harmlosen Zeilen die Voraussetzungen zu einer neuen Tragödie aufzudecken. Unsere Komplizenschaft reichte nicht weiter. Sobald die Affäre an Umfang gewann, identifizierte ich mich gewöhnlich mit dem Schuldigen, während meine Pflegeeltern sich – aus Prinzip – auf die Seite der Ordnungshüter stellten. Die Mörder waren jung, unverheiratet, in der Arbeitswelt integriert, und auf den ersten Blick rechtfertigte nichts ihre blutrünstige Versessenheit. Wenn auch die Mordtat das Ergebnis einer langen Entwicklung sein mochte, schien ihr Objekt doch vom Zufall bestimmt zu werden. Soviel ich wußte, war die Mode der Eisenbahner nicht über die Grenzen Frankreichs hinausgedrungen. Da die Dürftigkeit meiner Quellen es mir nicht erlaubte, meine Untersuchungen zu vertiefen, verlor ich allmählich das Interesse an dieser sonderbaren Sammlung. Damals begann ich meinem Vater die ersten alarmierenden Briefe zu schreiben. Ich begann die Lokalpresse als ungenügend zu empfinden und träumte nur von dem einen: daß ich ihn dazu bewegen könnte, mich wieder nach Paris zu nehmen. Von der täglichen Zeitungslektüre beeinflußt, brütete ich allzu schwarze, mit grellen Adjektiven und überraschenden Raffungen gespickte Unglücksfälle aus. Ich goß ihm beliebig viel roten Fusel ein, bis ich mich in den Blutergüssen verirrte. So servierte ich ihm aus Versehen in einer Woche zwei Geschichten von blauen Augen. Er antwortete mir ganz ernsthaft, er hoffe doch, daß meine Gegner die gute Idee gehabt hätten, dieselbe Seite zu treffen. Diese Bemerkung wirkte auf mich wie ein in Alkohol getränkter Verband auf einer klaffenden Wunde. Von einem Tag auf den anderen gab ich die Eisenbahner auf, um mich mit Leib und Seele meiner neuen Sache zu widmen. Der Krieg war erklärt worden. Meine Feder wurde trocken, fiebrig. Ich lernte es, meine inneren Verletzungen zu inszenieren, sie nötigenfalls zu erfinden und vor allem sie mit jener Prise Gleichgültigkeit zu formulieren, die Nässe in Feuchte und Weiße in Undurchsichtigkeit verwandelt. Nichts anderes interessierte mich mehr als dieses Leiden, das ich seit jeher in latentem Zustand in mir trug und das endlich fruchtbar wurde. Die kräftige Erhöhung der geldlichen Kataplasmen meines Vaters bestärkte mich im Gedanken, daß ich es ihm schulde, unglücklich zu sein, daß dies das einzige wahre Geschenk sei, das ich ihm machen konnte.

Im Zoo ist ein Paradieskranich, der seit zwei Jahren mit einer Vitamin-C-Tube anstelle eines Fußes lebt. Die improvisierte Prothese hat sich dem Stumpf so gut eingefügt, daß sich nur schwer unterscheiden läßt, wo der Körper aufhört und das Metall beginnt. Oft schaue ich diesen Kranich an und denke an Lisas Mutter. In all der Zeit, seitdem ich den 46er Bus nehme, habe ich sie nie wiederfinden können. Ich habe in allen Geschäften des Viertels nach ihr gefragt, niemand kennt sie. Bald wird Lisa zur Schule gehen. Sicherlich wird ihre Mutter sie eines Sonntagnachmittags in den Zoo führen. Vor den Affen wird sie in Jubelschreie ausbrechen und am Daumen lut-

schen. Vielleicht wird sie ihnen Erdnüsse in den Käfig werfen. Vielleicht werde ich diesmal den Mut haben, sie nicht fortgehen zu lassen.
Die Begegnung mit Lisa und ihrer Mutter hatte unerwartete Auswirkungen. Als ich am damaligen Abend in Hedwiges Käfig zurückkehrte, hatte ich plötzlich den Eindruck, daß unsere Beziehung in einem trübseligen Einvernehmen steckenblieb, das nie zu etwas führen würde. Gewiß, es war uns gelungen, ein gewisses Einverständnis herzustellen, in dem zu leben nicht unangenehm war, doch was wußte ich im Grunde von Hedwige? Sie schlief wenig, aß, was man ihr zu essen gab, ohne Unmäßigkeit, liebte Zwiebeln, Strauße, die verschiedenen Modulationen meiner Stimme und hielt sich Beethoven, dem Bullen der Herde, eigensinnig fern. Manche Einzelheiten in ihrem Verhalten ließen mich zu Recht glauben, daß sie das bornierte Stadium überwunden hatte, zu dem sie verurteilt gewesen wäre, wenn wir uns nicht kennengelernt hätten, dennoch blieb sie ein Wesen mit geheimnisvollen Reaktionen, ja, trotz all meiner Anstrengungen blieb Hedwige unerforschlich. Oh! ich durfte mich gern weiterhin an meinen Geschichten berauschen, sie war die Nachsicht in Person, aber die Abenteuer der Giraffe des Paschas von Ägypten und ihres Wärters Jussuf mußten sie zutiefst langweilen. Blieb sie denn nicht dabei, während unserer Veranstaltungen wiederzukäuen? In Wahrheit hatte Glibett sie als einziges Wesen seit ihrer Ankunft in Vincennes begeistern können. Und ich hatte nichts Besseres zu tun gefunden, als ihn einen mit Ratten-

gift gefüllten bretonischen Sandkuchen verschlingen zu lassen. Mein Egoismus, der Egoismus eines eifersüchtigen kleinen Mannes, hatte mir verboten zuzugeben, daß Hedwige mittels des kahlen Hinterteils des Vogels verzweifelt nach den Bildern ihrer Kindheit suchte, jenen verschwommenen Bildern in warmen Farben, die man im tiefen Innern mit sich schleppt. Über die dürren Ebenen, wo ihre Mutter sie zur Welt gebracht hatte, war wohl ein alter Strauß gelaufen. Warum es nicht zugeben wollen? Hedwige war zu früh entwöhnt worden, das war es, was ich an jenem Nachmittag, als ich Lisa in den Armen hielt, begriff, und das einzige Mittel, ihr Vertrauen zu gewinnen, bestand darin, ihr zu bieten, wessen sie beraubt worden war. Ja, mit allem mußte wieder von vorn begonnen, die Spuren ihrer Vergangenheit mußten zurückverfolgt werden, bis hin zum Grundstoff ihres Wesens.

Als erstes setzte ich mir in den Kopf, sie mit der Flasche zu ernähren. Anfänglich schien Hedwige erstaunt, mich auf die Trittleiter steigen zu sehen. In der Art, wie ich mich plötzlich zu ihrer Höhe erhob, war etwas, was sie störte. War ihre körperliche Überlegenheit nicht ihr eines, einziges Privileg? Gleichsam, als wolle sie ihre Unzufriedenheit zum Ausdruck bringen, versteifte sie sich darauf, die dicke Gummizitze, die ich an einer Flasche befestigt hatte, zu zerkauen, auf die Gefahr hin, sie hinunterzuschlucken und dabei zu ersticken. Als ich ihr jedoch meine Finger hinhielt, nahm sie sie mit Zartgefühl auf die bloße Zunge, und der Saugreflex wurde ganz

natürlich ausgelöst. Er erfüllte mich mit seltsamem Vergnügen.
Nach einigen Wochen gefährlicher Versuche entdeckte ich ein Mittel, meine Ammenfunktion auszuüben, das – für mich – sicherer und – für sie – natürlicher war. Zwischen dem Heuspeicher und Hedwiges Käfig öffnete sich eine hölzerne Falltür, die dazu diente, ihr das Futter unmittelbar in die Raufe drei Meter über dem Boden zu befördern. Die fest einzementierten parallelen Eisenstäbe reichten genau bis zur Höhe ihres Kopfes, darum auch machte ich es mir zur Gewohnheit, auf den Heuspeicher zu klettern, die Klappe zu öffnen und in die Raufe zu schlüpfen, um ihr die Flasche zu geben. Ich verfiel auf die Idee, ihr die Milch mit der Spritze einzuführen, dabei meine Hand auf ihrer Zunge zu lassen, damit sie die Lust an der Flüssigkeit mit der Lust an ihren Mundbewegungen in Verbindung bringen sollte. Sie schluckte gierig und verletzte mich nie mit ihren Zähnen. Die Beine gespreizt, die Füße baumeln lassend, den Rücken an die Stallwand gedrückt, bequem auf meinem Heupolster eingerichtet, brachte ich ihr wieder bei, an der Mutterbrust zu trinken.

Meine Eingebung war folgenreich. Bald schon wurde die Saugflasche zum Mittelpunkt unserer wechselseitigen Beschäftigungen. Auf die Zusammenstellung des Inhalts legte ich besonderen Wert. Vom Tierarzt erhielt ich die Erlaubnis, einen Teil von Hedwiges täglicher Ration an fester Nahrung durch eine Mischung aus Milch, frischer Sahne, Eiern und Knochenmehl zu ersetzen. Die rein instinktive Wahl dieser Ingredienzen erschien ihm vernünftig. Diese gelbliche Mischung müsse, wenigstens behauptete ich das, Hedwiges Knochengerüst kräftigen. Die Feinheit ihrer Gelenke hatte mich verblüfft, mir wurde schwindlig beim Gedanken, daß ein Körper von diesem Gewicht auf so schwachen Fundamenten ruhte. Als ich dem Direktor den Zweck meiner Behandlung erklärte, äußerte er einige Reserve; um ihm den wissenschaftlichen Charakter meines Vorgehens zu beweisen, erfand ich deshalb eine neue Versuchsreihe. Es handele sich darum, Hedwiges Neigungen zu bestimmen, sagte ich ihm. Meine Frage laute: Gibt es eine direkte Äquivalenzrelation zwischen ihren Gelüsten und ihren Bedürfnissen? Mit anderen Worten, aß sie zum Vergnügen oder um eine mit den Bedingungen ihrer Gefangenschaft zusammenhängende Störung auszugleichen, und, falls die Antwort positiv war, konnte diese Abwegigkeit sie dazu verleiten, sich zum Schaden ihrer Gesundheit zu ernähren?

Während ich diese wirren Hypothesen formulierte, dachte ich an meinen Vater. Sein Alkoholkonsum hatte noch zugenommen. Die Länge meiner Sätze schien den Direktor zu beruhigen, und er gab mir ein weiteres Mal seinen Segen.

Ich fügte meinem milchigen Präparat also natürliche Essenzen bei oder pürierte Nahrungsmittel und begann in ein neues Heft Hedwiges Reaktionen zu notieren. Dank einer methodischen Untersuchung gelang es mir in weniger als einem Jahr, die angebotenen Geschmacksrichtungen in vier Kategorien einzu-

ordnen: Redhibitorisch, indifferent, angenehm und unwiderstehlich. Diese letztere Abteilung umfaßte uneinheitliche Elemente, rohe Zwiebel, Akazie – was zugegebenermaßen keine Überraschung war –, doch auch Selleriepulver und Chinarindenextrakt. Außerdem machte allein der Geruch von Oliven Hedwige toll. Ihr Schwanz begann zu zittern, ihr Atemrhythmus beschleunigte sich, an den Rändern ihrer Lippen bildeten sich Speichelfäden, es war sehr beeindruckend. Ich bemerkte auch, daß ihre Erregung dem Einsalzen des Präparats proportional war. Ich beeilte mich, dieser natürlichen Neigung Nachdruck zu verleihen, indem ich ihren Salzstein unbrauchbar machte. Ich wußte noch nicht, daß es dieser harmlos scheinende Einfall war, der unserer Beziehung erlaubte, das Kap der trübseligen Gewohnheiten zu umschiffen. Wenn ich mich in die Raufe setzte und die Ärmel hochkrempelte, streckte Hedwige ihre rauhe Zunge heraus und leckte, ehe sie ihre Flasche nahm, zärtlich jedes Stückchen Haut, das ich bereit war ihr anzubieten.
Ich hütete mich wohl, dem Direktor des Zoos meine Schlußfolgerungen mitzuteilen, und bis er in Pension ging, war er überzeugt, daß ich in seiner Anstalt eine langwierige Untersuchung – und langwierig war sie bei Gott! – über die Ernährung der Tiere im geschützten Milieu anstellte. »Eines Tages«, sagte er und klopfte mir auf die Schulter, »werden Sie den Ihnen gebührenden Lohn erhalten, mein kleiner Joseph.« Ich verbrachte beinahe jede Nacht bei Hedwige, und für ihn konnte dies nur der Beweis für eine außeror-

dentliche Karriere als Naturforscher sein. Er war sogar recht stolz darauf, eine solche Berufung als erster erkannt und gefördert zu haben. Er war allerdings der einzige, der mich unterstützte. Meine Arbeitskollegen mochten mich nicht leiden. Außer dem Oberwärter wollte sich keiner mein Schweigen gefallen lassen. Ich litt nicht darunter; ihre Feindseligkeit gestattete mir, mich ganz nach Belieben aufzuführen, ohne mich um das Gerede der anderen zu kümmern. Seit meinem Mißgeschick mit Jeanne Blin mißtraute ich jener falschen Freundlichkeit, die die Leute, die ein doppeltes Spiel spielen, zur Schau tragen. Ich hatte mir den Ruf eines überzeugten Einzelgängers erworben und legte Wert darauf, daß er respektiert wurde. Wenn ein Neuankömmling von ungefähr dieses Bild stören wollte – es gibt immer solche mitleidigen Seelen, die uns aus uns hervorlocken wollen –, entmutigte ich ihn sogleich, indem ich irgendeine Albernheit brummelte. Wenn er weiter in mich drang, hob ich die Stimme und verpaßte ihm mit der für mich bezeichnenden Strenge ein, zwei einander total widersprechende Sätze. Ich hatte bemerkt, daß selbst solche, die alles ertragen, die längere Anwendung von Paradoxen nicht aushalten.

Oft fing ich an zu weinen, ohne ersichtlichen Grund. Zum Glück war Hedwige da.

Eines Tages erfuhr ich, warum ich weinte. Ich fand meinen Vater über dem Küchentisch zusammengesunken. Er schlief nicht, er war allein. Er war tot. Ich telefonierte einen Sanitätswagen herbei. Man wollte ihn nicht einmal ins Krankenhaus bringen.

Ich verließ meine Dienstmädchenkammer und den sechsten Stock ohne Aufzug. Auf Ersuchen seines Anwalts wurden die persönlichen Sachen meines Vaters in einem Möbelspeicher eingelagert, und die Wohnung wurde verkauft, um seine Schulden zu tilgen und das Begräbnis zu bezahlen. Ich zog in ein kleines Hotel an der Porte Dorée, gleich neben dem zoologischen Garten. Glücklich, einen Mieter für das ganze Jahr zu finden, teilte mir die Besitzerin zwei Zimmer und ein Badezimmer zu, die nebeneinander in einem Gang mit schrägen Wänden lagen. Meine erste Handlung bestand darin, daß ich meinem Bett gegenüber einen Nagel in die Wand schlug in der Absicht, das Bild Jussufs dort aufzuhängen. Ich nutzte die Gelegenheit einer ruhigen Nacht, das Bild aus dem Speicher zu holen. Ich hatte es in ein großes weißes Leintuch geschnürt, und die Prostituierte an der Ecke der Avenue Daumesnil sah, wie ich, so als hätte ich die Gioconda gestohlen, aus dem Zoo trat. Allerdings hatte das Werk ein ungewöhnliches Format, es war kaum sechzig Zentimeter breit und mehr als ein Meter fünfzig hoch, Giraffe verpflichtet, was im Vergleich zu meinem kleinen Wuchs gewaltig erscheinen mußte.

Zur gleichen Zeit wie meinen Vater verlor ich jeden Gedanken an einen gesellschaftlichen Aufstieg. Wenn ich vor seinem Fortgang noch heimlich davon geträumt hatte, eine entscheidende Entdeckung zu machen, erlangten meine Untersuchungen seither die Tiefe gegenstandsloser Studien, oder um genau zu sein, der Studien, deren Gegenstand so fern liegt, daß er lange Zeit undefinierbar bleibt. Ich empfand nicht einmal mehr das Bedürfnis, mir Zwischenziele zu setzen. Meine Beziehung zu Hedwige wurde dadurch so stark, daß sie jede andere Beschäftigung vereitelte. Die Jahre vergingen, ich aber gab ihr weiterhin die Flasche. Ich hatte eingesehen, daß ich, wenn ich sie erneut entwöhnte, mich nicht nur eines unvergleichlichen Momentes geteilter Vollkommenheit, sondern überdies eines Druckmittels beraubte, das für die gute Leitung ihrer Erziehung unerläßlich war. Ich liebte es, sie von all den Geheimnissen abhängig zu spüren, die wir außerhalb der Öffnungszeiten des Zoos miteinander teilten. So hatten wir vor der Säuglingsmahlzeit ein unveränderliches Ritual festgelegt, das bei Eintritt der Dämmerung begann. Ich ließ meine Trittleiter vom Speicher herab und stellte sie in der Mitte des Käfigs auf. Hedwige ging von selbst ans Gitter und durfte sich nicht mehr bewegen, bis ich ihr die Erlaubnis hierzu erteilte. Dieser erste Test, der, wie sich zeigte, schwer zu bewerkstelligen war, hatte zum Ziel ihr beizubringen, wie sie ihre Triebe beherrschen konnte. Die Bewegungslosigkeit verlangte ungeahnte Konzentrationsbemühungen von ihr. Beim geringsten Geräusch fuhr sie zusammen, ihre Ohren, ihre Kiefer, ihr Schwanz schienen von Kräften betätigt, die sie aufforderten, sich gegen ihren Willen zu beleben. Mit Hilfe von

Strafen und Belohnungen jedoch gelang es Hedwige, sich soweit zu beherrschen, daß sie von diesem großen ungezügelten Körper einen nahezu vollkommenen Gehorsam erhielt. Ich hatte das Gefühl, dem weichen Wachs ihres Wesens den Stempel meines Geistes aufzudrücken, wenn ich, oben auf der Leiter angekommen, meine Stirn an ihre Flanke drückte und ihre Haut wie beim ersten Mal zuckte.
Von dieser aufmerksamen starren Masse von mehr als einer halben Tonne Gewicht gelang es mir nach monatelanger Arbeit auf Befehl ein für das unbewaffnete Auge nicht wahrnehmbares Erschauern zu erhalten, und das war vielleicht der schönste Erfolg meines Lebens. Niemals bereitete mir eine spektakuläre Handlung mehr Freude als diese verschwiegene Bekundung meiner Macht über Hedwige. Wenn ich fühlte, daß sie am Ende ihrer Kraft war, und erst in diesem Moment, gab ich ihr den Befehl sich zu rühren. Meine Stimme zerriß die Stille, trocken und scharf wie das Knallen einer Peitsche. Hedwige erwachte mit unverhohlener Freude aus ihrer Unbeweglichkeit. Ich liebte es, die Muskeln ihrer Füße zu berühren, wenn sie auf den Boden ihres Stalls zu stampfen begann, eine kleine Ballerina auf zu schwachen Beinen, auf ihre hornigen Fußspitzen erhoben, den Blick zur gerührten Menge der Eltern von Schulkindern gewandt. Glücklicherweise unterbrach kein Zuschauer mit grobem Applaus ihren ungeschickten, reizenden Tanz. Vaterlose, mutterlose Waise, stumm, entwurzelt, war Hedwige zu meinem Privileg geworden, sie verschaffte sich Genugtuung. Mit der

Geste eines Schwingers versetzte ich ihren Kopf in eine schnelle Bewegung von vorn nach hinten. Um ihr Gleichgewicht besser bewahren zu können, spreizte sie weit ihre Vorderbeine. Ich stieg von meinem erhöhten Sitz hinab und stellte mich senkrecht vor ihre Brust. Meine Hände packten ihren Halsansatz. Indem ich meine Nägel in das weiche Leder krallte, gab ich dem Hin und Her einen Rhythmus. Ich fragte mich, wie sie durch eine so dicke Haut hindurch, die dazu bestimmt war, dem dornigen Gebüsch der afrikanischen Steppen zu trotzen, Kälte und Hitze, Liebkosungen, körperliche Belästigungen ermessen konnte. Ich brauchte Jahre dazu, um mit Sicherheit das Funktionieren und den Umfang ihrer Wahrnehmungen feststellen zu können. Die ruckweise Wiederholung unserer Schwingungen versetzte mich in einen der Trance nahekommenden Erregungszustand. Ich weiß nicht, welchen Einfluß diese Bewegung auf Hedwiges Entwicklung hatte – denn von einem bestimmten Punkt ab war da nicht mehr ein Forscher vor seinem Forschungsobjekt, sondern es waren da durchaus zwei Lebewesen, die einen selben Weg verfolgten –, doch verriet mir die Energie, die sie entfaltete, daß es sie gleichfalls in einen eigentümlichen Rausch versetzte. Nachdem ich sie in Schwung gebracht hatte, stürzte ich zum Gitter und verließ den Käfig. Ich hatte den Eindruck, indem ich vorzeitig die Umarmung abbrach, Hedwige den Hauch von Bitterkeit genießen zu lassen, der die wahren Zärtlichkeiten begleitet und sie durch den Kontrast, durch die Unvollkommenheit täglich kostbarer erscheinen läßt.

Im Gang eingeschlossen, doppelt geschützt, kam ich wieder zu Atem. Das Maul zwischen die Stäbe geklemmt, sah sie zu, wie ich mich rückwärts entfernte. Sie schnitt eine Reihe erschütternder Grimassen, blähte die Nüstern, ließ die Unterlippe hängen, flehte mich mit einem Zucken ihrer Wimpern an, nicht fortzugehen. Sie führte dies so feierlich ernst aus, daß ich keinen einzigen Augenblick an ihrer Aufrichtigkeit zweifelte. Und dennoch frage ich mich, ob diese Possen nicht auch in den Bereich des Spiels fielen, eines erfundenen Spiels, dessen Inszenierung Hedwige bestimmt hätte.
Im Rückwärtsgang also verließ ich den Stall, um wenige Minuten darauf durch die Falltür des Heuspeichers drei Meter über dem Boden wieder zu erscheinen. Ich setzte mich schweigend zurecht, streckte die Beine zwischen die Stäbe der Raufe und rief Hedwige. Ich glaubte, eines Tages käme sie auf die Idee, sich von selbst unter die Öffnung zu stellen. Doch nein, bevor ich ihren Namen murmelte, rührte sie sich nicht, und sie hielt ihre kleinen Hornzapfen zur Gangtür hin gespitzt. Dieser Mangel an Lebhaftigkeit überraschte mich. Ich war töricht. Wie habe ich auch nur einen Augenblick glauben können, daß sie mich IN WAHRHEIT an der Stelle erwartete, von wo ich verschwunden war? Hedwige gelang es so gut, ihre Instinkte zu beherrschen, daß sie, statt ihrer Flasche entgegenzustreben, sich eine höchst theatralische Distanz auferlegte, und gegen meinen Willen unserem Ritual eine humoristische Note beigefügt hatte, deren Wert ich heute zu ermessen weiß.

So folgte ein Monat dem anderen, eine Jahreszeit der anderen. Hedwige vermochte mich immer wieder zu überraschen, darin vor allem lag ihre Stärke. Sie hatte das Erwachsenenalter erreicht, ohne daß auch nur ein Schatten das Mosaik ihres schönen Fells beeinträchtigt hätte. Wenn Beethoven ihr zu nahe kam, peitschte sie ihn beharrlich mit ihrem Schwanz und entfaltete eine Kraft, die keinen Kompromiß duldete. Sie drehte sich nicht einmal nach ihm um. Sie war von erlesener Schamhaftigkeit. Oft blieb ich stundenlang auf der Terrasse des Restaurants sitzen, allein um des Vergnügens willen, dem göttlichen Augenblick beiwohnen zu können, da sie mit zurückgelegten Ohren ihren Bewerber abwies. Ich hätte sie küssen mögen, sie war anbetungswürdig. Ich glaube, daß die letzte Phase des uns allabendlich vereinenden Rituals ihre animalischen Triebe ausreichend befriedigte. Ich war unbestrittener Mittelpunkt ihres Universums. Die Anziehungskraft der Strauße auf sie hatte sich zu meiner großen Erleichterung nach Glibetts Tod verflüchtigt. Im Hinblick auf Lisas künftigen Besuch hatte ich Hedwige beigebracht, ihre Verbeugung zu machen. Wenn ein kleines Mädchen vor der Umzäunung stehenblieb, neigte Hedwige mit unwiderstehlicher Freundlichkeit den Kopf und scharrte mit dem Huf in der Erde. Darauf begab sie sich, unbeholfen und entzückt, in den hinteren Teil ihres Geheges. Manchmal wälzte sie sich im Staub oder räkelte sich wie eine Katze in der Sonne. Ihre Schüchternheit bezauberte mich. Obwohl sie die von der Rangältesten, einer gewissen Pamela, verhäng-

ten Regeln befolgte, mischte Hedwige sich jetzt ebensowenig unter die Herde wie an ihrem ersten Tag im Außengehege. Meiner Ansicht nach erkannte sie sich in diesen Tieren mit dem langen Hals und der verwirrten Miene nicht wieder. Wirklich glich sie ihnen nur ganz oberflächlich. Eines Tages sprach ich darüber mit dem Oberwärter, der mir die Geschichte von jenem verwaisten Pfau des Wiener Zoos erzählte: Da er in einem Terrarium aufgezogen war, entfaltete er seine Reize stets nur vor Riesenschildkröten. Doch wenn diese seine Adoptivschwestern die vielfarbige Masse des Pfauenschwanzes sich vor ihnen aufrichten sahen, zogen sie sich unglücklicherweise eiligst in ihren Panzer zurück.
Manchmal fragte ich mich, ob ich mich viel anders verhielt.

Acht Jahre lang verteidigte Hedwige beharrlich ihre Jungfräulichkeit. Acht Jahre lang, und bis zu einem gewissen Freitag im Monat April. Der zoologische Garten öffnete seine Pforten. Hedwige, die gefüttert und gestriegelt worden war, stand in der Nähe der Felsen. Sie blickte in Richtung zur Hauptkasse hin. Wie jeden Freitagmorgen erwarteten wir die Zöglinge von Sankt Katharinen. Der Direktor hatte den kleinen Mädchen dieser frommen Institution die Erlaubnis erteilt, die Anlage kostenlos zu besuchen, sofern sie außerhalb der Stoßzeiten kamen und Ruhe hielten. Wir hatten uns daran gewöhnt, sie schweigend zwischen den Käfigen vorbeiziehen zu sehen, eine hinter der anderen, wie Perlen des Rosenkranzes an einer langen schwarzen Schnur. Nichts hinderte sie daran, die Schnur loszulassen, die sie auf rein symbolische Weise miteinander verband, und doch wagten nur wenige, dies zu tun. Zu Häupten der Prozession schoben Ordensschwestern die Wagen der behinderten Schülerinnen. Das Geheimnis ihrer beunruhigenden Fügsamkeit entdeckte ich nicht sofort: die meisten der kleinen Mädchen waren blind.

An jenem Freitag zeigte Hedwige mehr denn sonst ihre Freude über das Erscheinen des Zugs. Sie bewegte ihren Hals vor und zurück, um auf ihre Art die sonderbare Versammlung zu begrüßen. Die belustigten Ordensschwestern blieben stehen, und eine junge Frau in Zivilkleidung begann mit näselnder Stimme die Szene zu erläutern. Die kleinen Mädchen hörten zu, fasziniert von der Beschreibung des prähistorischen Monstrums, das, laut Angaben ihrer Lehrerin, sich vor ihnen verneigte. Von dem Treiben angelockt, verließ Beethoven die Herde, um wieder einmal seine Aussichten bei Hedwige zu erkunden. Vorsichtig streckte er ihr mit geblähten Nüstern, heraushängender Zunge den Kopf entgegen und blieb stehen. Sein Körper schien viel weiter hinten auf ihn zu warten, bereit, bei der geringsten Gefahr Reißaus zu nehmen. Doch völlig in Anspruch genommen vom Anblick ihrer jungen Bewunderer, nahm Hedwige keine Notiz von ihm. Zu meiner Verblüffung bewegte sie sich nicht einmal, als er sich an ihrem Hinterteil rieb. Mir setzte der Atem aus.

Die junge Frau fuhr mit ihren Erklärungen fort. »Und das ist der Papa, der uns nun guten Tag

wünscht«, sagte sie. »Er hat einen großen Buckel auf der Stirn, der Papa.«
Man hörte einige lachen. Daraufhin hob Hedwige ihren Schwanz sehr hoch und urinierte. Mit erstaunlicher Sicherheit nutzte Beethoven diesen Augenblick, um sein Maul zwischen ihre Schenkel zu stecken und einen Schluck der Flüssigkeit aufzunehmen. Er zog die Lippen hoch, gurgelte und spie einen dünnen Strahl wieder aus. Die junge Frau verstummte. Eine Ordensschwester blickte prüfend zum Himmel auf. Er war wolkenlos.
»Das Wetter wird trüb«, rief sie.
Nun leckte sich Beethoven wie betäubt die Lippen. Es wäre mir ein leichtes gewesen, ihn fortzujagen. Doch eine krankhafte Neugier hielt mich davon ab. Ich wollte zusehen, ja, endlich zusehen. Ich wollte vor den blinden Augen dieser kleinen Mädchen in Uniform gedemütigt werden. Jetzt versuchte Beethoven es noch einmal, er bäumte sich mit erigiertem Penis auf. »Er steigt ihr auf den Rücken«, schrie eine Rothaarige mit Brille. Ich hätte sie am liebsten umgebracht. Ihre Nachbarin näherte sich mit vorgestreckten Händen dem Gitter. Die Ordensschwester tobte, und der Zug setzte sich langsam in Bewegung. Die Zöglinge spürten, daß man ihnen etwas zu verbergen suchte, und widerstanden dem Antrieb durch die schwarze Schnur. Hedwige fuhr in ihrer Schaukelbewegung fort, als ginge sie das alles nichts an. Taub gegen die Welt um ihn her, stürzte Beethoven über sie her, völlig in Anspruch genommen von seinem einzigen Genius, dem ungeheuren, in die Mitte

seines Bauchs gepflanzten, angesichts des Weltalls wie eine Nase aufgerichteten Geschlechts. Er drang in sie ein, und sie sah mich starr an. Ein fahler, bedeutsamer Blick. Kein Anzeichen von Schmerz oder Lust störte diese grausame Aufmerksamkeit. Ich wollte schreien, ihr Schweigen verschlug mir die Stimme. Ich war in Schweiß gebadet, ich bebte ohnmächtig. Ihre puppenhaften Wimpern senkten sich schwer über ihre Augen, als Beethoven sich zurückzog.

Den Rest des Tages verbrachte ich allein im Speicher über dem Affenkäfig. Warum hatte ich Beethoven nicht daran gehindert, sich ihr zu nähern? Warum? Wie um mich dem Druck von Hedwiges Blick zu entziehen, onanierte ich, bis ich mich in einem dichten Nebel verlor. Als ich hinunterging, um ihre Mahlzeiten zuzubereiten, war es dunkel geworden. Ich setzte dem Inhalt ihrer Flasche einen halben Liter Olivenöl zu und stieg auf den Heuboden. Als ich die Holzklappe aufstieß, die mich vom Stall trennte, hob Hedwige den Kopf zu mir und reckte, ohne mit Wiederkäuen aufzuhören, das Maul dem Sauger entgegen. Da, zum ersten Mal, sah ich sie so, wie die anderen sie sahen. Zum ersten Mal gewahrte ich die dicke Haut, die um die Ohren herum schlappte, die gierigen, mit schwarzen Borsten besetzten Lippen, die gelben, um den Schlund ihres Mauls stehenden Zähne und, von meinem eigenen Widerwillen geängstigt, wich ich zurück. Hedwige, meine Hedwige, existierte nicht mehr. Nichts war von ihr übrig als eine linkische

Masse, die mit allen Mitteln zu mir gelangen wollte, eine dumme, sich in nichts mehr von anderen Giraffen unterscheidende Masse. Ja, Hedwige war eine Giraffe. Der Gedanke erschütterte mich. Die Flasche glitt mir aus den Händen: Wenige Zentimeter von Hedwiges Zunge entfernt rann die schleimige Flüssigkeit aus. Die vom Olivengeruch erregte Hedwige versuchte, den Kopf in die Öffnung zu stecken, indem sie sich auf den Heizkörper ihres Stalls stützte. Daraufhin schlug die hölzerne Klappe wie ein Fallbeil herab und traf sie hinter ihren Hornzapfen. Hedwige fühlte sich in der Falle und suchte sich zu befreien. Wie eine dicke Eidechse wand sich die wellige Gestalt konvulsivisch auf dem Zement, wie ein altes, von allzu vielen Farben überhäuftes Chamäleon. Die nackte Glühbirne des Heuspeichers warf ihren verzerrten Schatten auf die kalkweiße Wand. Ich spürte, daß ihre Füße auf der anderen Seite der Mauer nachzugeben begannen. Ihre ausrutschenden Hufe brachten die Heizungsröhren zum Tönen. Ich würde sie jetzt erlösen, der Spaß hatte lange genug gedauert, ich mußte hingehen, den Laden hochheben. Doch eine unüberwindliche Macht verbat mir, es zu tun. Ich sah wieder Beethovens Geschlecht, dieses monströse Geschlecht, vor mir, Hedwiges Augenlider und die ungeschickten, gegen den Zug der schwarzen Schnur kämpfenden Körper der kleinen Mädchen, ich stellte mir vor, wie Hedwiges Leib sich rundete, das war unerträglich, wie ihre Zitzen sich mit Milch füllten, und ich ließ sie um sich schlagen, allein der Tod konnte sie noch retten, sie retten vor

Beethovens Herrschaft, sie von sich selbst erlösen... sie keuchte, die Augen traten ihr aus den Höhlen, sie erstickte, und ich wich noch mehr zurück, ich dachte an die Hand der Kassiererin, ihre blaurot geschwollene, zwischen den Latten der Jalousie eingeklemmte Hand, so als ob die körperliche Liebe gleich dem Tod die Lebewesen nur in Besitz nehmen konnte, indem sie sie von sich selber trennte...

Endlich hörte Hedwige auf, sich zu bewegen. Aus ihrer gefangenen Kehle entrang sich eine Klage, ein kleiner, ganz zarter, ganz ruhiger Ton. Ein Hauch von Stimme, zum ersten, zum letzten Mal, meine Hedwige...

Für einen Augenblick war sie wieder zu der geworden, die ich geliebt hatte. Ein unermeßliches Glücksgefühl erfaßte mich. Ich wußte noch nicht, in welch schrecklicher Einsamkeit ihr Tod mich zurücklassen sollte.

Am nächsten Morgen wurde ihr Leichnam gefunden, an seinem ganzen Gewicht erhängt, zwischen der Mauer und der Raufe eingeklemmt, der Nackenwirbel gebrochen, die Augen weiß, die Zunge verdreht, wie bei den an den Ständen der Schlächter befestigten Kalbsköpfen. Der Oberwärter kam in die Küchenräume gelaufen, um mich zu holen. Ich weiß nicht, welche dunkle Kraft mir half, meine Verwirrung zu überwinden. Ich kletterte hinter ihm die zum Heuboden führende Leiter hinauf. Der Tierarzt erwartete mich. Wir rissen die hölzerne Klappe ab. Der

Körper sank weich auf den Boden des Stalls. An der Art, wie ihr Hals widerstandslos auf das Stroh sackte, erkannte ich, daß Hedwige mich nie mehr enttäuschen würde, daß ich endlich Vertrauen fassen konnte. Eine andere Reise würde ihren Anfang nehmen. Ich spürte, wie die Beine mir den Dienst versagten. Die Arme des Oberwärters streckten sich mir entgegen, um mich zu stützen. Ich dachte an Lisas Mutter im Autobus und verlor das Bewußtsein.

Unter den Zurufen der zur Feier des Ereignisses in Massen gekommenen Bevölkerung legte das Schiff, das die Giraffe beförderte, von der Reede Alexandrias ab. Alles ging gut bis zum fünften Tag der Überfahrt. Jussuf wollte wie jeden Morgen seinen Schützling füttern – er war der einzige, der sich darauf verstand, ohne ihn hätte sich das Tier Hungers sterben lassen. Hassan hatte die beiden Eimer voll lauwarmer Milch am Fuß des Fockmasts hingestellt. Die Giraffe erkannte die ihr Frühstück ankündigenden Zeichen, sie stampfte im Laderaum und spielte an Deck dann die Gleichgültige. Wie versprochen, hatte Kapitän Manara für sie eine mit Stroh gepolsterte Dachluke anbringen lassen, damit ihr Kopf ins Freie ragen konnte. Sie schien unter dieser Halbwegs-Gefangenschaft nicht im geringsten zu leiden, und wenn sie manchmal von einem Fuß auf den anderen trat, so war das in der Tat die einzige Äußerung von Ungeduld. Seit der Kapitän einen seiner Matrosen hatte auspeitschen lassen, weil dieser die Giraffe in unschicklichen Ausdrücken angeredet hatte, wahrte die Crew den nötigen Abstand. Eine zwischen vier Pflöcken aufgespannte Ölhaut schützte die Giraffe vor Unwettern, vor der Sonne und vor den Segnungen der Vögel. Jussuf kauerte die meiste Zeit unter dieser Persenning, den sehr gerade aufgerichteten Rücken an den Hals der Giraffe geschmiegt. Mit allen ihren Wirbeln spürte er sie atmen. So gelang es ihm zu vergessen, daß um ihn herum nichts war als Wasser, Salzwasser, Wasser ohne Ende. Dann suchte ihn eine andere beängstigende Vision heim: das Meer trug nicht das Schiff, sondern das Schiff hielt das Meer zurück. Und der Globus war nur ein Gefäß aus bröckeliger Erde, eine unebene leere Kugel ... Das Deck umgab die Giraffe, der Schiffsrumpf das Deck; jedes Teil der Brigantine, bald darauf das ganze Weltall ordnete sich in konzentrischen Kreisen um den Hals des Tieres. Und er, Jussuf, war da, an den Hauptträger des Universums gelehnt, und trug anstelle von Waffen ein weiß gewordenes Schienbein und schlechte Sandalen. Er rühmte sich dessen keineswegs, ganz im Gegenteil. Das Gebäude konnte von einem Augenblick zum anderen durch seine Schuld einstürzen, und alle würden sie eingeklemmt in einem Wirbel untergehen. Zum Glück trug die Giraffe an einem ziegelroten Samtband eine kleine flache Silberdose, die einen Koranvers enthielt, und das verlieh ihr eine hohe Macht. Wenn Jussuf in den Abgrund seiner Träume abzustürzen drohte, tastete er nach dem Amulett, die Augen auf den Horizont geheftet, und preßte es mit aller Kraft, wie ein Kind, das sich an die Brüste seiner Mutter drängt.

So geschah es auch – oder hätte es geschehen sollen – am Morgen des fünften Tages. Das Giraffenjunge trank ruhig seine Milch, als Jussuf gewahrte, daß das Halsband verschwunden war. Mit einem Satz sprang er auf, wühlte im Stroh, stieg unter leisem Schreien in den Laderaum hinab, stieg wieder hinauf... Nichts. Hassan, den ein Matrose auf das sonderbare Benehmen seines Gefährten aufmerksam gemacht hatte, lief an Deck. Er kam gerade noch recht, um zu sehen, wie Jussuf, den Knochen über seinem Kopf schwingend, zum Vorderschiff stürzte, hinter einem schlafbefangenen Atir her, der in seinem Nachthemd stolperte. Unter dem Rettungsboot fielen sie übereinander her und begannen wie die Furien einander zu massakrieren. Hassan versuchte sie zu trennen, wurde aber vom Schienbein mitten ins Gesicht getroffen und sank zu Boden, ohne verstanden zu haben, was vorging. Atir öffnete die Faust erst, als Kapitän Manara eintraf. Der geweihte Talisman rollte bis zum Schandeck. Er stand offen. Auf einem zerknitterten Stück Pergament las man die folgenden Worte aus dem Koran: *Wandere nicht stolz über die Erde, du vermagst sie nicht in zwei Teile zu spalten noch an Höhe den Bergen zu gleichen.*

Das rote Band wurde nie wiedergefunden. Hassan kam mit einem dicken Verband auf der Stirn davon, den er unter seinem Fes verbarg. Atir mochte die Giraffe nicht mehr leiden. Wie um sich zu rächen, öffnete sie jedesmal, wenn er sich ihr nähern wollte, das Maul, zog die Lefzen hoch und ließ ihre lange schwarze Zunge schlaff heraushängen. In dieser ungewöhnlichen Pose blieb sie unbeweglich stehen. An manchen Tagen sah es sogar aus, als schielte sie. Ein Speichelfaden bildete sich am Rand ihrer Lippen. Mit zurückgeworfenem Hals, leerem Blick leistete sie Widerstand. Nein, Atir konnte sie nicht mehr ertragen.

I due fratelli ging nach siebzehntägiger Fahrt am 23. Oktober 1826 in Marseille vor Anker. Der Herr Graf de Villeneuve-Bargemont, Präfekt des Departements Bouches-du-Rhône, nahm so unauffällig wie möglich seinen neuen Schützling in Empfang. Die Giraffe richtete einen Blick voller Nachsicht auf ihn.

Die Wochen nach Hedwiges Tod werden als die dunkelste Zeit meines Lebens in mein Gedächtnis eingegraben bleiben. Der Direktor hatte mir den Befehl erteilt, in Urlaub zu fahren: es scheint, daß ich den Kindern angst machte, wenn ich durch den zoologischen Garten ging. Wollte er mich vor den Ermittlungen schützen? Aber fand überhaupt eine Untersuchung statt? Ich brachte einen ganzen Monat zu Hause eingesperrt zu, vor dem Gemälde sitzend, von meiner Schuld gepeinigt. Ich wartete darauf, daß die Polizei käme, um mich von dieser langen Folter zu erlösen, doch niemand kam, niemand.
Als ich meine Arbeit wiederaufnahm, merkte ich, daß meine Kollegen gebeten worden waren, nett zu mir zu sein. Ich nahm meine Kurzsichtigen-Brille wieder in Gebrauch. Man sprach mit gedämpfter Stimme von dem »bedauerlichen Unfall«, »welche Schnapsidee aber auch«, hieß es, »dieser unter der Raufe angebrachte Heizkörper und diese Falltür . . .« Allein der Käfig Hedwiges wurde verurteilt – im doppelten Sinn des Wortes –, ich wurde nicht einmal der Mitwisserschaft verdächtigt. Der Oberwärter lud mich, bevor er heimkehrte, jeden Abend zu einem Glas ein, und das ist wahrhaft das einzige, was mich noch im Zoo halten konnte. Er erzählte mir Geschichten, ich hörte ihm wie ein Kind schweigend zu. Er geriet in Feuer, als er die Landung der ersten Wanderratte im Wolgadelta in Astrachan anno 1722

schilderte oder bewegt die Einzelheiten ihrer Ansiedlung im Westen beschrieb. »Die Ratte und die Mücke lieben den Menschen«, sagte er, »was können wir dafür?« Ich hatte jedesmal Lust, meine Hände auf seine zu legen, wie einst, wagte aber nicht, es zu tun. Eines Tages teilte er mir mit, daß das Skelett meines Schützlings im naturgeschichtlichen Museum ausgestellt werden würde, und ich konnte meine Geste nicht zurückhalten. Er ließ sie geschehen.

So seltsam es auch erscheinen mag, diese Nachricht nahm mir eine schwere Last vom Herzen. Die Weihe von Hedwiges Gebeinen bestärkte mich in der Vorstellung von ihrer Unsterblichkeit und damit von der Dauerhaftigkeit der uns vereinenden Bande. Die Materialisation ihres Leibes an einem bestimmten Punkt im Raum erlaubte mir gewissermaßen, Abstand zu gewinnen. Reue ist ein kräftezehrendes Gefühl, doch erträglich, wenn sie ein genau bestimmtes Objekt findet, in das sie ihre Hexenfinger stecken kann. Sobald Hedwige dort abgestellt worden war, unterbrach ich meine Wochen mit langen Bußbesuchen im Museum. Wie einst bei meinen Spaziergängen in der Vorhalle des Bahnhofs Saint-Lazare irrte ich unter den Glaswänden der großen Galerie umher auf der Suche nach einem Anschein von Ruhe. Ich ging so weit, mich für endlose Vortragsreihen anzumelden, damit die Wärter sich nicht über diese Vorliebe für einen Haufen Knochen wunderten, die trotz ihrer respektablen Größe für den gewöhnlichen Sterblichen keine besondere Bedeutung hatten. Eine kleine Einzelheit jedoch hätte den Besuchern auffallen und meine Hedwige von der Masse der anderen sterblichen Überreste unterscheiden sollen: die zu ihren Füßen angebrachte Plakette ließ sie an einem 25. Dezember am Kap der Guten Hoffnung zur Welt kommen, was eine nicht wenig romanhafte Betrachtungsweise der Wirklichkeit war. Es wäre mir ein leichtes gewesen, die Wahrheit festzustellen, doch wozu? Die Lüge nimmt manchmal das Gehaben einer alten Jungfer an, die sich erinnert. An Weihnachten, am Zusammenfluß zweier Ozeane, unter der strahlenden Sonne dieses traurig zerrissenen Gebiets das Licht der Welt erblicken, um sein Leben hinter Käfiggittern mit einem gewissen Joseph als Wärter zu beenden, das alles gab zu denken. Daß das Museum es sich herausgenommen hatte, ihr diesen mythischen Ursprung anzudichten, mißfiel mir nicht. So würde ich mit den Jahren zum einzigen werden, der das Geheimnis ihrer Odyssee kannte. Vielleicht heißt sterben eben das: sich gänzlich dem Belieben dessen, der uns liebt, hingeben. Indem sie zur Legende wurde, bot Hedwige mir ein letztes Vorrecht dar, das Vorrecht, sie zu besitzen, wie ich sie zu ihren Lebzeiten nie besessen hatte.

Jeden Freitag also, und das drei Jahre lang, verharrte ich in stiller Andacht vor Hedwiges sterblicher Hülle. Schweigend erwies ich ihren sieben Halswirbeln Ehre. Angesichts der Metallstange, an der sie angebracht waren, fragte ich mich, wie sie früher zusammengehalten haben mochten. Alle in der Galerie ausgestellten Giraffen waren ausgestopft, allein Hedwige, von der Zwangsjacke ihres Fleisches befreit, erstrahlte in unermeßlicher und zarter Pracht. Ich erfand Vorwände, um das Gefühl zu haben, ihr unentbehrlich zu sein. Zum Beispiel sagte ich mir, ich müsse unbedingt ihre Augenhöhlen reinigen. Ich sah meine Hedwige nicht gern mit Staub in den Augen. Ich hatte deshalb sogar eigens einen Flederwisch an verstellbarer Stange gekauft. Ich habe ihn immer noch in meinem Zimmer, er ist tyrisch rosa und grün, etwas Auffälligeres läßt sich nicht vorstellen. Wenn ich ihn ansehe, muß ich an den verwaisten Pfau des Wiener Zoos denken. Ich hatte mir vorgenommen, ihn schwarz anzumalen, um nicht die Aufmerksamkeit der Wärter zu wecken, dann habe ich darauf verzichtet. Auch abgestaubt wären Hedwiges Augen blind geblieben. Danach hatte ich es mir in den Kopf gesetzt, eines ihrer Schienbeine zu stehlen und auf dem Platz hinter Notre-Dame zu beerdigen. Doch wie den Mut finden, ihr Skelett eines für ihr allgemeines Gleichgewicht so wichtigen Knochens zu berauben? Er hätte durch einen Abguß ersetzt werden müssen. Ich wagte es nicht, mich einem Bildhauer anzuvertrauen. Das wäre jedoch die befriedigendste Lösung gewesen. Ich hatte gelesen, daß es Harze gibt, die innerhalb von Minuten trocknen. Um die Aktion zu erleichtern, bat ich den Direktor, er möge mir helfen, während des Monats August eine Arbeit zu finden. Ich weiß nicht, ob er es tat. Er war damals von der Vorbereitung seiner Nachfolge sehr in Anspruch genommen. Seit einigen Jahren schob er von Saison zu Saison seinen Rücktritt hinaus. Niemand glaubte wirklich daran. Jedenfalls aber fand ich an ei-

nem Freitag im Frühling die Türen zu Hedwiges Saal für das Publikum geschlossen. Der Wärter erklärte mir, daß es auf die Känguruhs regne, daß die elektrischen Anlagen defekt seien und daß die Tausende Liter Alkohol in den ausgestellten Glasbehältern den Raum gefährlicher machten als ein Pulvermagazin.
So, ohne ein Abschiedswinken, endete die lange Nachtwache am Bett von Hedwiges sterblichen Überresten. Oft denke ich an ihren Körper, den zwischen präparierten Flußpferden und Skeletten von Walen in jener riesigen Grabstätte aus Gußeisen und Glas gerade aufgerichteten. Es scheint, daß die Restaurierungsarbeiten an den Galerien mangels Kredit verschoben worden sind. Der Plan, unter dem Jardin des Plantes einen riesigen Panzerschrank aufzustellen, der die präparierten Tiere beherbergen würde, soll hingegen die Beachtung der Autoritäten gefunden haben. Alle warten ab, und Hedwiges Augen füllen sich mit Staub. Um mich zu trösten, gehe ich oft um das Museum herum spazieren. Ich setze mich auf eine Bank im Schatten, ich betrachte die vorüberkommenden kleinen Mädchen und ihre Mütter. Wenn der Garten geschlossen wird, suche ich wieder eilends meine Zuflucht in Vincennes.
Seit Hedwiges Tod wird von mir erwartet, daß ich ganz allgemein die Giraffen pflege. Ich habe den Eindruck, weit in die Vergangenheit zurückzukehren, in die Zeit, als der zurückgebliebene Heranwachsende, der ich damals war, angesichts des Fisches des Direktors errötete. Ich langweile mich. Manchmal erkenne ich mich kaum wieder, bin von mir enttäuscht.

Zur Einsamkeit verdammt, schleiche ich unter der Drohung einer Vergangenheit einher, vor der mir schwindelt. Nichts interessiert mich, und alles beunruhigt mich. Ich bin nichts als ein Wust unverdaulicher Erinnerungen, eine nicht mehr verwendbare, durch die Gärung des Gedächtnisses aufgeblähte Konservendose. Ich stelle mir zu viele Fragen, das ist mein Problem. Oder vielmehr läßt mir mein Beruf zu viel Raum für Überlegungen. Ich bin mir dessen bewußt, und auch das ist ein Thema nutzloser Quälereien, ein weiteres. Hedwige fehlt mir, im Zusammenleben mit ihr schien mir keine Geste, kein Gedanke nichtig. Aufgrund welcher sinnlosen Ausflucht habe ich mich dazu entschlossen, sie in eine lange Knochenparade zu verwandeln? Vierzehn Rippen, davon sieben falsche Rippen, dreiundvierzig Wirbel, davon nur sieben für den Hals. Sie war meine Mutter, mein Kind, alles, was ich wiedergefunden hatte, und alles, was ich verloren habe. Hedwige, meine Zärtliche, komm und leg deine Lippen auf meine Stirn, komm zu deinem Joseph. Wirst du verstehen, daß ich mich geändert habe?

Auch der Zoo verliert nach und nach seine Kraft. Morgen wird man den fünfundsechzigsten Geburtstag des Oberwärters feiern. Ich kann mich nicht mit dem Gedanken abfinden, daß er in Pension gehen muß. Er spricht nie darüber. Was wird aus mir werden? Der Direktor ist schließlich doch gegangen, gefolgt von Jeanne Blin, eine wirkliche Ausblutung. Die neue Leitung nimmt seit sechs Monaten eine

Reorganisation der Aufgaben und der Sammlungen vor. Man redet von Sanierung, Rentabilität, Investitionen. Das Unternehmen, so scheint es, funktioniert schon besser. Die Zahl der weiblichen Praktikanten hat um die Hälfte abgenommen. Sie wagen mich nicht hinauszuwerfen, doch ich weiß, daß sie die erste Gelegenheit dazu benutzen werden, mich zu entlassen. Inzwischen bleibe ich; mustergültig – in Ermangelung von Besserem – drehe ich mich in diesem für mich zu großen Raum im Kreise. Ich wandere umher. Um die Zeit totzuschlagen, habe ich mir Verkehrsregeln ausgedacht mit ihren Sackgassen, ihrer Logik und ihren Vorfahrtsstraßen. Kein noch so grelles Licht vermag die dichte Schale dieser mechanischen Existenz aufzulösen. Bestimmte Strecken haben sich behauptet, die ich auf den Meter genau einhalte. Ich meide die Verwaltungsgebäude und verbringe Stunden damit, die Geier neben Jeannes einstiger Kasse zu beobachten. Ihr kahler, vom Leib durch einen Federkranz gleichsam abgetrennter Hals wirft mich in alte Albträume zurück. Die Faszination, die einst mir Entsetzen einjagende Dinge auf mich ausüben, erstaunt und beunruhigt mich. Jeden Tag verschaffe ich mir Eintritt in die Speicher, die über den Affenkäfig hinausgehen. Ich ejakuliere immer am selben Ort, wie ein Hund sein Gebiet markiert. Armseliger Trost, diese klebrigen Tränen, die, wenn sie trocknen, auf dem Beton einen weißlichen Film zurücklassen. Mit einem Pinsel kehre ich die Asche meiner Verfehlungen in eine kleine Schachtel und vergrabe sie jeden Monat im Giraffengehege. Eine Unregelmäßigkeit – und wäre sie noch so geringfügig – in der Organisation meiner täglichen Wege kann mehrere Wochen lang meinen Schlaf stören. Besteht nicht die schwerste der Kränkungen darin, ein Gesetz, das man sich selbst erteilt hat, zu übertreten? Ich habe das Gefühl, mein eigener Herr, mein eigener Sklave zu werden. Ich befehle mir. Ich gehorche mir. Ich bin der Tierbändiger und das Tier, das ist beruhigend. Ich fürchte den baldigen Tag, da diese im Grund sehr künstlichen Zwänge meine innere Freiheit nicht mehr gewährleisten können. Dann gehe ich umher, in meinen ziegelroten Schal fest eingewickelt, versuche ich eine Weile zu vergessen. Ich habe meine Matratze auf dem Heuboden gelassen. Die meisten Nächte verbringe ich dort. Wenn in der Morgenfrühe die ersten tierischen Geräusche zu mir dringen, bin ich manchmal glücklich. Sobald der Zoo seine Tore öffnet, werde ich wieder zu dem beschränkten und eher unfreundlichen Wärter, der ich immer gewesen bin, antworte auf Fragen der Erwachsenen mit unverständlichen Sätzen oder beantworte sie meist gar nicht. Jetzt, da Hedwige tot ist, sind die Kinder die einzigen Gesprächspartner, mit denen zu reden mir einiges Vergnügen bereitet. Sie sind ein wenig wie Hedwige, offen und hilflos, bereit, alles zu glauben, alles mitzumachen. Ich nehme sie gern mit in die Felsen hinein und zeige ihnen die Welt, die sich hinter den kleinen, dem Publikum geheimnisvollerweise verschlossenen Tür verbirgt. Ihre Ausrufe beim Anblick der Tonnen von Gefrierfleisch im Küchensouterrain machen mir wieder Mut. Ich möchte, daß sie sich ihr Leben lang daran erinnern, noch lange nach meinem Hinscheiden sollen sie von dieser heimlichen Besichtigung der Kulissen des Zoos sprechen. Die Eltern sind mißtrauisch – glauben sie, ihre Beunruhigung entgehe mir? – und blicken ihren Sprößlingen mit gezwungenem Lächeln nach. Das ist falsch von ihnen. Heute weiß ich, daß man nicht versuchen soll, seine Träume einzusperren, auf die Gefahr hin, sich allein vor dem Knochengerüst seiner Liebe wiederzufinden. Das Glühwürmchen erlischt, sobald man es berührt. Wenn ich mich diesen kleinen Mädchen in ihren Trägerkleidchen nähere, vergeht sogar der Gedanke an Lust. Ich begnüge mich damit zu schauen, ich speichere, ich male mir aus.

Warum muß ich immer Tricks anwenden, um zu dem geringsten Genuß zu gelangen? Mein Dasein ist ein langsamer Strudel von Bildern, die mich ersticken und gleichzeitig beschützen. Oft handelt es sich um abstrakte Visionen, den Zusammenstoß zweier Farben, die Verengung eines Gefäßes, die Form eines Pakets oder das Wiegen eines Kranichs. Menschen sind selten direkt in meine Träumereien verwickelt. Sie werden nur als zerlegte, blinde und auswechselbare Gegenstände darin verwendet. Die Begriffe Anziehung und Widerwille sind mir fremd oder wahrscheinlich zu sehr miteinander verbunden, als daß ich sie verstehen könnte. Ich liebe die Überraschung durch eine Haut, die sich unverhofft entblößt, das langsame Wandern einer Schnecke über weißen Fliesenboden, das unauffällige Kommen und Gehen der Reisenden im Bahnhof Saint-Lazare. Ich liebe es, nachts in den Straßen zu pissen, während ich auf Fußgänger lauere, Elefanten aus der Ferne zu reizen und zu gehen, zu gehen ... Wenn ich es so bedenke, liebe ich viele Dinge, aber die Vorstellung, eine Frau neben mir ausgestreckt im Bett liegen zu haben, erscheint mir nicht anziehender als früher. Ich glaube, Nacktheit würde mich langweilen. Die Lust ist eine schmerzliche Prüfung, eine Gefahr, man verläßt einander, vergißt einander. Vielleicht ist sie im Grund eine Frage der Übung, ich weiß es nicht. Ich habe den Eindruck, daß es zu spät ist. Das Beispiel der Menschen, die um den Zoo herumlungern, ist nicht sehr ermutigend. Ihre Lust bleibt so stark mit der Idee der Fortpflanzung verknüpft, daß sie, wenn es zu keiner Kopulation oder Scheinkopulation kommt, sie nur mit einem unüberwindlichen Schuldgefühl ins Auge fassen. Die Männer, die Bedürfnisse haben, gehen in den Wald, um sich ein Weibsstück zu nehmen, und bezahlen es, das ist klar und betrüblich. Ich bin froh, ihnen nicht zu gleichen. Man braucht sich nur in seiner Umgebung umzusehen, und schon entdeckt man wesentlich weniger grobe Mittel, um seine Emotionen zu pflegen oder auch seine Bedürfnisse zu befriedigen, da es scheint, als stelle sich das Problem manchen in solchen Begriffen. So schätze ich seit Hedwiges Hinscheiden zum Beispiel die öffentlichen Verkehrsmittel ganz ungemein. Vielleicht geschieht es in der geheimen Hoffnung, Lisa zu begegnen, daß ich so oft den Autobus nehme. Die Metro hat auch ihre Reize, besonders in den Stoßzeiten. Dort empfinde ich in verdichtetem Grade die seltsame Kommunion von Raum und Lebewesen, die mich oben von meinem Speicher aus, angesichts der Affen, das erstemal so erschüttert hatte. In diesem geschlossenen, in Bewegung befindlichen Universum richten die Reisenden sich mit einer Anmut ein, die dem Genie gleicht. Ihre Fähigkeit, sich gegenseitig zu ignorieren, entzückt mich. Im ersten Wagen schaukelt ein Junge an der Querstange. Auf beiden Seiten haben sich in den vier Ecken Männer auf den Klappsitzen niedergelassen. Eine alte Dame ist in ihre Strickerei versunken. Sie ist tot, ja, einen Augenblick lang glaube ich, daß sie tot ist. Die Stationen ziehen vorüber, die Richtungen sind klar, jeder folgt seinem Weg. Diese lange gegliederte Raupe, die in die Erde eindringt, ist an sich schon ein verwirrendes Bild für den Geist. Ich denke an das komplexe Netz all dieser Schicksale, die sich für die Dauer einer Fahrt, Körper an Körper, meiden, eingeschlossen, einander ausgeliefert, und ich erlebe einen Orgasmus. Wie soll ich das erklären? Allein Hedwige hätte mich verstehen können.

Abstand wahren ist die schwierigste – und die erregendste – Möglichkeit an diesen Stätten des Zusammengepferchtseins. Ich gestehe, daß ich zweimal der Versuchung nachgegeben habe, mich unmittelbar an jemanden zu pressen, aber diese vulgären Berührungen haben mir nie erlaubt, über das Stadium einer wenig überzeugten Erektion hinauszugelangen. Sich solchermaßen der Ablehnung und der Demütigung vor aller Welt auszusetzen, bleibt nichtsdestoweniger eine der Schlüsselfiguren meiner erotischen Blütenlese. Ich liebe die Vorstellung, von einer dritten Per-

son beobachtet zu werden, also beobachtet zu werden, während ich beobachte. Ich liebe das geheime Einverständnis der Seitenblicke. Es ist mir nie passiert, vom Publikum ernstlich beschimpft zu werden. Ich gehe bis an die Grenze, flirte mit der Gefahr, streife die Katastrophe. Auch in diesem bedrohlichen Zustand gelingt es mir, Lust zu empfinden.
Mein Traum wäre es, überall zu sein, beteiligt und außenstehend, Akteur und Zuschauer. Der Gebrauch eines vermittelnden Gegenstandes läßt zahlreiche Variationen auf diesem Gebiet zu. Zu diesem Gedanken wurde ich durch ein anonymes Werk der Bibliothèque Nationale mit dem Titel *Correspondances* angeregt – der Titel hatte meine Aufmerksamkeit auf sich gezogen, als ich nach einer etwaigen Ausgabe der an meinen Vater gerichteten Briefe suchte. Ich entdeckte darin den Bericht über eine sehr sonderbare kriminelle Epidemie. Ein Urteil der Strafkammer vom 1. Februar 1820 verurteilte den besagten Auguste-Marie Brizeul, seines Zeichens Schneidergeselle, zu fünf Jahren Gefängnis, weil er eine Demoiselle Victorine Pommier mit Hilfe eines an einer Stockspitze befestigten Pfriems von hinten *gepiekst* hatte. Laut einer Bekanntmachung der Präfektur waren in Paris in weniger als drei Jahren an die sechzig ähnliche Anschläge verübt worden. Die Pikére walteten abends ihres Amtes, nach der Oper oder auf den Grands Boulevards und griffen nur die ganz jungen Frauen an.
Diese wenigen Zeilen hatten mich tief beeindruckt. Auf einen einzigen festgenommenen und verurteil-

ten Mann waren wie viele gekommen, die ihre Talente ungestört ausgeübt hatten, und wie viele weitere hatten davon geträumt, es zu tun?
Im vergangenen Winter habe ich mich also dazu entschlossen, einen Schirm zu kaufen. Nicht einen von den zusammenklappbaren Dingern, die in einer Tasche Platz finden, nein, einen richtigen schwarzen Schirm, dessen breiter gebogener Griff sich leicht an die Stoffe schmiegt. Ich habe Stunden damit verbracht, meine Technik auszuarbeiten, und an einem mitten in meinem Zimmer aufgehängten alten Überzieher geübt, ehe ich es wagte, in die Metro zu steigen. Auf den Pfriem hatte ich schon bald verzichtet, um von der Anekdote lediglich den Gedanken des Gebrauchs eines Requisits als Verlängerung des eigenen Körpers beizubehalten. Mir schien, daß ich auf diese Weise zu einem Genuß gelangen würde, der um so erlesener wäre, als er von einer mittelbaren Ursache hervorgerufen würde. Ich zitterte, als ich mich zum erstenmal unter den Faltenrock einer jungen Frau, die mir den Rücken kehrte, einschlich. Sie rührte sich nicht. Der Zug war überfüllt. Bei jedem Bremsen spürte ich, wie das Holz sich leicht in ihre hautengen Höschen bohrte. Nach drei Haltestellen wechselte sie den Platz unter dem Vorwand, jemanden aussteigen zu lassen. Ich war so erregt, daß diese einfache Begegnung mich zum Ejakulieren brachte. Ich stieß einen leisen Schrei aus. Die junge Frau glaubte, sie hätte mich gestoßen, und entschuldigte sich. Ich schämte mich für sie.
Mit zunehmender Erfahrung lernte ich nicht nur,

mich in der Gewalt zu haben, sondern auch meine Partner besser auszuwählen. Die weichen Kleider und die weiten Mäntel sind zwar weniger suggestiv als die kurzen und taillierten Kleidungsstücke, aber sie bieten zahllose Möglichkeiten. Ich habe gesehen, wie in Schwaden von Stoffen verlorene Beine sich instinktiv in Reichweite des Griffs stellten und von selbst die Hin- und Herbewegung einleiteten. Die Anzüge der Männer eignen sich leider recht schlecht zu dieser Art Eingriff. Die Jacke ist zu lang, der Stoff der Hose zu dick. Schließlich wollen die Männer, selbst wenn sie bereit sind mitzumachen, nicht die elementaren Spielregeln anerkennen: Abstand wahren und in aller Unauffälligkeit vorgehen. Hier sieht man, wie in den anderen Bereichen, die Besitzgier, die für sie charakteristisch ist. Sie müssen konsumieren, fressen, penetrieren. Oder aber sie schwenken zu einer gekünstelten Schüchternheit über, die sie gegen jede derivative Praktik taub macht. Die Heranwachsenden, ein günstiges Ziel, wie man glauben möchte, lassen sich jedoch nie verführen. In den Körper eingekeilt, der sie überfordert, verweigern sie sich errötend. Ihre Bestürzung ist so groß, daß sie sie nicht einmal zu äußern wagen.

In der Zeit meines Umherschweifens auf Bahnhöfen ist es mir einmal passiert, daß ich mich von einem, wie ich seinerzeit sagte, Sexbesessenen ansprechen ließ. Ich muß sechzehn oder siebzehn Jahre alt gewesen sein. Ich habe den Vorfall in grauenerregender Erinnerung.

Seitdem die Giraffe ihr Winterquartier im Rathaus von Marseille bezogen hatte, drängte sich alle Welt auf den früher geringgeschätzten Empfängen, die der Herr Graf de Villeneuve-Bargemont, Präfekt des Departements Bouches-du-Rhône, gab. Die ganze Stadt redete nur noch über das Tier des Königs. Die Gattin des Präfekten jubelte. »Und sehen Sie sich diese Zunge an«, sagte sie berauscht und gluckste beim Anblick ihrer Schutzbefohlenen vor Vergnügen, »fast wie, fast wie...«
Sie zog aus ihrem üppigen Busen ein Taschentuch und verbarg sich dahinter, um in ein Lachen auszubrechen, das nicht standesgemäß war, »fast wie ein dikker schwarzer Wurm«, stieß sie schließlich in höchster Erregung hervor.
Die Gäste stießen sich mit den Ellenbogen an. Der Herr Graf nahm seine Ausführungen wieder auf: »Wir haben Himmel und Erde in Bewegung gesetzt, um sie vor dem Datum, das die Hygienevorschrift festsetzt, aus dem Lazarett, wo sie sich in Quarantäne befand, freizubekommen. Frankreich hat ehrbare Männer unter seinen Dienern, was wir auf unsere Kosten zu spüren bekamen.«
Am Klang seiner Stimme war zu ahnen, daß die Bemerkungen seiner Gemahlin ihn nicht völlig gleichgültig ließen.
»Sie benutzt sie wie eine Hand«, säuselte sie ihrem Nachbarn ins Ohr, »Sie müssen unbedingt einmal

morgens kommen und sehen, wie sie das Gesicht ihres Negers leckt, ein rührender Anblick.«
Sie sprach Neger mit einem gehauchten N aus: Nhäger.
»Und ihre kleinen Hörnerchen«, überbot die Baronin sie, »sind die nicht anbetungswürdig?«
»Anbetungswürdig, ganz richtig«, brummte der Baron.
Die Gattin des Präfekten achtete darauf, daß niemand fortging, ohne sein Entzücken über die Länge der Wimpern ihrer Schutzbefohlenen geäußert zu haben. Eines Abends trat das neugierig gewordene Giraffenjunge auf seine Bewunderer zu. In einem Rauschen knitternder Seiden wichen alle zurück.
»Da, jetzt ist es soweit«, rief die Gräfin, »sie streckt sie heraus, schauen Sie! Schauen Sie!«
Zum Abendessen hatte es reichlich zu trinken gegeben. Der Geruch wurde beklemmend. Jemand gab zu bedenken, daß der Kräutertee im Salon in den Tassen kalt werden müsse.

Sehr bald verbreitete sich das Gerücht, die Gräfin habe sich in einen der sudanesischen Stallburschen vernarrt. Der Portier hatte sie dabei überrascht, wie sie um drei Uhr früh leichtbekleidet den Hof überquerte. Sie gab vor, ihre Lorgnette verlegt zu haben. Die Kammerfrau bewahrte sorgsam einen Strohhalm auf, den sie vom Teppich des ehelichen Schlafgemachs aufgehoben hatte. Monsieur und Madame verstanden sich jedoch besser denn je. War er blind? War sie somnambul? Die städtische Bürgerschaft nutzte das Gerücht zu den eigenen Gunsten. Tiefen Kummer in der Seele, mußte die Gräfin sich entfernen, um die bösen Zungen zum Schweigen zu bringen. Der Graf veranstaltete eine Abendunterhaltung »à la girafe« zu Ehren der Kaufleute und der städtischen Angestellten. In der folgenden Woche wurden Ärzte und Juristen unentgeltlich eingeladen. Wütend, weil es übergangen worden war, erhob sich daraufhin das Volk. Tag und Nacht mußten berittene Polizisten die Zugänge zur Präfektur bewachen. Man wollte die Giraffe und den Sudanesen sehen. Und die Fragen begannen von neuem: War sie so riesig, wie erzählt wurde? War er so schwarz, wie behauptet wurde?

Den ganzen Winter über lebte Jussuf im Schatten der Giraffe. Obwohl ihm die Gräfin de Villeneuve-Bargemont nachdrücklich zulächelte, tat er drei Monate lang den Mund nicht auf, senkte die Augen, wenn sie ihn anredete, nahm nichts aus ihrer Hand an, weder die Brioches, die sie aus der Küche mauste, noch die Goldmünzen, die sie nachlässig ins Stroh des Stalles fallen ließ. Er hatte seinen Spaß daran, die Demut bis unter die Grenzen des Erträglichen zu treiben und die Gräfin in einen Zustand unergründlicher Ratlosigkeit zu versetzen. Eine Zeitlang glaubte sie sich trösten zu können, indem sie ihre Zuneigung auf Atirs Person übertrug. Endlich heilte die Trennung sie von ihren verrückten Ideen.

Als die Gräfin abgereist war, fand Jussuf die Sprache wieder. Er gab dem Herrn Grafen zu verstehen, daß die Giraffe des Königs sich langweile. Nach einigen sehr erregt verlaufenen Zusammenkünften wurde beschlossen, ihr – sofern alles gutginge und bis zu ihrem Aufbruch zur Hauptstadt – täglich einen zweistündigen Spaziergang zu gewähren. Die Bevölkerung von Marseille drängte sich vor den Toren des Rathauses, um das kolossale Tier zu betrachten. Desgleichen seine schwarzen Stallburschen. Der Beliebtheitsgrad des Präfekten stieg pfeilgeschwind an. Jeden Tag lief die Zeremonie in der gleichen Reihenfolge ab: Es läutete Mittag, das Ehrengitter öffnete sich, die Polizisten stellten sich in zwei parallelen Reihen auf, und die Giraffe trat wie in Zeitlupe hervor, von Atir auf der einen und von Jussuf auf der anderen Seite an der Laufleine gehalten. Im Bewußtsein der Bedeutung ihrer Funktion wahrscheinlich gönnten sich die beiden Feinde einen Waffenstillstand. Eine falsche Bewegung, ein Augenblick der Unaufmerksamkeit, und die Giraffe konnte scheuen. Ein Präfekturbeamter folgte dem Zug Schritt für Schritt bis in die abgelegensten Stadtrandgebiete und sammelte mittels einer Schaufel und eines seltsamen grünen Besens die unvermeidlichen Massen von Exkrementen des großen Fräuleins ein. Auf Befehl der Gräfin sollten sie die Erde in ihrem Privatgarten düngen. Gegen zwei Uhr kehrte die kleine Gruppe unter dem Beifall der letzten Neugierigen ins Rathaus zurück. Der Gärtner nahm stolz den noch dampfenden Mistkarren in Empfang und schob ihn zum Fuß der Rosenstöcke. Jussuf begleitete ihn oft. Er lernte die lateinischen Namen von Bäumen und Pflanzen, die ihm ungewöhnlich erschienen. Es wurde vorzeitig Frühling. Man beschäftigte Jussuf im Gemüsegarten. Er arbeitete hartnäckig, hielt niemals inne, um zu trinken oder zu essen. Abends kehrte er in den Stall zurück, wie andere nach Hause zurückkehren, froh, wieder bei seiner Familie zu sein.

Das Bild der Giraffe des Paschas von Ägypten und ihres Wärters Jussuf hängt immer noch meinem Bett gegenüber. Es ist mir unentbehrlich geworden, unerläßlicher Bestandteil meines Daseins, ebenso gegenwärtig und unbeachtet wie ein gesunder Arm oder ein gesundes Bein. Je öfter ich es betrachte, desto weniger bin ich imstande zu sagen, ob es schön ist, oder auch nur, ob es mir gefällt. Sein Vorhandensein ist zwar bedeutsam, paradoxerweise löst es sich gleichwohl tagtäglich im Strudel der Gewißheiten auf. Ich habe der Putzfrau des Hauses verboten, es anzufassen. Der Staub legt einen leichten Schleier über das ganze Bild. Ein sonderbares Schamgefühl zwingt mich, es in diesem Zustand zu belassen. Ich schlafe angesichts des Bildes ein, meine Träume finden in seinen Landschaften statt, und wenn ich aufstehe, suchen meine Augen instinktiv seine beruhigenden Linien.
Ich wäre bei diesen Beobachtungen stehengeblieben, hätte nicht eine kleine Einzelheit meine Neugier erregt. Vergangene Woche habe ich auf dem Fußboden neben der Scheuerleiste ein kleines rechteckiges Stück Pappdeckel gefunden. Seit wie langer Zeit lag es schon dort? Es war eine Abbildung der Heiligen Jungfrau. Ich erinnerte mich, diese bereits bei meinem ersten Besuch der Ateliers im Zoo bemerkt zu haben: der Rückseite des Bildes aufgeklebt. Als ich sie auf meinen Nachttisch legen wollte, bemerkte ich

eine Aufschrift. Ich vermochte drei Zahlen und zwei Buchstaben zu erkennen, die mich sofort an die Angaben auf Bibliotheksbänden erinnerten – die Suche nach den an meinen Vater gerichteten Briefen hatte mir in der Materie einige Sachkenntnis verliehen.
Vom nächsten Tag an machte ich mich auf die Suche nach dem denkwürdigen Dokument in der Hoffnung, das Geheimnis der Entstehung des Gemäldes zu ergründen. Meine Einfalt führte mich von der Bibliothèque Nationale bis nach Forney, ehe ich schließlich in den Händen einer schwerhörigen, aber erfahrenen Dokumentalistin der Museumsbibliothek landete, an dem Ort, wo ich aller Logik zufolge mit meinen Nachforschungen hätte anfangen sollen. Sie erkannte ohne Zögern die Signatur eines vor dem Jahr 1952 in das Verzeichnis aufgenommenen, das heißt in den Zettelkästen hinten im Saal identifizierbaren Werks. Sie schleppte mich zu einem monumentalen Möbelstück und ließ mich dort ohne weitere Erklärung stehen, vor Dutzenden von bezifferten kleinen Schubladen, in denen Tausende von kartonierten, meist handbeschriebenen Karteikarten nach Titel, Themen oder Verfassern alphabetisch geordnet waren. Die Präzision dieser Arbeit war verblüffend. Ich begann eine Karte nach der anderen anzusehen, in der Hoffnung, auf die Zauberformel zu stoßen, die mir den Weg zur Erkenntnis eröffnen würde. Dieses langsame monotone Vorankommen im Dschungel der Veröffentlichungen entsprach so ziemlich meiner Stimmung.
Als ich ans Ende der ersten Reihe des ersten Regals

gelangte, trat ein Mann zu mir. Ich war so sehr in meine Sache vertieft, daß ich, als er mich an der Schulter berührte, unwillkürlich den lächerlichen Aufschrei eines geschlagenen Kindes ausstieß. In ein und derselben Bewegung hoben sich fünfzig fleißige Köpfe von ihren Papieren und wandten sich uns zu. Nur die Dokumentalistin blieb in die zwanghafte Lektüre eines Stapels alter Zeitschriften versunken, deren Blätter sie geräuschvoll umdrehte. Der Mann mußte etwa vierzig Jahre alt sein, sein Gesicht kam mir bekannt vor, vielleicht hatte er eine entfernte Ähnlichkeit mit meinem Vater. Er zog eine Dose Lakritzpastillen aus seiner Tasche und fragte mich, ob ich rauche. Da ich stumm blieb, die Augen weit aufsperrte, ließ er die kleinen Bonbons auf dem metallenen Dosendeckel rappeln. »Diese Pastillen«, fügte er hinzu, »erhalten ihren Geschmack durch den Blütenextrakt der Katchu-Akazie.« Woraufhin er mir eine lange, vom Süßholzsaft schwarze Zunge herausstreckte. Ich vermischte ihn wohl unbewußt mit Hedwige, denn während des Mittagsschlafs träumte ich, er stamme aus Südafrika, und da der Direktor ihn nicht in den Tierbestand habe aufnehmen wollen, ließe man ihn im Lesesaal der Bibliothek des Jardin des Plantes halbfrei herumlaufen. Er führe kleine Dienstleistungen aus und esse, außer seinen ewigen Süßigkeiten, Robinienblätter, deren Stengel er wieder ausspucke.

Es dauerte einige Sekunden, bis ich reagierte. Aber als er den Zeigefinger hob, ihn auf seinen Mund legte und sich selbst Schweigen gebot, bemerkte ich, daß seine Nägel nikotingelb waren. Ich antwortete mit einem Kopfschütteln, ich wolle keine Lakritze nehmen. Er runzelte die Stirn, schüttete sich zwei winzige braune Rechtecke auf die Handfläche und schluckte sie sogleich hinunter. »Total blau, ex-getrunken«, erläuterte er unerschütterlich. Trotz meines ungeduldigen Wunsches, meine Nachforschungen wieder aufzunehmen, lächelte ich ihm zu. Nach langem Hin und Her bot er mir seine Hilfe an und versicherte mir, seine eigene Arbeit könne dabei nur gewinnen. Ich erhob Einspruch, aber weil er mit lauter Stimme darauf beharrte und weil die uns zunächst Sitzenden ungeduldig zu werden begannen, schrieb ich ihm die Chiffren auf ein Stück Papier und verwies ihn an die Buchstaben X, Y und Z an der anderen Seite der Karteikästen. »Das?« sagte er grinsend und holte sich ein Formular, das er unter meinen Augen ausfüllte, indem er seinen Namen – Colin B. –, die Signatur und seine Platznummer im Lesesaal eintrug. Dann machte er sich hüpfend zum Zentralbüro auf.

Ich setzte meine Arbeit fort, entschlossen, mich nicht mehr ablenken zu lassen, als er zurückkam und mir triumphierend verkündete, meine Bestellung sei aufgenommen worden, trotz ihres unvollständigen Charakters und dank seiner Vermittlung, doch sei das bewußte Buch erst nach dem Mittagessen verfügbar, da zwischen zwölf und zwei Uhr die Verbindungen unterbrochen würden. Er wies mit einem Augenzwinkern auf die Dokumentalistin. »Eine alte Bekannte«, sagte er gleichsam zur Entschuldigung. Ich dankte ihm.

»Das Schlimmste ins Auge fassen, um das Beste zu erhalten«, flüsterte er mir ins Ohr und zog mich zur Treppe, »die Schwerfälligkeit der Verwaltung... Dabei stehen die Bücher nach Signatur angeordnet, es ist also nicht nötig, den Namen des Autors zu kennen! Magazinverwalter auf Rollschuhen, riesige Gänge, Regale, so weit das Auge reicht. Sehr logisch. Archaisch, gewiß, aber effizient. Und ich, keine Widerrede, lade Sie zum Mittagessen ein.«
Auf diese rätselhaften Worte hin folgte ich ihm, ich fürchtete zu sehr, durch eine Ablehnung seines Vorschlags meine Nachforschungen zu gefährden. Als er das Gebäude verlassen hatte, zündete er sich sofort eine Zigarette an. Je länger er rauchte, desto mehr gewannen seine Reden an Fülle. Er trat mir voran in ein tunesisches Restaurant. Die Kellner schienen ihn zu kennen. Er bestellte für sich ein Ei im Teigmantel und Tomatensalat, wobei er die Vorzüge des Kuskus lobte, den er mich sodann bis zum letzten Grießkorn zu verzehren nötigte. Er redete viel, zu schnell, zu leise. Glücklicherweise wurden die Speisen bald aufgetragen. Er sah mir beim Essen zu, so als ob jeder meiner Schluckakte das wollüstigste aller Versprechen wäre. Was er mir erzählte, war nicht uninteressant. Er drückte sich undeutlich aus, vollführte mit seinen Sätzen Bocksprünge – was die Unterhaltung schwierig – und verführerisch – machte. Er erinnerte mich an einen meiner Gymnasialprofessoren in der Obersekunda, über den sich alle Schüler lustig machten und zu dem ich mich einigermaßen hingezogen fühlte. Er gab mit Leidenschaft und Einfühlsamkeit

Mathematikunterricht, wir trieben in jenem Jahr viel Geometrie, und ich entsinne mich der Aufgaben, die ich liebevoll für ihn machte, wobei ich die anderen Fächer absichtlich vernachlässigte, in der Hoffnung, daß er hierin ein Zeichen meiner Zuneigung erkennen würde. Beim Dessert erfuhr ich, daß der Mann mit den Lakritzen in einem Vorstadtgymnasium ebenfalls Lehrer gewesen war. Ich wagte mir den Krawall nicht vorzustellen, den er dort ertragen mußte.

Er hatte sich ein Sabbatjahr gegönnt, erklärte er mir, um eine Studie über das affektive Verhalten der Hirtengesellschaften in Trockenzonen zu Ende zu führen, und verbrachte seine Zeit damit, in die Bibliotheken zu gehen. Er habe nie an Ort und Stelle Untersuchungen angestellt, erklärte er mir in seiner abgehackten Sprache, da er zu große Angst hege, von der wirklichen Reise enttäuscht zu werden. Seine Methode bestand darin, das Thema auf möglichst indirekte Weise einzukreisen, sich ihm dann behutsam zu nähern, wie um es nicht zu erschrecken, bis er es mit einem unentwirrbaren Netz von Kenntnissen umschloß. Er zeichnete mit seinem Arm eine breite Spirale um sich herum. Vom Zentrum war er noch weit entfernt und hatte es offenbar nicht eilig hinzugelangen. Die gleichen Dinge faszinierten uns beide, die Freude am Weg, am Spielraum und an den Übereinstimmungen. In wenigen klaren und vollständigen Sätzen entwickelte er eine Verherrlichung der ›Elucubration‹, »im ursprünglichen Sinn des Wortes«, erläuterte er, »aus dem lateinischen *lucubrare,* im

Schein der Lampe arbeiten, was wiederum von *lucere*, leuchten, abgeleitet ist.«
Er senkte die Stimme, als handele es sich um eine sündige Handlung, und fügte hinzu, daß er manchmal, während mehrerer Nächte, nicht schlafe, weil er überzeugt sei, daß die Verbindung von wachem Zustand und Zustand mühevoller Arbeit ihm die Offenbarung bringen werde. Bei diesen Worten zog er eine kleine blaue, die Heilige Jungfrau darstellende Medaille aus der Tasche und küßte sie. Ich dachte an das auf die Rückseite des Gemäldes der Giraffe vom Pascha von Ägypten geklebte Bild. Die Zigarettenstummel häuften sich auf einer Ecke der Platte mit Rachat-Lokum. Ich erkannte den blechernen Geruch der Mahlzeiten meiner Jugendjahre wieder, wenn mein Vater, von meinem starrsinnigen Schweigen eingeschüchtert, sich in den Rauch seiner dunklen Zigaretten hüllte. Allein seinem wiederholten Niesen gelang es, mich aus meiner Starre zu reißen; ich konnte diese Explosionen nicht ertragen, die Asche flog umher, ich nützte diesen Umstand, um den Inhalt meines Tellers in den Abfalleimer zu werfen, stieg in mein Zimmer hinauf und schloß mich ein.

Colin B. redete ununterbrochen. »Die Menschen müssen den Unterschied zwischen Notwendigem und Notwendigkeit erfassen lernen. Der Leib, die Seele. Vom Besitz her männlich, weiblich: unabwendbarer geistiger Zwang. Ich hasse die Verkürzungen, das ist eine Tatsache, ich ziehe die Umschreibungen vor...«

Von dem Moment an entging mir der Sinn seiner Worte. Ich glaube, es war ihm völlig gleichgültig, wieviel ich verstehen konnte. Mein Glas füllte sich mit blaßrotem tunesischem Wein, ich leerte es gedankenlos, und mit schrecklicher Schlafsucht kehrte ich in das gedämpfte, anonyme Milieu der Bibliothek zurück. Colin B. begleitete mich dorthin, nahm seine Sachen und überließ mir seinen Tisch. Ohne sich auch nur von mir zu verabschieden, eilte er zum Ausgang. Die Wanduhr zeigte ein Uhr fünfunddreißig. Ich mußte noch fünfundzwanzig Minuten warten, bis mir das bewußte Buch übermittelt wurde.
Von meinem Platz aus sah ich die Bäume und die rosa schimmernden Glaswände der Gewächshäuser des Jardin des Plantes. Der Gedanke an Hedwige vertrieb Colin B.s Bild. Ich spürte, wie der Schlaf mich in Wellen überkam. In wenigen hundert Metern Entfernung hielt ihr Skelett Wache. Arme Hedwige, allein mitten unter präparierten Säugetieren, ihre Augenhöhlen voller Staub. Heute war es an mir, für sie zu leiden. Aber was tun, welche Prüfung sich auferlegen? War ihre Abwesenheit nicht Strafe genug? Fragen, immerzu Fragen... Zwei Wochen vor der endgültigen Schließung der großen Galerie des Museums war ich in einen der weißen Wohnwagen getreten, die man am Stadtrand findet. Für einen Fünfzig-Francs-Schein wird einem dort die Zukunft vorausgesagt. Die Vorhänge waren zugezogen, nur eine kleine Lampe mit Behängen beleuchtete eine Kristallkugel und zwei Päckchen ganz gewöhnliche Spielkarten. Ich wollte schon wieder gehen, als eine ernste

Stimme mich aufforderte, Platz zu nehmen. Ich schrak zusammen. »Das Ding«, hörte ich sie schwach und fern murmeln. »Da ist jemand mit einem Gegenstand in der Hand. Heben Sie ab!«

Ein rundes bärtiges Gesicht erschien hinten im kleinen Raum. Sein geschminkter Mund zog sich zu einem beruhigend sein wollenden Lächeln auseinander. »Heben Sie ab!« wiederholte er.

Einen Gegenstand, eine Hand... Was sollte ich abheben? Ich zahlte und fand mich auf der Straße wieder, ehe ich begriff, wie mir geschah. Ich lief geradeaus weiter, wie um mich von einer entsetzlichen Wahnvorstellung zu befreien. Ein Gegenstand, eine Hand... Eine Hand, die die eiserne Verbindung durchschneidet, die sieben Halswirbel Hedwiges lösen sich und zerbrechen auf den steinernen Bodenplatten. Ein dünner, in eine Flasche mit Tusche getauchter Pinsel malt einem nach dem anderen, jedem ihrer Knochen eine unauslöschliche Markierung auf. Hedwige in Einzelteilen, in ein Regal verstaut. Hedwige zersplittert hinter den Vitrinen des Laboratoriums für vergleichende Anatomie. Wieder aufgestellt im Museum von La Rochelle, von Lille oder von Verdun neben einem ausgestopften alten Strauß. Befummelt von einem pickeligen Praktikanten, gemessen, eingeordnet, vergessen. Und ich, ihr Schöpfer, ihr Meister, begebe mich auf die Suche nach einem Alibi, um einen flüchtigen Anblick dieses zerbrochenen Körpers zu erhaschen. Ein Gegenstand, eine Hand. Heben Sie ab! Großaufnahme ihres von Edelsteinen umgebenen Schädels, des göttlich verehrten

Schatzes einer unbekannten Sekte. Luftbild, die Spur ihres letzten Laufs durch ein dorniges Tal im Osten von Transvaal, letzte Zeichen ihres Lebens in Freiheit. Das Geheimnis ihrer eigensinnigen Treue zu mir, ihre Ergebenheit, ein Puzzle von Gebeinen, über die sich gewissenhafte, schlafmützige Gelehrte beugen werden. Oh! meine Süße, meine Hedwige, ohne dich bin ich nichts mehr, du fehlst mir, ich möchte auf meiner Haut die Liebkosung deiner Lippen spüren, du fehlst mir...

Monsieur Colin, rief man mir ins Ohr, sehr laut, Monsieur B. Colin. Ich war wie ein Kind auf der Schulbank, den Kopf zwischen den Ellenbogen, eingeschlafen. Eine Frau schwenkte eine Karteikarte unter meiner Nase und erklärte mir, daß die angeforderten Werke in der Reihenfolge ihres Eintreffens auf den Tisch gelegt würden, der neben dem Büro der Dokumentalistin gleich beim Eingang der Bibliothek stünde. Der Leser (sagte sie nachdrücklich) müsse sie selbst holen gehen. Es war fast fünf Uhr nachmittags. Ich hatte mehr als drei Stunden geschlafen; ein ermüdender Schlaf, voll wirrer Träume, die der Wirklichkeit zu nahe waren, um den Geist nicht noch lange nach dem Aufwachen zu belasten. Ich erhob mich und ging unsicheren Schrittes zu dem angegebenen Ort. Unter einem hölzernen Puck fand ich eine von der Gesellschaft der Freunde des naturhistorischen Museums herausgegebene Broschüre, deren oben auf dem graugrünen Umschlag auf einem runden Schildchen stehende Signatur mit jener übereinstimmte, die ich auf dem Bild der Heiligen Jungfrau entdeckt hatte. Da erst wurde ich völlig wach.

Der Bericht begann mit dem Protokoll des Verwaltungsrats des Verbandes. Meine Hände zitterten, als ich die Seiten umdrehte. Ich nahm jede Zeile unter die Lupe, suchte im Umkreis jeder Nomenklatur einen Hinweis, der es mir gestatten würde, die Beziehung dieses staubigen Faszikels zu dem Bild aus dem Zoo von Vincennes zu begreifen. Von der Expedition des hochwürdigen Paters Teilhard de Chardin in die Mongolei bis hin zur Neuordnung der Sammlung der Spinnentiere aber fand ich nichts, was ein naher oder entfernter Hinweis auf das Gemälde hätte sein können. Ich ging den letzten Artikel mit Besorgnis an. Doch da wurde meine Geduld belohnt.
Von den ersten Worten an begriff ich, daß ich mich auf dem richtigen Weg befand. Unter dem Titel *Die historische Giraffe* erzählte ein gewisser Biers von der Reise einer Giraffe, die, Geschenk des Paschas von Ägypten an König Charles X., zu Beginn des vergangenen Jahrhunderts Frankreich zu Fuß durchquert hatte. Auszüge aus Briefen, die Geoffrey Saint-Hilaire, Professor der Zoologie, Begründer der Menagerie des Jardin des Plantes an den Grafen von Villeneuve-Bargemont, Präfekt des Departements Bouches-du-Rhône, geschrieben hatte, vervollständigten den Bericht. Das erste, vom 18. Mai 1827 datierte und aus Aix-en-Provence abgeschickte Schreiben endete folgendermaßen:
Besser zu marschieren dürfte schwer sein. Jeder weiß,

was er zu tun hat, und jeder ist zur Stelle. Ich sage das von allen, Tieren und Menschen. Ihr Freund Atir, stolz wie ein Pfau, eine der Zugleinen zu halten, hat sich die Achtung der Marseilleser Stallburschen zu gewinnen verstanden. Wie vorgesehen ist die rechte Laufleine in zweiter Linie dem kleinen Negerjungen Jussuf zugefallen. Seit wir Marseille verließen, habe ich noch nicht einmal erlebt, daß er sich von seiner Schutzbefohlenen entfernte. Seine Einsatzbereitschaft ist grenzenlos. Was Hassan betrifft, so führt er die Kühe. Der Herr Unterpräfekt von Aix hat Ihnen wohl von dem Gefühlsausbruch berichtet, den der erste Anblick der Giraffe in der Menge bewirkt hat. Es war ein einziger Aufschrei, so allgemein war er, aber er war anhaltend und vor allem durchdringend. Man sah mit Bewunderung, wie dieses jegliche menschliche Größe überragende Tier majestätisch seinen Kopf in den Lüften wiegte und die Wipfel der Bäume abweidete. (...) Und es ist ebensowenig der Zufall, der dies macht, wie es der Zufall ist, der alle Dinge hienieden herbeiführt.

Ich zog mein Notizheft aus der Tasche, und ohne auch nur erst weiterzulesen, begann ich fieberhaft die Passagen abzuschreiben, die die Giraffe und ihre Wärter betrafen. Ich hatte Tränen in den Augen. Da stand es schwarz auf weiß, gedruckt 1923 in Vesoul, in das Verzeichnis der Museumsbibliothek aufgenommen, ich träumte nicht. Je weiter ich im Text vorrückte, desto mehr schien er über die Anekdote, die Koinzidenz hinauszugehen, um in jene verschwimmende Welt einzutreten, die Colin B. das Schicksal genannt hätte und die ich als einen gewissen, die Begriffe von Raum und Zeit, wie sie die gewöhnlichen Sterblichen verstehen, transzendierenden, schwer faßlichen Charakter der Geschichte definieren würde. Zwischen den Zeilen fand ich die Spur meiner Schritte von Marseille nach Paris wieder und den formellen Beweis, falls das Gemälde im Zoo nicht genügt hätte, daß schon vor anderthalb Jahrhunderten Hedwige ihre schrecklichen, sanften Augen eines verlassenen Kindes auf mich gerichtet hatte. Ich spürte ihren lauen Atem auf meiner Wange. Ich sah mich wieder in ihrem Stall kauern und die Person Jussufs für sie neu ersinnen. Die Bilder fügten sich mit unerschütterlicher Logik ineinander: der Maler betonte den Hals seiner Giraffe mit einem roten Strich, meine Mutter strickte ihren Schal, Hedwige steckte ihren Kopf durch das kleine Fenster des Heubodens, und die hölzerne Klappe schlug hinter ihren Hornzapfen herab, Malcolm hinterließ auf meiner Haut die Spuren seiner Reißzähne...

Bei dieser Erinnerung schauderte mir. Ich fürchtete mich plötzlich, fürchtete mich vor diesen mich verfolgenden Zeichen, vor dem so vergangenheitsschweren Vornamen, vor diesem doppelten, für das dreiunddreißigjährige Kind, das ich war, allzu belastenden Erbe. Mir graute vor dem Moment, da ich die Broschüre würde zurückgeben müssen. Eine sonderbare Scham machte den Gedanken unerträglich, die Dokumentalistin könnte ihre neugierigen Marderaugen hineinversenken.

Ein Klingelzeichen, das die Schließung der Biblio-

thek ankündigte, unterbrach den Fluß meiner Gedanken. Mein Stift flog wieder über das Papier.
Paris, den 12. Juli 1827. Herr Graf, schrieb ich ab, *endlich habe ich meine Mission vollständig erfüllt. Am vergangenen Montag ist die Giraffe dem König zugeführt worden. Ich krankte noch an einer Harnverhaltung und einer Harnleiterentzündung. Ich hatte mich nach Saint-Cloud geschleppt und lauschte meinen Schmerzen, um sie zu befragen, was ich tun sollte, vorrücken oder mich zurückziehen. Ich bin aufgetreten und habe der ganzen Last der Zuhörer, die allein auf meinen Schultern ruhte, zu genügen vermocht.*
Ich hielt eine Weile inne und blickte mich um. Die anderen Leser schienen es mit dem Fortgehen nicht eilig zu haben. Armer Geoffroy Saint-Hilaire! Mit seiner Harnverhaltung und seinem entzündeten Harnleiter glich er so sehr dem früheren Zoodirektor, daß ich ihn mir nicht anders als mit einem Feldstuhl und der enormen Freiheit des Geistes, die man den alten Wissenschaftlern zuschreibt, vorstellen konnte. Für den unter dem Namen Atir erwähnten Stallburschen suchte ich die Entsprechung in der Gegenwart. Ich dachte an Glibett, den neidischen Rivalen, den anderen, der zu allen Gemeinheiten bereit war, um an der Spitze des Zuges zu bleiben. Der Brief endete folgendermaßen:
Seine Majestät wünschte Einzelheiten über die im Dienst der Giraffe stehenden Männer. Ich richtete seine Aufmerksamkeit auf Jussuf, Atir und Hassan. Er suchte den Innenminister auf und befahl ihm, ihnen

2000 Francs zu schicken, was zur großen Freude jener geschah.
Die Frau Gräfin wird dessenthalben beruhigt sein können: denn wenn Atir und Hassan auch beschlossen haben, in ihr Land zurückzukehren, hat Jussuf sich doch verpflichtet, bei unserer Pflegetochter zu verweilen, bis sie endgültig im Jardin des Plantes untergebracht sein wird.
Zum zweitenmal ertönte das Klingelzeichen. Draußen regnete es. Ich hatte meinen Schirm nicht dabei. Meine Nachbarn verstauten ihre Füllfederhalter und ihre Notizen und drängten sich vor dem Zentralbüro. Ich blieb auf meinem Platz, drehte ihnen den Rücken zu und begann mit dem Bleistift die Sätze auszustreichen, in denen der Name Jussuf vorkam. Mir schien, daß ich dadurch wieder in den Besitz meines Schicksals geriete. Oder ihm entkäme, was fast auf dasselbe hinauslief. Ich mochte noch so oft durchstreichen, die Buchstaben schimmerten durch und waren lesbar. Ich drückte noch fester auf. Ich dachte an Hedwige, ihre Zunge, die bei der Berührung mit der Saugflasche eine Höhle bildet, ein paar weiße Tropfen perlen am Rand ihrer Lippen...
Jemand klatschte in die Hände. Ich schrak zusammen. Die Spitze meines Bleistifts durchbohrte das Blatt. Vor der Dokumentalistin standen nur noch drei Personen. Mit einer schroffen Bewegung zerriß ich die letzten Seiten des Berichts. Das Papier bot keinen Widerstand. Dann zerfetzte ich sie, als ob mein Leben vom Verschwinden dieses Dokuments abhinge. Die kleinen Quadrate sammelten sich auf

meinen Knien. Schließlich war die Arbeit ja unter dem Namen Colin B. angefordert worden; ich riskierte nicht viel dabei. Ich stand auf, der in winzige Papierschnitzel verwandelte Artikel fiel zu meinen Füßen hin. Als ich an den Enzyklopädien vorüberging, schob ich den Rest der Broschüre zwischen zwei Bände. Die Dokumentalistin kümmerte sich um den letzten Leser, und angesichts des Bücherstapels, den er zurücktrug, wurde mir klar, daß es einige Minuten dauern würde, bis sie mein Fortgehen bemerkte. Ein Mann in grauem Arbeitskittel stand am Ausgang. Ich näherte mich ihm und hob die Arme in die Luft, um zu zeigen, daß sie leer waren. Gleich darauf bedauerte ich mein Verhalten – hieß seine Unschuld beweisen zu wollen nicht bereits, daß man sich schuldig bekannte? Ich versuchte, meiner Bewegung eine andere als ihre ursprüngliche Bedeutung zu geben, indem ich zum Beispiel mit meinem zum Himmel weisenden Zeigefinger anzeigte, daß es regnete, und die Handflächen von rechts nach links drehte, um anzuzeigen, daß man nichts dagegen machen könne, daß es nun einmal so sei. Der Mann blickte zur Decke, blickte mich zweifelnd an, und da ich dabei verblieb, meine Arme dümmlich über meinen Kopf hängenzulassen, spendete er mir das verständnisvolle Lächeln, das die Ärzte gewöhnlich ihren von unheilbaren Krankheiten befallenen Patienten vorbehalten. Ich versuchte eine natürlichere Pose einzunehmen. Meine Hände fielen zu beiden Seiten meines Körpers herab. Ja, ich war verurteilt (Grimasse), ich wußte es seit langem (ein Schritt voran), und ich tat so, als wüßte ich es nicht. Ich zuckte die Achseln, er wich einen Schritt zurück, wie um die Bedeutung des Vergehens besser einzuschätzen, dann, als ich zur Tür hinaustreten wollte, preßte er sich an mich. Sein aufgeknöpfter grauer Kittel ließ im Ausschnitt seines bräunlichen Polohemds eine gelbliche, von einer Kette aus Silbermetall durchzogene Behaarung sehen. Sein Biertrinkerbauch zog sich beim Kontakt mit mir zurück. Da sah ich, ohnmächtiger Zuschauer, wie seine Hand aus dem Gürtel seiner Hose hervorkam, sich mit unendlicher Langsamkeit hob und sich auf meiner linken Schulter niederließ. Er versperrte mir den Weg. Ich warf einen Blick auf die Dokumentalistin. Sie suchte etwas in einem auf dem Boden stehenden Karton. Nur die Rundungen ihrer Hüften wiegten sich oberhalb des Schreibtischs zwischen den Bücherstapeln. Der letzte Leser stand uns zugewandt. Der Mann im grauen Kittel begann mich abzutasten, seine Finger bewegten sich bestimmt und zart. Er verfuhr als Durchsuchungsexperte, ich spürte, wie mein Gesicht sich entspannte, eine gewisse Komplizenschaft nistete sich ein. Ich nahm mein Notizbuch aus der Jacke. Er blätterte es durch, um sicherzustellen, daß kein Dokument darin versteckt war. Ein kleines Stück Papier flog daraus auf und ließ sich auf seiner Schuhspitze nieder. Das Konfetti glitt heraus. Ich war schweißgebadet, wußte nicht mehr, ob ich vor Furcht oder vor Begierde zitterte. Ich verstand plötzlich, welch subtile Lust Hedwige empfunden hatte, wenn sie mir gehorchte. Meinen Begierden zu entsprechen bedeutete gewissermaßen, daß sie sie zu den ihren machte, mich ebensosehr besaß wie ich sie. Ich ertappte mich dabei, daß ich ihre Lage beneidete. Die Zwangsmaßnahmen, die ich Tag für Tag zusätzlich zu dem durch den Zustand der Gefangenschaft auferlegten Zwang über sie verhängt hatte, waren sie nicht die Grundlagen einer vom Zweifel und dadurch auch von den Ängsten befreiten Existenz?

Der Mann im grauen Kittel bat mich sehr höflich zu gehen. Ich hatte alles getan, um seinen Verdacht zu erregen, um angeklagt zu werden, um von ihm genötigt zu werden, für mein Verschulden Wiedergutmachung zu leisten – endlich –, und er ließ mich laufen, auch er, wie einen Dieb. Warum gab man mir nie Gelegenheit, mich zu verteidigen? Meine Handlung war nicht ein Akt gewöhnlicher Zerstörungswut gewesen, das hätte ich ihm gern auseinandergesetzt. Nun hatte ich gerade die Geschichte Jussufs, meine Geschichte, entdeckt und würde mich ein weiteres Mal allein finden, ohne jemanden, dem ich mich anvertrauen konnte ...

Langsam ging ich die Treppe hinab. Die Leute auf der Straße liefen eilig und blickten auf ihre Füße. Es regnete immer noch. Ich merkte nicht sogleich, daß jemand mir folgte. Sofort wieder von schuldhafter Angst vor Strafe erfaßt, wäre ich, als ich in den Autobus stieg, beinahe hingefallen. Eine Hand im Lederhandschuh steckte gleich nach mir eine Fahrkarte in den Schlitz des Entwerters. Ein starker Geruch nach dunklem Tabak schwebte in der mit Feuchtigkeit gesättigten Luft. Ich brauchte mich nicht umzudrehen,

um zu wissen, daß es sich um Colin B. handelte. Auf ein Gespräch mit ihm hatte ich nicht die geringste Lust, seine Anwesenheit aber gab mir neuen Mut. Das zweifache trockene Knallen der Maschine stellte, besser als jedes Wort, die Grundlage eines geheimen Einverständnisses her. Ich bahnte mir einen Weg in den hinteren Teil des Omnibusses, entschlossen, zwei Plätze – am liebsten Rücken an Rücken – zu finden. Aus meinem Haar tröpfelte eiskaltes Wasser, das die bereits feuchte Wolle meines Schals durchtränkte. Ich nahm ein Röhrchen Vitamin C aus der Tasche und dachte an den Paradieskranich mit seiner Metallprothese, an das schwarze Fahrrad des Oberwärters, an Lisas Mutter. Mir waren drei Tabletten verblieben, die ich nervös zerbiß.
Einem alten Herrn gegenüber setzte ich mich ans Fenster, überließ Colin B. die in Fahrtrichtung stehende Bank davor. Durch ein komisches Umkehrverfahren fuhr er mir deshalb voran, ohne mich je überholt zu haben.

Colin B. erhob sich, als ich, um den Autobus zum Halten zu bringen, auf den Knopf drückte. Bis zur Station Nation hatte ich vor mich hin gedöst, und nun fehlte es mir an Mut, die Begegnung herbeizuführen. Beim Aussteigen benahm ich mich so, als ob ich Scheuklappen trüge, schlug den Kragen hoch und ging ohne zu zögern zum Nebeneingang des zoologischen Gartens. Es hatte zu regnen aufgehört. Die Prostituierte an der Ecke der Avenue Daumesnil schenkte mir ein strahlendes Lächeln. Sie hatte sich in einen zappeligen kleinen Hund mit Augen wie ein toter Fisch vernarrt, der sie offenbar vor dem ihr von der menschlichen Rasse eingeflößten Lebensekel schützte. Meine Zugehörigkeit zur wunderbaren Welt des Zoos verlieh mir wohl einen besonderen Status, denn trotz meiner hartnäckigen Unfreundlichkeit ihr gegenüber brachte sie mir weiterhin die naive Bewunderung eines kleinen Mädchens entgegen, das davon träumt, Tierarzt zu werden, wenn es erst groß ist. An jenem Abend hielt sie den Hund unter ihrem weit ausgeschnittenen Mantel an ihr Herz gepreßt. Er bedeckte sie mit seinen Rattenküssen, leckte ihr den Hals, knabberte an ihren Ohren, und sie lachte. Colin B. folgte mir immer noch. Ich hörte seinen schleppenden Schritt. Seine Füße mußten durchnäßt sein, nachdem er durch so viele Pfützen gewatet war. Falls meine Gleichgültigkeit ihn reizte, war, wie ich zugebe, seine Hartnäckigkeit mir auch

nicht gleichgültig. Ich sagte mir, daß es nun ein wenig zu spät sei, um aufzuhören, daß ich nicht die Dreistigkeit besäße, ihm die Tür vor der Nase zuzuschlagen. Hatte er mich etwa nicht zum Mittagessen eingeladen? Ich schrieb der Höflichkeit zu, was nur Neugier war und rasch eine gewisse Form des Verlangens annahm. Ich, der ich mein Leben lang überwacht und zugeschaut hatte, würde mich für einmal hingeben, den Forderungen eines anderen unterwerfen, wie Hedwige es bis zu ihrem Tod getan hatte.
In dieser Geistesverfassung führte ich Colin B. zum großen Felsen. Dieses riesige hohle Gebilde war seit dem Wechsel in der Direktion zu einem meiner bevorzugten Orientierungsorte geworden. Die auf seinem Gipfel errichtete Aussichtsplattform war nämlich aus Sicherheitsgründen für das Publikum gesperrt worden und darum endlich benutzbar. Moos hatte den Zement überwuchert, Vögel nisteten im Treppeneingang, und die zu beiden Seiten davon aufgestellten grauen Fernrohre ruhten sich auf ihrem einen Bein aus, jedes in die Betrachtung des anderen verloren. Der Aufzug, der zur Terrasse führte, war noch funktionsfähig, obwohl man ihn kaum mehr benutzte, um die Innenspeicher zu beliefern – man zog ihm den Lastenaufzug vor. Ich trat in die Kabine, drehte Colin B. immer noch den Rücken zu. Mir fehlte der Mut, seinem Blick standzuhalten. Ich hörte, wie das hölzerne Scherengitter sich wieder zusammenschob. Er zündete eine Zigarette an.
Mit beängstigendem Knarren setzte sich die Maschine in Bewegung. Jede Sekunde konnte sie stek-

kenbleiben, sechzig Meter über dem Boden würden wir eingekeilt sein, Gefangene eines ungeheuren falschen Steinblocks. Diese Hypothese wirkte auf meine Sinnesempfindungen sicherlich anregend. Ich dachte an die in ihrem Eisengrab eingesperrte Hedwige, als Colin B. seinen Hosenschlitz öffnete und sich an mich preßte. Er murmelte etwas, was einem Gebet glich. Er verschwand unter dem Gewicht des Anonymats und wurde zu einer Art Rieseninsekt, einem langsamen und lästigen, das seine Geschlechtsteile an meinem Gesäß rieb. Glücklicherweise war da der Aufzug, sein brüskes Halten, sein höllisches Geräusch und das Licht, das zwischen zwei Treppenabsätzen jeweils ausging. Ich behielt meinen Zeigefinger auf den Einstellknöpfen, brachte fast unwillkürlich den Mechanismus wieder in Gang, das unregelmäßige Auf und Ab erregte mich mehr als alles andere. Die rätselhaften Worte Colin B.s sickerten tropfenweise in meine Ohren und brachten mich in die Wirklichkeit zurück wie eine Infusion den Kranken ins Leben. Er entfachte seine Glut sehr sparsam, tat gleichzeitig zuviel und nicht genug, zuviel, um sich anständig zu benehmen, nicht genug, um die Grenzen der Vernunft zu überschreiten. Er forderte mich nun auf, ihn zu berühren, um Himmels willen, flehte er, und seine inständigen Bitten fingen an, mir auf die Nerven zu gehen. Trotzdem blieb ich regungslos stehen, ließ ihn sogar den Gürtel meiner Hose aufmachen. Er versuchte eine Penetration, zunächst mit seinem im Handschuh steckenden Daumen, indem er seine Handfläche flach zwischen

meine Schenkel drückte, und ich zog mit aller Kraft die Muskeln zusammen, um ihn daran zu hindern. Da, ich weiß nicht warum, bei der Berührung seiner Lippen auf meinem Hals vielleicht, würgte mich die Angst. Wie um mich an irgendeine Sicherheit zu klammern, begann ich ihn heftig zu streicheln. Ich empfand eine seltsame Erregung dabei, einmal nicht zu sehen, was vorging.
Plötzlich hielt der Aufzug. Colin B. verlor die Balance und fiel mit seinem ganzen Gewicht auf mich. Mein Kopf traf die Bedienungstafel. Ich schrie auf. Instinktiv fuhr ich mit der Hand über die Stirn. In Augenbrauenhöhe hatte ich mich anscheinend verletzt. Colin B. stützte sich auf mich, ich spürte, daß er ejakulierte. Sein Geschlecht wand sich zwischen meinen Hinterbacken. Tropfen Bluts rannen mir die Nase hinab, ich bekam keine Luft, das Licht ging aus, gleich würde ich die Besinnung verlieren, wie bei Hedwiges Tod, die Arme des Oberwärters streckten sich mir entgegen, um mich zu stützen, die Arme von Lisas Mutter, und ich packte das Gitter, klammerte mich daran, um nicht hinzustürzen... Colin B. hielt sich an mir fest, sein keuchendes Schweigen durchbohrte meine Trommelfelle. Er würde mich umbringen, ein Geschmack von Blut erfüllte meinen Mund. Auf dem Bauernhof gaben die mit vergifteten Körnern vollgefressenen Mäuse ihren Geist oft auf dem Vorleger in meinem Zimmer auf. Aufrecht auf ihren kleinen Hinterfüßen tanzten sie trunken, bis sie vor Erschöpfung umfielen. Ich schloß die Augen. Dieser Geschmack von Blut in meinem Mund... Ich bin

zwölf Jahre alt. Ich liege auf einem großen weißen Bett, man wird mir die Mandeln herausnehmen, gefährlich beugt sich der Arzt über mich. Es ist Pierre-Jean, der angeheiratete Vetter meiner Pflegemutter, wir konsultieren ihn oft, weil es nichts kostet. Warum kam mir diese lächerliche Einzelheit wieder ins Gedächtnis? Ich erinnerte mich genau an den Satz: »Zwischen uns kann doch von Geld nicht die Rede sein, es ist gratis«, sagte er zu ihr, wenn sie so tat, als wollte sie ihn bezahlen. Die gleichen Worte wiederholte er bei jeder Untersuchung, im gleichen Ton gerührten Vorwurfs. Es konnte auch keine Rede davon sein, mich wegen eines derartig harmlosen Eingriffs ins Krankenhaus zu überweisen. Wovon war dann die Rede?

Seit dem Alter von sieben Jahren schleppte ich mich von Bronchialkatarrhen zu Anginen. Nach fünf Jahren Gurgeln, Umschlägen, Senfpackungen, Antibiotika und Dampfbädern entschloß sich Pierre-Jean endlich dazu, mir die Mandeln herauszunehmen. Mein Vater hatte postalisch seine Erlaubnis dazu erteilt, nichts stand der Verwirklichung dessen mehr im Weg, was lange Zeit nur ein Plan, heute sage ich eine Vereinbarung, gewesen war, bei der ich gleichzeitig Nutznießer und Opfer sein sollte.
Mèrade war sogleich in das Untersuchungszimmer ihres Vetters getreten und hatte mich im Wartezimmer allein gelassen. Die Wände waren mit alten Gravüren bedeckt, die die Geschichte der Medizin schil-

derten. Das Gold ihrer Rahmen, der ganze vor meinen Augen ausgebreitete Reichtum fesselte mich. Ich fühlte mich wohl, zugleich übererregt und leicht betäubt. Aus dem Nebenzimmer drang ersticktes Gelächter. Ich blickte auf die Bilder, ohne sie zu erkennen, als eines meine Aufmerksamkeit auf sich zog. Es handelte sich um einen Kupferstich eines gewissen Boilly, datiert 1827 – wahrhaftig –, der in zwei Episoden eine Ablation des Zäpfchens darstellte. Ich trat näher. Die erste Szene zeigte einen Arzt mit Hexennase, der unter dem Beifall seiner perückentragenden Kollegen einen fast nackten, beim Anblick einer ungeheuren Spritze flüchtenden Mann verfolgte. Der ländliche und treuherzige Charakter der Szene ließ das Instrument noch bedrohlicher erscheinen. Der Doktor hielt es mit beiden Händen wie einen Flytox-Zerstäuber, und sein Patient schützte sich mit einem mit Troddeln eingefaßten Kissen die Hinterbacken. Über ihm schickten sich zwei tückische, auf dem Ast eines Baumes hockende Krankenpfleger an, ihm einen Sack über den Kopf zu werfen. Von seiner Angst blind gemacht, bemerkte er nichts. Ein wenig weiter war eine Schnur in zwanzig Zentimeter über dem Boden gespannt, die ihn auf einen Strohhaufen befördern und der Ärzteschaft auf Gedeih und Verderb ausliefern würde.

Das zweite Bild zeigte ihn kraftlos in einem Sessel, mit angeschwollenem Gesicht, nach hinten gebogenem Hals. Zwischen Kopf und Hemdkragen bildete der Nacken drei fette, haarige Falten. Die Bildunterschrift, ein Satz von Ambroise Paré, erklärte, das

Zäpfchen sei die Quelle zahlreicher *Unannehmlichkeiten.* Wenn es sich verlängere und verdicke, riet er, tue man besser daran, es abzutrennen. Trotz der heiteren Miene des Arztes schien mir der glückliche Ausgang nicht eindeutig. Der Rekonvaleszent hatte den abwesenden und ergebenen Ausdruck des Ochsen, der zum Schlachthof geführt wird.
Den Mittelteil des Bildes nahm eine technische Schilderung des Eingriffs ein. Im Vordergrund sah man die von einem Gatter von Zähnen umrandete Mundhöhle, einen beängstigenden Schlund für das Kind, das ich war. Das am äußersten Ende des Gaumens haftende entzündete Anhangsgebilde fiel jämmerlich herab. Auf die ebenfalls verurteilten *Amygdalae* wurde durch zwei Pfeile zu beiden Seiten der Zunge hingewiesen. Ihre Form war ziemlich unbestimmt, unbedeutend. Mehr als die Drüsen selbst war es die Orthographie des Wortes »Amygdalae«, die mich beeindruckte. Die Unterlängen in altertümlicher Schnörkelschrift des Y und des G hingen wie volle Hodensäcke herab. Der Gedanke an ihre Amputation verwies mich an unaussprechliche Drohungen. Neben dem weit offenstehenden Mund war »der Knotenhalter von M. Castellan« abgebildet, ein bizarrer Gegenstand, der etwas von einer Dessertgabel und einer Guillotine hatte.
Diesmal konnte ich nicht mehr hinunterschlucken. Ich hatte kein Taschentuch. Methodisch spuckte ich einen zähflüssigen, schleimigen Speichel in einen Aschenbecher, den ich auf dem Heizofen fand. Wie ein im Sterben liegender Schwindsüchtiger sah ich zu,

wie er sich füllte. Ich hatte den deutlichen Eindruck, daß man etwas vor mir verbarg. Hatte der Vetter nicht gesagt, daß er mich in seinem Behandlungsraum operieren würde? Ich stellte mir ein fensterloses, finsteres Kabuff vor, das sich hinter seinem Ordinationsraum öffnete. Statt der Gravüren würde sich an den Wänden eine Ansammlung von blitzenden Skalpellen zur Schau stellen. Am Boden Baumscheren, Knochen, ganze Kiefer. Er würde mich auf den Stuhl fesseln mit gespreizten Beinen und unter meiner Nase ein nach Fichtennadeln duftendes anästhesierendes Gas zerstäuben. Es war entsetzlich. Ich war zwischen zwei unvereinbaren Notwendigkeiten gefangen, einerseits mußte ich mich dieser Weichteile entledigen, die anschwellend mich zu ersticken drohten, und andererseits wollte ich ganz bleiben, im vollen Besitz meiner Mittel, wären sie auch Erzeuger von *Unannehmlichkeiten,* wie Ambroise Paré auf dem Bild schrieb. Ich stürzte zu der Tür mit doppeltem Flügel, die das Wartezimmer vom Ordinationsraum trennte. Sie war mit einem orangegelben Vorhang verhüllt, und trotz der Dicke des Stoffs vernahm ich Pierre-Jeans tiefe Stimme. Die abgerissene Art der Laute, die zu mir drangen, war nicht dazu angetan, mich zu beruhigen. Was heckten sie aus? Die Tür war verschlossen. Ich pochte, leise zunächst, in der Hoffnung, vielleicht ein Geheimnis zu entdecken, dann immer stärker. Ich blickte durchs Schlüsselloch, sah aber nur eine dunkle, sich bewegende Masse. Mit einer Ruhe, die mich sprachlos machte, kam der Arzt bald darauf und öffnete mir. Ich hatte mich zu schnell wieder aufgerichtet, meine Stirn war gegen den porzellanenen Türgriff gestoßen, mir wurde schwindlig, und ich hatte das unangenehme Gefühl, den Boden unter den Füßen zu verlieren. Verzweifelt hielt ich mich am Vorhang fest. Pierre-Jean näherte sich mir, verdeckte den Raum mit seinem breiten Körper, packte und ohrfeigte mich. Ich glaube, daß er mich auf den Arm nahm und zu dem großen weißen Bett ohne Kissen und Decken trug, das sich am anderen Ende der Wohnung befand. Wir durchquerten das Sprechzimmer, gingen dann durch einen langen Korridor, auf den sich eine Vielzahl von Türen öffneten. Mèrade erschien von ich weiß nicht woher, dann verschwand sie. Im Ehebett auf dem Hof kam ich wieder zu mir. Auf dem Nachttisch schwammen in einem mit schleimiger Flüssigkeit angefüllten Glas obenauf zwei Mandeln aus rotfinnigem Fleisch. Ich versuchte zu rufen. Dieser Blutgeschmack im Mund...

Der Aufzug setzte sich wieder in Bewegung. Ich schlug die Augen auf, gerade noch rechtzeitig, um zu sehen, wie das Licht erlosch. Ein stechender Schmerz packte mich an der Kehle. Colin B. hatte meinen Schal aufgebunden und die Daumen unter das feuchte Gewebe gesteckt. Er hatte seine Lederhandschuhe anbehalten, seine Liebkosungen waren ungeschickt, hinderlich. Ich erlitt einen Hustenanfall, der mir erstaunlicherweise wohltat. Etwas im Innern meines Schädels war geplatzt, das Unbehagen verflüchtigte sich so schnell, wie es gekommen war. Es gelang mir mühelos, mich vom hölzernen Gitter der

Scherentür zu lösen, und tastend drückte ich auf den Knopf für das Parterre. Ich wollte mich umdrehen, ich mußte mich umdrehen. Nach und nach rutschte mir die Hose an den Beinen hinunter. Dieses Gefühl von Entzug war sehr unangenehm. Ich wollte sie wieder hochziehen, doch Colin B. hinderte mich daran. Er ließ meinen Nacken los, ging in die Knie und umfing mich mit seinen Armen. Ich stellte mir Glibett vor, der mit Beethoven kämpfte, um Hedwige zu erobern. Was war von dem Kind mit der brennenden Kehle übriggeblieben, das gegen die Tür des Arztes trommelte? Das Neonlicht blinkte. Der Aufschlag meines Ärmels war rot vor Blut. Wo hatte ich gelesen, daß eine Rasierklinge bei richtigem Gebrauch ins Fleisch eindringen kann, ohne mehr Schmerz zu verursachen als ein Nadelstich? Glibett, Hedwige, Mèrade, Pierre-Jean... Abermals spürte ich, daß ich im Begriff war, das Bewußtsein zu verlieren. Ich drehte mich um. Ich spürte, wie mein Geschlecht über Colin B.s Gesicht wischte, dann zwischen seine Lippen drang, auf seine Zunge glitt, an seinen Gaumen stieß. Ich spürte, wie seine Kehle mich einsaugte. Ich war im Begriff, in ihn einzudringen, als mir eine dumme Frage in den Sinn kam: Waren Colin B. die Mandeln herausgenommen worden?

Freier Fall. Verwirrung. Erzwungener Rückzug... Sofort sah ich wieder den Knotenhalter von M. Castellan vor mir, die heitere Miene des Arztes auf dem Bild, die Spritze, die kreisförmig um das entzündete Zäpfchen angeordneten Zähne, Glibett – seinen

Gang eines Invaliden im Sonntagsstaat –, Jeannes Strümpfe und ihre zwischen den Lamellen der Jalousette eingeklemmte Hand, den Schwanz meiner Hedwige, der über Beethovens geblähte Nüstern fegt, den Direktor im Atelier, der auf seinem Feldstuhl sitzt und mich, hinter dem Vorhang versteckt, ja, mich, dahinter versteckt, um zuzuschauen, ich würde endlich den Orgasmus erleben, als ein vertrautes Geräusch, wie die Erinnerung an einen Rechen, den man über den Kies zieht, mich wieder in den Zwischenzustand der Lust versetzte, in dem nichts jemals sich ereignet. Colin B. schüttelte seine Lakritzbüchse. Ein Süßholzgeruch... Seine Hand näherte sich mir, streckte sich mir entgegen, Überbringerin dreier winziger schwarzer Quadrate. In welchem Augenblick hatte er seine Lederhandschuhe ausgezogen? Er bat mich flehentlich, diese Lakritzen vor ihm zu lutschen, »lutsche sie«, sagte er immer wieder. Sein Mittelfinger war nach innen gekrümmt, von unerträglichem Beben durchzuckt. Ich sah ihn wieder vor mir im tunesischen Restaurant, wie er beim Anblick des Kuskus, den er mich zu essen zwang, keuchte. Colin B., seine abgekauten, nikotinfleckigen Nägel, sein Aussehen eines einstigen Hollywoodkämpfers bei der Rückkehr aus Indochina; Colin B., der den Vorübergehenden seine geschwollenen Narben zeigte. Er stand mühsam wieder auf, half sich dabei mit meinem Schal, den er sich daraufhin um den Hals schlang, als wollte er uns durch diesen Ring aus roter Wolle auf ewig miteinander verbinden.
»Sie, Sie... sind verletzt«, stammelte er und nä-

herte seinen Mund schmachtend dem meinen. Er schüttelte seine Lakritzen, sein Zahnfleisch war mit weißlichen feuchten Flecken gestreift: sein Speichel sprühte mir ins Gesicht, als er sagte, wenn ich brav sei, werde er mich gut pflegen, er möge mich gut leiden oder ich weiß nicht was. Sein Atem stank. Er versuchte mich zu küssen. Ich fühlte, wie Malcolms Reißzähne in meine Kehle drangen. »Gemeiner Kerl«, schrie ich, die Worte fehlten mir, »altes Miststück«, und meine armseligen Beschimpfungen ermutigten ihn nur. Seine ganze Häßlichkeit kam zum Ausdruck. Ich sagte ihm, er solle sich im Querschiff wichsen lassen, da gebe es wenigstens den Beichtstuhlvorhang, um seine Schweinereien abzuwischen, ich war niederträchtig. Doch hätte ich ihn auch sämtlicher Laster der Schöpfung beschuldigt, er hätte mich nicht weniger begehrlich angelächelt. »Endlich«, quietschte er, »sind wir soweit, nun sind wir also soweit, endlich.« Ich befreite mich aus seiner widerlichen Umarmung, faßte die beiden Enden des Schals und legte sie kreuzweise um seinen Hals. Er tat einen Schritt zurück, und seine Bewegung verstärkte noch die Straffung des Stoffs. Er bekam keine Luft mehr. Mit meinem ganzen Gewicht drückte ich ihn gegen die Wand. Seine Lippen zuckten, und ein zischender Laut drang stoßweise hervor, dann klappte sein Unterkiefer in einer schauderhaften Grimasse herunter. Er stierte mich mit blöder Miene an, die Augen glotzten, nur sein Adamsapfel regte sich noch, ich spürte ihn auf und nieder gehen, er verhöhnte mich. Meine Daumen umschlossen ihn von

beiden Seiten und drückten darauf, zu lange, drückten trotz der Krämpfe; es dauerte endlos, bis er sich brav in die Luftröhre hineinrammen ließ. Ich erwürgte ein zerknittertes Tuch, einen weinroten Wischlappen, hatte den Eindruck, ihn auszuwringen. Eine dicke orangefarbene Schnecke quoll aus seinem Mund. Aus diesen von den Worten, die sie nie zu sagen wagten, aufgesprungenen Lippen konnte nur eine sabbernde Seele treten. Die Lakritzbüchse fiel zu Boden und rollte bis zum Gitter. Mit einem Fußtritt beförderte ich sie in die Tiefe. Ich erwürgte Colin B., den einzigen Zeugen meiner Verirrungen.
Es war so einfach, sich der Vergangenheit zu entledigen. Ein Zusammenfahren, ein Hinfallen, ein schlaffes Geräusch. Das nächtliche Schweigen des Todeskampfplatzes. Hedwige, Glibett und nun Colin B., die Liste wurde länger. Ich ejakulierte.

Die italienische Unterhose, die an den Waden eng anlag, machte in jenem Frühjahr Furore. Atir trug sie unter seiner Djellaba. Geoffroy Saint-Hilaire schenkte ihm ein Paar fast neue schwarze Lacklederpumps. Das Akademiemitglied hatte ohne zu zögern die staubige Stille seines Arbeitszimmers im Pariser Naturwissenschaftlichen Museum verlassen, um die Giraffe in Marseille zu treffen und sich an die Spitze der Expedition zu stellen, die das Tier seinem neuen Herrn, König Charles X., zuführen sollte. Man hatte zuvor daran gedacht, mit dem Schiff bis Le Havre, dann auf dem Flußweg, von Kanal zu Kanal zu reisen, doch Geoffroy Saint-Hilaire, der nicht seefest war, bewies, daß der kürzeste Weg einmal mehr die gerade Linie sein würde. Der Erfolg der täglichen Spaziergänge der Giraffe zeige, daß sie durchaus imstande sei, Frankreich zu Fuß zu durchqueren. Es sei zudem die volkstümlichste Lösung – und die billigste.

Aix, Lambesc, Orgon ... Der Graf de Villeneuve-Bargemont hatte seiner Schutzbefohlenen ein prächtiges, mit Edelsteinen besetztes Lederhalsband geschenkt, an dem sechs lange Tressen und ein wasserdichter Umhang mit dem Wappen Frankreichs befestigt waren. Hassan eröffnete den Zug, dicht gefolgt von den drei Milchkühen, die das Marschtempo angaben. Sodann kamen Jussuf und Atir, verantwortlich für die Laufleinen, an die sie sich klammerten wie an die

Schnüre eines leicht davonfliegenden Baldachins. Vier Landjäger mit Zweispitz und weißen Stulpenhandschuhen wurden in jedem Marktflecken von anderen abgelöst. Die gesamte Bevölkerung versammelte sich am Eingang jeder Stadt, um die Reisenden zu empfangen. Stets fand auf dem Hauptplatz die öffentliche Vorstellung des Tieres statt. Unwillig löste Jussuf die Gurte des Mantels der Giraffe, Atir zog seine Lackpumps an, und Geoffroy Saint-Hilaire ließ mit schroffer Gebärde den Umhang zu Boden fallen. Das marmorierte Fell zeichnete sich im Raume ab, abstrakte Landschaft vor Kirchen- oder Rathaushintergrund. Man klatschte Beifall wie bei der Enthüllung eines Denkmals. Jussuf schätzte diese unzüchtigen Zurufe nicht. Das Giraffenjunge, das sich kurz zuvor seine nachmittäglichen sieben Liter Milch einverleibt hatte, betrachtete den ganzen Trubel mit einem gewissen Phlegma. Diese Menschlein mit dem verkümmerten Halse, die sich zu seinen Füßen zusammendrängten, schienen die Zusammenhangslosigkeit ihres Gezappels nicht zu ermessen. Allein Jussuf blieb während der Zeremonie vollkommen regungslos stehen, die beiden Hände auf dem Kopf des Schienbeins, die Beine gespreizt, durch nichts zu erschütternder Leibwächter. Geoffroy Saint-Hilaire nutzte die Wirkung des allgemeinen Glückstaumels dazu aus, um dem Bürgermeister oder dessen Stellvertreter einige entrüstete Bemerkungen über den verheerenden Zustand der Poststationen ins Ohr zu flüstern. Das Essen dort war schlecht, die Preise waren wucherhaft, die Betten von Flöhen und Wanzen befallen... Die mitfühlenden Notabeln luden ihn mitunter zum Abendessen ein, seltener gewährten sie ihm ihre Gastfreundschaft. Obgleich Mitglied der Akademie, erweckte dieser Mann von fünfundfünfzig Jahren das Mißtrauen, das die Leute vom Zirkus und andere Schausteller von Tieren einflößen. Atir dagegen richtete unter der weiblichen Bevölkerung Verheerungen aus. *Auberge du Cheval Blanc, Hôtel du Chapeau Rouge*… Er lernte den Rausch der schnell zwischen Tür und Angel geschürzten Röcke kennen, die Angst, ertappt zu werden, die Lust zu überrumpeln. Danach schlief er ein, wo er ging und stand, seine italienische Unterhose auf den Knöcheln, erschöpft.

Wie lange Zeit blieb ich, völlig erschöpft, auf Colin B.s Leichnam liegen? Das Glas meiner Armbanduhr war bei der Rauferei zerbrochen. Ich fror. Ich hatte von meiner Mandeloperation geträumt. Ich sah mich wieder im Ehebett liegen, man hatte mir gerade die Temperatur gemessen. Warum hatte Mèrade das Fenster offengelassen? Ich schlotterte vor Kälte. Ich hatte Colin B. nicht getötet, er war wie ein tollwütiger Hund über mich hergefallen. Notwehr. Nicht mehr denken. Wenn die Tonsillen entfernt worden sind, verschwindet der Infektionsherd. Vergessen. Ich rollte mich wie ein verirrtes Kind an seinem Körper zusammen und zog das Federkissen über meinen Kopf. Wo war ich? Von den Schmerzen mundtot gemacht, vermochte ich nicht einmal zu rufen. Ich fühlte mich zu schwach, um aufzustehen. Ich hörte, wie Mèrade in der Küche das Geschirr einräumte, die Töpfe gegeneinanderstieß, die Stühle verrückte, einen Eimer mit Wasser füllte, ihn über den Fliesen ausschüttete und beim Scheuern gegen den Schrank, die Tischbeine, den Gasherd polterte, wie sie scheuerte, bis mir der Kopf platzte. Was gab es in unserem Leben so Schmutziges, daß sie sich jeden Morgen derart zu schaffen machte, taub für die sie umgebende Welt, wie gefesselt vom kleinsten Fleck, der geringsten Störung in der äußeren Ordnung der Dinge?
Es war das erste Mal, daß die Frage sich mir in diesen Worten stellte. Doch glaubte ich, die Antwort darauf

seit jeher zu kennen: es war besser, der Strafe zuvorzukommen, als sie zu erleiden. Wo hatte ich dies gelernt? Noch sehr jung, hatte ich mir schon eine Befestigungsmauer errichtet, einen vorbeugenden Schutz gegen mögliche Vorwürfe, die mir hätten gemacht werden können. Die Schulden der Familie waren eine schwere Last. Meine Mutter, ihr Tod. Mein Vater, seine saumseligen Zahlungen meines Kostgeldes, sein hartnäckiges Vergessen meines Geburtstagsdatums oder des Datums der Ferien, die wir zusammen verbringen sollten. Dafür aufzukommen erschien mir ganz normal. Ich tat es ganz bewußt und nicht ohne einen gewissen Stolz dabei zu empfinden. Das Erlernen der Arbeiten auf dem Hof war nicht die geringste Prüfung, der ich mich unterzog. Diese Tag um Tag nach der Rückkehr aus der Schule verübten Heldentaten wurden nur dann mit Leichtigkeit verrichtet, wenn sie sich in meinem Geist als Stützpfeiler eines durch tägliche Bußen wiedererlangten reinen Gewissens darstellten. In Ermangelung von Besserem nährte ich mich von diesen kleinen Siegen über mich selbst. Um Zärtlichkeit und leichten Sinn war es in meiner Pflegefamilie schlecht bestellt, das hatte ich bereits am ersten Tag begriffen, und Mèrades ständiger Sauberkeitsfimmel hatte mich nur in dem Gedanken bestärkt, daß man nichts umherliegen lassen dürfe, weder Liebkosung noch Kuß, nichts, was den Gefühlen – oder der Rachsucht – Tür und Tor öffnen konnte. Meine einzige Ausflucht war die Krankheit, Bronchitis, Angina, Rhinitis, Laryngitis und alle möglichen Kombinationen dieser Leiden. Nur dann

fand ich mich bereit, mich der Fürsorge der anderen zu überlassen. Ich liebte diese Stunden der Wärme, Mèrades starken Geruch, wenn sie sich über mich beugte, um die Kissen hochzuziehen, den chemischen Bananengeschmack des Hustensirups, das Brennen der Senfkörner. Und nun sollte, nach Meinung des Arztes, eine simple Ablation der Tonsillen mich um diese betörenden Exkurse bringen. Kategorisch hatte er behauptet: mit den Anginen sei es vorbei.
Mit brennender Kehle unter den Decken vergraben, onanierte ich behutsam in Gedanken an dieses traurige Endergebnis, als Mèrades Stimme mich zusammenfahren ließ. Meine Hände legten sich instinktiv links und rechts vom Kopf aufs Kopfkissen. Sie fragte mich, was ich denn »jetzt wieder« anstelle. Ich war unfähig, auch nur ein Wort zu sagen. Ich würde nie mehr Angina haben. Ich war zwölf Jahre alt und besaß schon keinerlei Entschuldigungsgrund mehr.

Man wartete ein volles Jahr, ehe man die Schlußfolgerung aus der Operation zog. Trotz eines strengen Winters, eines verregneten Frühlings und einer zweiten Augusthälfte, in der man die Nase nicht ins Freie stecken mochte, trotz einer zu heißen Nachsaison – man weiß nicht, wie man sich anziehen soll – konnte ich, genaugenommen, nur einen bescheidenen Stockschnupfen vermelden. Mèrade litt unter meiner wiedererlangten Gesundheit ebensosehr wie ich. Was für einen Scheingrund angeben für einen Besuch bei ihrem Vetter Pierre-Jean? Sie ließ sich zu den schlimmsten Unbesonnenheiten hinreißen, ver-

säumte es mit Absicht, die Heizung in meinem Zimmer anzumachen, riskierte durch meine Person eine ordentliche Grippe, die sie zum Arzt gebracht hätte. Sobald ich die geringste Mattigkeit zeigte, machte sie sich um meinen Zustand Sorgen. Doch nein, ich war geheilt. Mochte ich auch ein mürrisches Kind bleiben, klein für mein Alter, bläßlich, das genügte nicht, um mich allwöchentlich zum Arzt zu führen. Ich lernte, die ersten Symptome auszuspielen, Schwindel, Rötungen, Stechen, ohne jemals in den Zustand der eigentlichen Krankheit zu gelangen. Auf diese Art erreichte ich einige Verbesserungen meines Status in meiner Pflegefamilie.
Mèrade ließ sich nicht täuschen, aber unwillkürlich hoffte sie doch. Außerdem konnte sie sich die ehebrecherischen Beziehungen nur unter der Voraussetzung eines legitimen Entschuldigungsgrundes vorstellen, auf ihre Art achtete sie die Konventionen und hoffte, mich eines Tages zum Nachgeben zu zwingen. Ich glaube, daß mein stummes Urteil sie stärker ängstigte als die kindischen, dröhnenden Zornesausbrüche ihres Mannes. In der letzten Zeit machte ich mir ein diebisches Vergnügen daraus, ihr Angst einzujagen. Wenn sie Bohnen schälte, setzte ich mich ihr gegenüber, kreuzte die Arme auf dem Tisch und starrte sie an. Oder ich setzte mich vor den Lüftungsschacht des Badezimmers, während sie duschte, und sandte ihr mittels eines Taschenspiegels Lichtstrahlen zu, da ich nicht mit eigenen Augen die Geheimnisse ihres Intimbereichs ergründen konnte. Sie war tief gläubig, und ich zweifelte nicht daran, daß sie in diesen

Lichtpfeilen den anklagenden Finger Gottes in Person sah. Manchmal gelang es mir, indem ich mich flach auf den Boden legte, von unter der Tür her den Teil einer Wade, bestenfalls ein Stück Schenkel zu erkennen. Schon liebte ich die zerstückelten Körper. Mèrade zog immer zu weite Kleider an, darüber Schürzen, Schals, Kniestrümpfe. Dieser Hang zur Verschleierung regte meine Phantasie an. Ich haßte sie.
Was läßt sich über meinen Pflegevater sagen? Er bewegte sich in einer anderen Sphäre, ich fragte mich manchmal, ob wir derselben Spezies angehörten. Weiter reichte mein Interesse an ihm nicht.

Im Morgengrauen erwachte ich vollends, zusammengekrümmt in einer Ecke des Aufzugs. Das Blut in meinem Gesicht war getrocknet, ich vermochte mein linkes Auge nur schwer zu öffnen. Colin B. lag neben mir. Ich hätte ihn gern dort liegen- und verwesen lassen, »in gutem Zustand«, wie man auf den alten Melkmaschinen der Verkäufer von landwirtschaftlichen Geräten aus zweiter Hand lesen kann. Sicherlich hatte ich den Eindruck, meinen Kreuzweg schon während der Kindheit abgeleistet zu haben, und das machte mein Gewissen leichter. Aus Vorsicht jedoch beschloß ich, mich des Kadavers zu entledigen, bevor der zoologische Garten wieder geöffnet wurde. Das Ideale wäre es gewesen, ihn zu zerlegen, ihn unter dem in den Zooküchen im Keller gelagerten Fleisch einzufrieren und ihn dann Stück für Stück abzusetzen. Auf diese Weise wäre ich in die große Tradition der blutrünstigen Mörder eingegangen, die auf dem Hof den familiären Unterhaltungen regelmäßig Stoff lieferten. Bei dem Gedanken mußte ich lächeln. Ich sah mich vor mir, wie ich im Alter von siebzehn Jahren in der Vorhalle des Bahnhofs Saint-Lazare umherirrte, vom Gefallenendenkmal zum Buffet, sodann vom Buffet zur Gepäckaufbewahrung lief, meinen leeren Koffer in der Hand...

Warum immer wieder auf Vergangenes zurückkommen? Colin B. lag vor meinen Füßen, ich fror und wollte die Sache so schnell wie möglich hinter mich bringen. Von mir war nichts mehr übrig als ein Gebäude wackeliger Steine. Die Täfelungen waren von den Würmern befallen, der Teppichboden wellte sich, und der Deckenanstrich bekam Sprünge. Es war Zeit, die letzten Fetzen Tapete abzureißen und ohne Verstellung zu leben, endlich ledig der ständigen Bemühung, mich zu rechtfertigen. Mein Vater war tot, wozu also sich selbst etwas vorlügen? Ich war nicht der kühne Held aus den Vermischten Nachrichten meiner Jugendzeit. Ich war dem nicht gewachsen, würde nie auf der Titelseite der Zeitungen stehen. Übrigens hatte ich nicht die geringste Lust danach, ich zog die Verborgenheit vor. Ich gehörte zu der Kategorie der Waschlappen, die ihre Opfer hinter dem Zaun eines unbebauten Geländes liegenlassen. Ich war weder ein Eisenbahner, noch auch nur – dem Anschein zum Trotz – ein eigentlicher Mörder. Ich hatte nur einen einzigen Entschuldigungsgrund. Hedwige war gestorben, und ihre Abwesenheit quälte mich.

Tag für Tag bemühte ich mich, die Leere zu füllen, die sie in mir zurückgelassen hatte, ich sammelte alles auf, was mir unter die Hände kam, Erinnerungen, Zwangsvorstellungen, Ängste, wie man einen nassen Schuh mit alten Zeitungen polstert, damit er nicht die Form verliert. Ich existierte nur noch in Verbindung mit diesem hohlen Innern, und die Entdeckung der Briefe Geoffroy Saint-Hilaires war nicht dazu angetan, mir aus dem Teufelskreis zu helfen. Glücklicherweise zahlte Colin B. durch seinen Tod gewissermaßen die Schuld ab, die mich noch an Hedwige band. Nach sechs Jahren passiver Trauer hatte ich endlich das Gefühl, wieder aktiv zu werden, wieder von meiner Lebenskraft Besitz zu ergreifen.

Im Innern des großen Felsens wußte ich einen Speicher mit schrägen Wänden, den nie jemand betrat. Aus Sicherheitsgründen zugestellt, diente er doch den Geiern als Unterstand. Am schwierigsten war es, Colin B. aus dem Aufzug zu schaffen. Mein Schal verfing sich im Scherengitter, und ich hatte die größte Mühe, ihn wieder herauszuziehen. Endlich schleifte ich Colin B. in das Gelaß, das ich doppelt verschloß. Ich hörte ein Flügelrauschen, schrille Schreie, ich glaubte sogar eine menschliche Stimme zu vernehmen, aber das war nicht möglich, ein hysterisches Lachen, das jäh verstummte. Hinter der Tür würden sich die Raubvögel bald um die besten Brocken streiten. Mit unsicherem Schritt stieg ich die Stufen zur oberen Plattform des großen Felsens hinauf. Die Wände waren mit Kritzeleien bedeckt, mit Daten,

Initialen, vielen durchbohrten Herzen, einigen obszönen Zeichnungen. W. Pat, war auf der Treppe zu lesen, erwartet jeden Dienstag im Raubtierhaus die Liebhaber dicker Schwänze, M. liebt M., und umgekehrt. Agnès, Dany, Caroline, Valérie sind am 12. 5. 197? hiergewesen. Jeder auf seine Weise empfand das Bedürfnis, seinem Dasein, seinen Wünschen Ausdruck zu verleihen, wie um den Tod und seinen Geisterzug fernzuhalten. Ich ertappte mich dabei, daß ich über die Einfalt dieser Inschriften lächelte. Ich fühlte mich leicht, fast zu leicht. Ich hatte soeben diskret meine Schulden beglichen, ich schuldete niemandem mehr etwas. Ich zählte zu den Zerbröckelnden, die das Leben verkehrt herum anpackt, war geboren in einem Todeskampf, auf dem Weg in die Vergangenheit. Ich brauchte nur noch der von Jussuf, dem Wärter der Giraffe vom Pascha von Ägypten, vorgezeichneten Strecke zu folgen, über Vorurteile erhaben, endlich meiner doppelten Berufung treu. Dachte Lisas Mutter an die Umwelt, wenn sie für ihr Kind sorgte?

Die Kühle der Luft tat mir wohl. Der Tag brach an über einem feuchten, müden Paris, einem fleißigen Alten, der wie eine Skulptur aus grauem Sand aus der Erde auftauchte. Der Bois de Vincennes war menschenleer. Die Prostituierte an der Ecke Avenue Daumesnil war mit ihrer fischäugigen kleinen Ratte schlafen gegangen. In einigen Stunden würde der Zoo seine Pforten öffnen. Der Oberwärter würde seine letzte Runde machen, bevor er in den Ruhestand ging. Ganze Schulklassen von Kindern würden vor der Voliere der Geier, gleich neben der Kasse Jeannes, der Jane des Direktors, stehenbleiben. Die satten Raubvögel würden sich hinter dem Geäst dicht nebeneinander niederlassen. Ich schwor mir, daß ich der Versuchung, in den Raum zurückzukehren, wo Colin B. schon zu verwesen begann, nicht nachgeben würde. Ich hatte die Geistesgegenwart gehabt, den Inhalt seiner Taschen in den Aufzugsschacht zu leeren. Ich war ziemlich stolz auf mich. Für einen Nicht-Professionellen wußte ich mir zu helfen.

Als ich nach Hause kam, schliefen noch alle. Ich kehrte leise in meine Behausung zurück, reinigte meine Wunde und ließ mich aufs Bett fallen. Wieder aufgeweckt wurde ich durch die Putzfrau, die ihre Verwunderung darüber äußerte, mich um zwei Uhr nachmittags in meinem Zimmer vorzufinden. Um in Frieden gelassen zu werden, antwortete ich ihr, ich sei krank, und begriff im selben Augenblick, daß es zutraf. Mein Hals tat mir entsetzlich weh. Statt mich auf mein übliches Medikamentenarsenal zu stürzen, stand ich auf, ging das Fenster öffnen, und legte mich wieder hin. Zum ersten Mal seit meiner Mandeloperation beschloß ich, mir eine Angina zu leisten.
Am Abend dann hatte ich vierzig Fieber und den Eindruck, vielleicht ein wenig zu weit gegangen zu sein. Den ganzen Nachmittag hatte ich von den Briefen Geoffroy Saint-Hilaires geträumt, die sich mitunter mit denen der väterlichen Korrespondenz vermischten. Der Gedanke, Jussufs Biographie zu schreiben, kam mir in den Sinn. War ich nicht der einzige Be-

wahrer seiner Geschichte? Ich hatte sie geerbt, und es war meine Pflicht, dem Weg, den der Maler des Zoos von Vincennes vorgezeichnet hatte, zu folgen. Ich wollte aufstehen und zu meinen kleinen Notizheften greifen, aber mir wurde so schwindlig, daß ich mein Vorhaben aufgeben mußte. In einem Anfall von Panik bat ich den Portier des Hauses, mir über eine der Nummern, die man in den Faltprospekten der Ladeninhaber des Viertels findet, einen Arzt zu rufen. Zwanzig Minuten später traf ein wohlgenährter Rothaariger ein, der es sehr eilig hatte. Die Art, wie er mit spitzen Fingern mein Hemd hob, machte ihn mir sofort unsympathisch. Ich hatte seit dem Tag zuvor – seit dem Kuskus, den mir Colin B. spendiert hatte – nichts gegessen, und mein Bauch bildete unter meinem Brustkorb eine eher erschreckende Senke. Auf die Fragen des Doktors antwortete ich nur mit Knurren. Ich begann ihn anzustieren, er ertrug meine Blicke mit bedrückender Ungeniertheit und neigte sich über meine Wunde.

»Das alles da werde ich verbinden müssen«, sagte er.

Sein gezwungenes Lächeln, sein Schwung, diese Verbissenheit, mir Gutes tun zu wollen, warf mir ein erbärmliches Bild von mir selbst zurück. Ich hätte ihn ohrfeigen wollen. Was hatte er denn mehr als ich? Eine knitterfreie Flanellhose. Einen Lavendelduft, ein trotz der späten Stunde ganz glatt rasiertes, gutes Gewissen, absolut zuverlässigen Scharfblick. Er glich einer italienischen Kaffeekanne, einer sechs Tassen fassenden Zanzibar, der Kanne meines Vaters. Er

horchte mich ab, dann näherten sich seine molligen Hände meinem Hals. Ich weiß nicht, was in mich fuhr, ich sprang aus dem Bett und floh vor das Bild. Die Berührung mit der Leinwand beruhigte mich. Der Doktor blieb eine Weile regungslos stehen. Er sprach, doch ich verstand nicht, was er mir erklärte. Mehrere Male hörte ich das Wort »Drüse«. Er trat in den Gang hinaus und rief den Portier. Ich nutzte diesen Umstand aus, um mich der Giraffe des Paschas von Ägypten zu nähern. Ihr Atem umhüllte mich mit seiner sanften Wärme. Ich erkannte Hedwiges Geruch wieder.
Das Fieber versetzte mich in einen Zustand unvergleichlicher Hellsichtigkeit. Eine Fülle bisher unbeachteter Einzelheiten sprang mir in die Augen; mit der Selbstverständlichkeit von Träumen verbanden sie sich miteinander, um mir ein globales augenblickliches Bild der mich umgebenden Welt zu verleihen. Ich sah gleichzeitig die Füße meines Bettes, den Staub auf den leeren Regalen, das kleine Notizheft in meiner Jackentasche, den Hafen von Marseille, aber desgleichen erkannte ich Joseph in Jussuf, oder den Joseph innewohnenden Jussuf, kurz, ich gewahrte mich gleichsam anders, von innen und von außen. Die Geschichte schützte mich. Mein Herz klopfte so stark, daß es mir schwerfiel, ruhig zu bleiben. Der Hofmaler König Charles X. bat mich inständig, ich solle mich nicht mehr bewegen. Sein rotes Haar glänzte in der untergehenden Sonne. Ich nahm die Pose Jussufs ein. Er hatte bestimmt nicht die Mandeln herausgenommen bekommen, das war das ein-

zige, was uns noch unterschied. Und wenn Geoffroy Saint-Hilaire die Vertauschung entdeckte?
»Sagen Sie A, strecken Sie die Zunge heraus, A . . .« Der Professor wurde ungeduldig. Ich spürte, wie Jussufs Turban meinen Kopf einzwängte, meine Finger schlossen sich über seinem improvisierten Schwert. Khartum, Kairo, Alexandria, die Erde drehte sich wie ein Ball unter meinen bloßen Füßen, Marseille, Aix, Paris. Da überraschte ich den Arzt dabei, wie er mit einer Spritze in ein Röhrchen mit blauer Flüssigkeit fuhr. Um ihn zu beruhigen, tat ich so, als hätte ich nichts bemerkt. »Ha, ha!« rief ich sehr laut. Ich machte ihm Mut, ließ meine Unterhose herunter, lachte beim Gedanken, daß seine Nadel nur einer dicken Malschicht begegnen würde. »Püree esse ich gern«, fügte ich hinzu, »aber ich hasse Klumpen darin.« Die scheinbare Sinnlosigkeit meiner Aussage war mir vollkommen bewußt. Ich wollte vor allem nicht, daß er sich wegen meiner Magerkeit beunruhigte, ich habe immer wie eine verhungerte Katze ausgesehen, und jedenfalls konnte ich wegen meiner Angina nichts hinunterschlucken, es war nicht nötig, den Koch seiner Majestät zu bemühen. Er pflichtete mir tief ernsthaft bei, da begriff ich, daß der Arzt nicht normal war. Jeder Mensch im Vollbesitz seiner Geisteskraft hätte von mir eine Erklärung verlangt. Er begnügte sich damit, mir zuzulächeln.
»Kein Püree, befürchten Sie nichts«, bestätigte er und näherte sich dem Bild mit kleinen Schritten.
Ich sah genau, daß er mein Geschlecht betrachtete. Ha, ha! er errötete. Ich spürte, daß er am Überko-

chen war. Offenbar rückte ihm Zanzibar auf die Pelle. Meine Ersatzmutter hätte gesagt, daß er vor der Kaffeekanne floh. Sie hatte mir den Abscheu vor den Klumpen beigebracht. Sie rührte ihre kulinarischen Erzeugnisse mit rascher, überzeugter, sehr aufreizender Bewegung. Was den Kaffee betrifft, so tranken wir nie welchen. Allenfalls Zichorienkaffee. Das hätte ich dem Doktor erzählen können, aber war er wirklich Doktor? Heutzutage kann jeder eine Funkmeldung auffangen und aus dem Stegreif zum Hochstapler werden. Wurde ich selbst etwa nicht von den Tierärzten des zoologischen Gartens anerkannt und um Rat gebeten?

Der Portier kam im selben Augenblick, als der Arzt mir die Hand auf die Schulter legen wollte. Er war der Mann der Putzfrau, wir unterhielten lediglich rein funktionelle Beziehungen. Die einzige Person in diesem Gebäude, mit der man verkehren konnte, war die Besitzerin, aber das Taktgefühl, das uns beide auszeichnete, hatte uns bisher daran gehindert, eine freundschaftliche Beziehung weiterzuentwikkeln. Sie wußte, daß ich am 4. jedes Monats meine Miete bar bezahlte, und forderte nicht mehr von mir. Ich glaube, daß sie in den sieben Jahren, die ich unter ihrem Dach wohnte, sich nie über mich zu beschweren gehabt hatte.
»Sie werden diesen Herrn hinausbegleiten«, befahl ich.
In die Falten meiner Djellaba gehüllt, fühlte ich mich jeder Kühnheit fähig. Meine Stimme tönte stark und

voll. Ich hörte in der Ferne jemanden mich rufen: »Jussuf, Jussuf!« War es Atir? Gern hätte ich das Gesicht meines Rivalen kennengelernt. Unglücklicherweise mußte ich das Bild verlassen, um aus meiner Reserve einen Fünfhundert-Francs-Schein zu nehmen, den ich ungeachtet seines Protests in die Mappe des angeblichen Arztes schob. Er wollte mir Geld herausgeben. »Behalten Sie's, behalten Sie's«, beharrte ich. Mir schien, daß sein Stethoskop, weil es ständig um seinen Hals baumelte, seine Elastizität verloren hatte. Ich riet ihm, ein neues zu kaufen. Er schien verlegen. Ich ließ ihn sein Rezept schreiben und mir eine Spritze geben: Er tat mir leid. Ich ertappte den Portier bei einer Geste, die bedeutete, es stehe nicht zum besten mit dem Kopf. Ich antwortete ihm, indem ich meine Finger an die Lippen legte und ihn zu schweigen bat. Es war nicht nötig, noch etwas hinzuzufügen. Wenn der Mann sich entlarvt wußte, hätte er gefährlich werden können. »Jussuf!« Man rief mich wieder. Ein heißer trockener Wind fegte ihre Worte davon. Ich schlüpfte unter die Decke. Ich hörte, wie sich die Tür schloß, und schlief ein. Die anderen Jäger waren zurückgeblieben. In einem kleinen blühenden Mimosengehölz erwartete mich die kleine Hedwige. Der übermäßig lange Hals ihrer Mutter ragte aus dem Laub, ihr besorgter Blick strich über den Horizont.

Endlich erreichten sie Paris. Hassan, Atir und Jussuf wurden gezwungen, sich als Operettenmamelucken zu verkleiden, um mit der Giraffe vor König Charles X. hinzutreten. Man behängte sie mit orientalisch Drapiertem, daß sie nicht mehr wußten, wohin damit, und gab ihnen Babuschen mit schnabelförmigen Spitzen. Atir gelang es, sie über seine Lackschuhe zu ziehen. Von Marseille bis Paris hatten diese ihm Glück gebracht, es kam nicht in Frage, sie so kurz vor der Krönung des Unternehmens aufzugeben. Aus dem gleichen Grund weigerte sich Jussuf, sich von dem Schienbein zu trennen. Als der Protokollchef ihn anwies, es wenigstens unter einer Falte seines Kostüms zu verbergen, setzte Jussuf sich mitten auf der Straße seelenruhig auf den Boden. Die Giraffe, die seinen Befehlen gehorchte, pflanzte sich unmittelbar hinter demjenigen auf, der ihr Freund und Herr geworden war. Sie rührten sich nicht mehr von der Stelle.

Der Abmarsch war für fünf Uhr morgens vor dem Jardin des Plantes verabredet worden, es regnete, die Eskorte verspätete sich, schließlich fingen alle an, ungeduldig zu werden. Die Museumsprofessoren und die Generäle in ihrem Federschmuck waren empört. Im Wunsch, die Gemüter zu beschwichtigen, zog Hassan einen kleinen Becher und zwei Würfel aus der Tasche. Er ließ sich Jussuf gegenüber auf die Fersen nieder und begann eine Partie Zardun. Das Spiel bestand darin,

bei neunmaligem Würfeln möglichst wenig Punkte zu machen. Während des Würfelns klagte er über die ihn drückenden Leiden. Organsenkung, böser Blick, chronische Störungen der Leber und der Körpersäfte... Falls der Himmel mit seinem armen Dasein Mitleid zeigte, würde er bis zu den Gittern des Parks von Saint-Cloud kommen und bei der Verneigung vor der königlichen Familie den Geist aufgeben. Zudem sei auch Geoffroy Saint-Hilaire sehr übel dran, Harnverhaltung, Entzündung der Harnleiter, der Arzt gebe ihm keine drei Stunden weiteren Marschs mehr, ehe er im Krankenhaus landen würde. Man erzähle sich sogar, Atir habe Gangrän. Deshalb zöge er seine Lackschuhe nicht mehr aus. Seine Füße seien am Verfaulen, nicht mehr zu brauchen.
Die Stimme Hassans ging in einem Husten mit Auswurf unter, erschien dann wieder an der Oberfläche, tonlos und erschütternd. Er malte ein so hoffnungsloses Bild von seinen Weggefährten, daß Jussuf sich zu fragen begann, ob er selbst nicht auch von einer scheußlichen Krankheit befallen sei, die um so gefährlicher wäre, als sie sich durch kein besonderes Symptom äußerte. Er sah das beunruhigende Schienbein wieder vor sich, die wimmelnden Skarabäen, das getrocknete Mark zwischen seinen braunen Schenkeln. Von jenem Tag an hatte sein Leben eine Wendung genommen. Hassan würfelte. Zweimal die Sechs. Er verlor mit solcher Stetigkeit, daß Jussuf ihn des Mogelns verdächtigte. Die berittene Garde war gerade eingetroffen und stellte sich auf der Austerlitz-Brücke auf. Ohne sich um das Spiel zu kümmern, das zu Füßen der Giraffe statt-

fand, gab Geoffroy Saint-Hilaire das Zeichen zum Aufbruch. Atir bemächtigte sich der Zugleinen. Jussuf fuhr mit einem Sprung auf und riß sie ihm aus den Händen. Die erschrockene Giraffe sah ihn an und wiegte den Kopf sachte hin und her. Atir verließ eiligst seinen Posten, um in den Röcken eines ordengeschmückten Magistrats Schutz zu suchen. Die Menge der Würdenträger folgte dem Treiben der Negerlein, wie sie sie nannten, mit einem gewissen Vergnügen. Sie hatten den Eindruck, endlich einen historischen Augenblick zu erleben, und sie entrüsteten sich, als der Polizeichef eingriff, weniger um gegen seine Brutalität Einspruch zu erheben, als um ihr Bedauern darüber zu äußern, daß sie um einen Kampf gebracht wurden, der ungewöhnlich zu werden versprach. Der Protokollchef, der den Ereignissen nicht mehr gewachsen war, lief von einer Seite des Platzes zur anderen und fuchtelte mit seinem Stock mit Silberknauf durch die Luft. Es hatte zu regnen aufgehört. Als es vom Turm von Sainte-Clotilde sechs Uhr schlug, setzte sich der Festzug in Bewegung.

Die Giraffe benahm sich wie eine wahre junge Dame. Sie fraß die ihr von der Duchesse de Berry angebotenen Rosenblätter und leckte mehrfach die Perücke des Königs. Geoffroy Saint-Hilaire beantwortete alle vom Hof gestellten Fragen mit nachtwandlerischer Genauigkeit. Diese letzten fünfzehn Kilometer hatten ihm den Rest gegeben. Ja, sagte er, die Giraffe ist das Säugetier mit der größten Körperhöhe. Nein, aller Wahrscheinlichkeit nach hat sie keine Stimmbänder, weder

Gallenblase noch Schläfe. Ihr Gehirn wiegt nur den achthundertsten Teil ihres Gesamtgewichts. Ja, ihr Name stammt von dem Wort *Zarafa,* was im Arabischen die Reizende, die Liebenswürdige bedeutet. Nein, im allgemeinen schläft sie im Stehen. Ja, zwanzig Jahre, sie wird nur zwanzig Jahre alt...

Bei diesen Worten seufzte die ganze Versammlung. Allein die Herzogin von Angoulême, dieses große, verkniffene Gestell, schien die Grausamkeit des ungewöhnliches Loses nicht zu beachten. Jussuf verstand nicht, warum sie ihn so beharrlich anschaute. War von ihm die Rede? Der Gelehrte fuhr mit seinen Erläuterungen fort. Jussuf bemerkte alsdann, daß seine Hose einen Riß hatte und einen Teil des Schienbeins, das er sich in den Gürtel gesteckt hatte, sehen ließ. Auf dem Rückweg wurden ihm tausend Francs von seiten des Königs überreicht. Damit war die Reise zu Ende.

Wie diesen Augenblick der Hellsichtigkeit, diesen Moment absoluter Glückseligkeit wieder lebendig werden lassen, da ich unter der Wirkung des Fiebers das Giraffenjunge vor Atirs blutigem Schwert rettete? Der Mann der Putzfrau hat mich stumpfsinnig angeblickt, als ich heute nachmittag das Haus verließ. Glaubte er, eine simple Angina würde mich daran hindern, an der zu Ehren des Oberwärters veranstalteten Feier teilzunehmen? Ha, ha! Da kennt er mich aber schlecht. Ich habe sogar einen flaschengrünen Anzug aus dem Koffer genommen, Geschenk meines Vaters zu meinem achtzehnten Geburtstag, und ein neues Hemd. Als ich im Spiegel des Gangs mein Abbild gewahrte, bedauerte ich es, daß ich nicht gewagt hatte, mich zu rasieren. Der Arzt hatte über meiner linken Augenbraue eine mit einer gelben Flüssigkeit getränkte Kompresse angebracht. Trotz der zwölf Stunden Schlaf, die auf seinen Besuch hin erfolgt waren, fühlte ich mich noch sehr müde. Ein kalter Wind verfing sich im Vorplatz, als ich die Eingangstür aufstieß. Ich hüllte mich in meinen roten Schal, der mit der Zeit deutlich ins Rosarote spielte. Dabei wusch ich ihn immer selbst von Hand.
Im Zoorestaurant traf ich gerade in dem Moment ein, als die Wirtin den Champagner brachte. Sie fragte mich, ob ich mich verletzt hätte, und die Frage schien mir so dumm, daß ich mich damit begnügte, die Ach-

seln zu zucken. Mein Knurren ging im allgemeinen Stimmengewirr unter. Ich gewahrte Jeanne Blin, und trotz allem tröstete mich ihre Anwesenheit. Ich steuerte auf sie zu, um ihr für ihr Kommen zu danken, doch sie lächelte überrascht, als ich sie grüßte. War es möglich, daß sie mich nicht mehr erkannte? Donnernder Applaus unterbrach unser Wiedersehen. Ich beschloß, die Kassiererin nicht mehr zu beachten, da dies ihrem Willen entsprach. Es gibt Dinge in der Vergangenheit, die man lieber vergißt, dafür hatte ich durchaus Verständnis, aber ich muß gestehen, daß ihr Verhalten mir weh tat. Ich fühlte mich in meiner Jacke etwas eingezwängt, ich war es nicht gewohnt, Anzüge zu tragen, und das Hemd stieg im Halsausschnitt der Weste auf höchst unangenehme Weise hoch. Jeannes Rock war schwarz, und ihre Strümpfe waren viel dicker als ehemals.

Alle hatten zusammengelegt, um dem Oberwärter ein Rennrad zu schenken, eine dieser verchromten, leichten und leistungskräftigen Heuschrecken, die zu ihm paßten wie ein Schleierchen zu einem Feuerwehrhelm. Ein Gärtner ging diskret durch die Reihen, um die letzten Umschläge einzusammeln. Ich glaubte zu hören, daß noch einige Zehn-Francs-Scheine fehlten. Mit taktloser Halsstarrigkeit blieb er vor mir stehen, und da ich mich nicht rührte, beugte er sich zu meinem Ohr. Ich simulierte einen Hustenanfall, der ihm jede Lust nahm, weiterhin zu insistieren. Es kam nicht in Frage, daß ich mich an einem so törichten Kauf beteiligte.

Auf der Kaffeeterrasse kämpfte der Oberwärter mit

seinem riesigen Paket. Er verwirrte sich in den Klammern und Bändern, niemand wäre auf die Idee gekommen, ihm behilflich zu sein. Endlich zog er aus dem Karton sein neues Fahrgestell hervor. Man nötigte ihn, aufzusitzen und um einen Haufen Stühle zu fahren. Er war lächerlich. Und was schlimmer war: er schien glücklich. Die dressierten Bären haben manchmal solche seligen Blicke, wenn sie, an ihre paillettenbesetzten, einräderigen Fahrräder geklammert, unter dem Zirkuszelt Eindruck zu machen suchen. Beim Halten klemmte er seinen Fuß im Pedal ein und wäre beinahe hingefallen, was die allgemeine Heiterkeit entfesselte. Hätte ich zu meiner Auffassung gestanden, so hätte ich ihn erwürgt, bevor er die Widersinnigkeit dieses Geschenks begriff. Als gäbe man einem Krebskranken im letzten Stadium das Gesamtwerk Balzacs. Der Oberwärter war zum Tode verurteilt, das wußte ich schon; sobald er seine Arbeitsuniform abgelegt hätte, würde er im Innersten zusammenbrechen, zerrinnen. Wie hätte er der Prüfung der Freiheit standhalten können? Nichts und niemand erwartete ihn zu Hause. Ich hätte ihm gern geholfen.

Und dennoch habe ich wie die anderen mein Glas gehoben, als der Personalvertreter am Ende seiner Rede ihm zu Ehren einen Toast ausbrachte. Meiner Feigheit kommt nur die Unbedachtsamkeit der anderen gleich. Das Fräulein vom Souvenirstand am Haupteingang ließ sich bitten, ein Lied zu singen, dem niemand zuhörte. Der Champagner hatte den gesüßten Geschmack der En-gros-Einkäufe des Be-

triebsrats, und die von den errötenden Sekretärinnen von Gruppe zu Gruppe herumgetragenen Appetithäppchen rochen muffig. Das Zoorestaurant war zu dem Anlaß ein wenig geschmückt worden. Ich fragte mich, ob man in fünfundzwanzig Jahren sich zu der Heuchelei versteigen würde, meinen Abgang in den Ruhestand zu feiern.
Ich setzte mich an den gewohnten Tisch neben der Glaswand mit Blick auf das Giraffengehege. Eine große Traurigkeit überkam mich. Meine Ohnmacht, den Oberwärter auf seinem Gang durch diese letzte Prüfung zu unterstützen, ließ mich die Nichtigkeit meiner Gedanken erkennen. Was nützte es, daß ich mich von der geselligen Herde der Angestellten unterschied, wenn ich doch nur nach Hause zurückkehrte, ohne ihm wenigstens gesagt zu haben, daß ich mich von der schändlichen Maskerade, deren Opfer wir waren, nicht täuschen ließ? Ich verstand plötzlich, daß mittelbar ich es war, den man durch ihn wegschickte. Der Zoo verstieß uns aus allen seinen Käfigen. Wir waren, jeder auf seine Weise, die letzten Spuren der früheren Verwaltung, Erben des Feldstuhls und der Fliege, Willkür, Überflüssiges. Morgen würde nichts mehr von jener Epoche übrig sein.
Der Oberwärter war allein, allein stand er auf seiner improvisierten Estrade, wußte nicht, was er mit seinem leeren Körper anfangen sollte, und ich beobachtete ihn vom anderen Ende des Saals aus, gleichfalls allein, als eine graue Masse sich zwischen uns schob. Eiligst setzte ich meine Brille auf. Der neue Direktor streckte mir eine weitgeöffnete Hand ent-

gegen. Im selben Augenblick ertönte hinter mir eine Stimme:
»Jussuf, Jussuf«, wiederholte sie.
Ich drehte mich um, aber da war niemand. Nicht zum ersten Mal seit Hedwiges Tod spürte ich die Anwesenheit einer fremden Kraft hinter meinem Rücken. Gewöhnlich äußerte sie sich des Abends zu Hause. Der Direktor sah mich nachdrücklich an. Sein Hosenschlitz war genau in meiner Augenhöhe. Der Gedanke, meinen Abschied zu nehmen, drängte sich mir da ganz selbstverständlich auf. War es nicht das beste Mittel, dem Oberwärter gegenüber die Aufrichtigkeit meiner Zuneigung zu bekunden? Unfähig, die Worte zu wählen, die diese Anwandlung von Verbundenheit erklären würden, fand ich nichts Besseres zu tun, als den Inhalt meines Glases über der Hand des Direktors auszuschütten. Der Schaumwein rann über sein Handgelenk, und da er den Arm durch die Luft schwenkte, um jemanden zur Hilfe zu rufen, drang der Wein in seinen Jackenärmel. Sein Stellvertreter kam herbeigelaufen. Rot vor Beschämung stotterte er und versuchte, den Skandal zu ersticken. Ich zwang ihn, bis zum Buffet zurückzuweichen, und stieß ihn in eine Platte mit Fischschnittchen mit Sahnehaube. Sehr langsam richtete er sich wieder auf, die zermatschten kleinen Vierecke klebten an seiner hellen Leinenhose. Der Oberwärter stürzte auf mich zu, um mich vor dem Angriff der Schergen des Direktors zu schützen. Aber verstand er denn nicht, daß er es war, den ich verteidigte?
»Beachten Sie ihn nicht«, sagte er, »er hat ein wenig

zuviel getrunken, bitte, ich werde mich darum kümmern.«
Warum wollte er unbedingt, daß ich betrunken sei? Ich war im Vollbesitz meiner Kräfte. Ich nahm die Brille ab, entschlossen, ohne diesen ebenso illusionären wie lächerlichen Schutz meinen Gegnern die Stirn zu bieten. Sie würden noch ihr blaues Wunder erleben. Nach vierunddreißig Dienstjahren entließ man den Oberwärter wie einen Clown, der die Leute nicht mehr zum Lachen bringt. Raus, brüllte man, auf den Schrott mit dem alten schwarzen Fahrrad! Wer wurde da an der Nase herumgeführt? Ein angesäuselter Praktikant versuchte vergeblich, zu mir vorzudringen.
»Ich habe, was Sie brauchen«, schrie er und schwang eine Kelle aus Weißblech, »einen guten Hieb in die Kniekehlen!«
Man hätte meinen können, in einem Irrenhaus zu sein. Der Saal war überheizt, ich war schweißgebadet. Die Jüngsten stürzten sich auf das Buffet, verputzten die letzten Erdnüsse. Ein Spritzer Tubenmayonnaise traf mich auf die Stirn, mein Verband löste sich. Ich blieb jedoch standhaft, die Sauce stach mir in die Augen, ich dachte an Colin B. und seine Hirngespinste, an den toten Fisch der Prostituierten, die Stimme rief immerzu Jussuf, Jussuf, und ich hielt an mich, um nicht mit gesenktem Kopf auf den Haufen loszugehen. Nein, sie verdienten es nicht. Kriecher allesamt, dachte ich, um mich zu beruhigen, unterbezahlt, eine Meute kleiner Kläffer im Dienst der Verwaltung, schlagen sich wegen einer Salz-

stange und einem Becher Sangria. »Ha, ha!« sagte ich und fuhr mit der geballten Faust in den Bauch des Oberwärters. Man durfte uns unter keinen Umständen der Komplizenschaft beschuldigen, ich war allein für meine Handlungen verantwortlich. Er krümmte sich vornüber, hielt sich den Leib, und ich weiß immer noch nicht, ob er so tat, als verlöre er das Bewußtsein, oder ob ich ihn unabsichtlich an dem schwachen Punkt seiner robusten Kondition getroffen hatte. Zwanzig Personen warfen sich über ihn, um ihn wieder zu sich zu bringen, und dies erlaubte mir, in den hinteren Teil des Saals zu entkommen. Im Augenblick, da ich hinausging, erlosch die Deckenbeleuchtung. Von der Dunkelheit überrascht, stieß ich an die Wirtin, die mit dem Schokoladenkuchen und seinen fünfundsechzig flackernden Kerzen aus den Küchenräumen trat. Der Kuchen fiel um. Eine bläuliche Flamme schoß aus dem Haufen Servietten auf, der auf dem Buffet lag. Ich dachte an Jeanne, die Jane des Direktors, die dreizehneinhalb Jahre zuvor auf dem gleichen Weg in das Restaurant eingedrungen war, ihren Strumpf mit den Laufmaschen, ihre in den Büstenhalter aus Spitze gezwängte schlaffe Brust.

Hinter mir legte ich den Türriegel vor. Auf dem Kühlschrank döste die getigerte Katze. Sie öffnete ein Auge, ihre kleine rosa Nase erschnupperte bebend den Brandgeruch. Sie sprang aus ihrem Korb und folgte mir ins Freie. Ich fragte mich, ob Tiere in Strafanstalten zugelassen würden. Dort nahm man einen wenigstens auf, so wie man war, ohne Unter-

schiede zu machen hinsichtlich des Alters, des Geschlechts oder der Kompetenz. Lebenslänglich sogar, wenn nötig.
Meine Schritte führten mich instinktiv zu Hedwiges ehemaliger Box. Hinter mir explodierte etwas. Ich drehte mich um: der Hinterraum des Restaurants stand in Flammen. Ich fing an zu laufen. »Jussuf, Jussuf!«... Es war eine volltönende Stimme, die Stimme eines Mannes. Was erhoffte ich, als ich die schwere Stalltür aufschob? Wie habe ich auch nur eine einzige Sekunde denken können, daß Hedwige dort sein, daß die Erinnerung mächtiger als die Zeit, mächtiger gar als der Tod sein würde? In der Dunkelheit zeichnete sich eine riesige Kruppe ab, und ich glaubte, meine zärtlich Geliebte zu erkennen und ihre seltsame Art, wiederkäuend, die Flanke an die Wand gepreßt, von einem Fuß auf den anderen zu treten. Wie früher würde ihr Fell unter meinen Fingern erzittern. »Hedwige«, murmelte ich, »meine ganz Schöne, meine Schweigsame.« Manchmal tat sie so, als hörte sie mich nicht, ihre Schelmerei versetzte mich in Freude. Ich wünschte, meinen Mund auf das feuchte Fleisch ihrer Nüstern zu drücken, ich bräuchte nur in den Kleespeicher hinaufzugehen, den hölzernen Laden aufzuklappen, und schon würde sie mir die Lippen entgegenstrecken, mit ihrer flinken Zunge die salzigsten Stellen meiner Haut suchen. Vor Erschütterung blieb ich wie angewurzelt stehen, wagte kaum zu atmen, zu groß war meine Angst, daß sie, meine Schöne, verschwände.
Da, wegen eines Nichts zuerst, eines simplen Mäuse-

quiekens, wurde mein Traum zunichte. Das Geräusch wiederholte sich, schrill, regelmäßig: die Giraffe knirschte mit den Zähnen. Dann benahm mir ein Geruch den Atem, ein Geruch nach stehendem Urin. Sie, Hedwige, roch nach geronnener Milch und welkem Laub. Unter tausend hätte ich sie mit geschlossenen Augen wiedererkannt, sie hatte einen ganz eigenartigen Duft. Ich machte das Licht an. Mein Blick heftete sich an einen langen, in einer Art Drüse in Kolbenform endenden Gegenstand unter dem Bauch des Tieres. Beethoven! Ich streckte ihm die Hand entgegen. Und wenn er sich anfassen ließe? Ich fand keine Zeit, um mir der Unsinnigkeit meiner Geste bewußt zu werden. Beethoven bäumte sich auf. Ich preßte mich an die Wand. Seine Hufe kratzten wütend an den Gitterstäben des Käfigs. Im Schutz des Heizkörpers mußte ich einfach mein Geschlecht hervorziehen, wie um es, ganz unter uns, mit seinem zu vergleichen, festzustellen, wer weiter pissen, wer als erster ejakulieren würde. Seine Unrast erregte mich. Ich gewann. Mein Sperma verlor sich im frischen Stroh. Ich las darin das Zeichen einer bedeutenden Veränderung. Nicht allein, weil ich einen Orgasmus gehabt hatte, ohne jenen beängstigenden Eindruck, von mir selbst ausgeschlossen zu sein, konvulsivischen Zuckungen ausgelieferte, verrenkte Marionette, sondern auch weil es unnötig gewesen war, in meiner Vorstellung eine Situation außerhalb der in Szene zu setzen, die ich in diesem Augenblick in Gedanken an Hedwige erlebte. Nicht den geringsten Gedanken für Mèrade, Malcolm, Jane, Glibett, Lisa oder Colin B., seinen preisgegebenen Hals, Colin B. und seine verwünschten Lakritzen. Ich fühlte, daß ein neues Blatt aufgeschlagen wurde: vorbei war es mit den Schirmgriffen, den aufgesetzten, scheuernden, gleitenden, angepreßten, hineingeschobenen, zurückgezogenen. Zum Teufel mit den Bahnsteigen der Eisenbahnzüge oder der Metros, den Menschenschlangen, dem Gedränge, den Händen in Handschuhen und den überfüllten Bussen: ich liebte Hedwige.

Und ich liebe sie, ich wage endlich, sie zu lieben.

Ich hatte die Augen geschlossen und kostete mein Glück aus. Ich weiß nicht, wie die Wirklichkeit ihr Recht zurückeroberte. Wie dem auch gewesen sein mag, als ich die Augen wieder aufschlug, sprang Beethoven aus seinem Käfig. Ha, ha! Armer Waschlappen, ich würde ihn gewiß nicht zurückhalten, in Hedwiges Wohnung hatte er nichts zu suchen. Natürlich hatte niemand es für angezeigt gehalten, meine Erlaubnis dazu einzuholen. Seit dem Ausscheiden des Direktors organisierten sich die Pfleger ohne mein Wissen, sie nahmen Revanche, sie wollten mich für dumm verkaufen, aber sie würden Augen machen... Joseph, der weiß sich zu wehren. Mochte Beethoven sich ruhig unter einen Lastwagen stürzen, sich an den Gittern des Zoos aufspießen, auf dem Asphalt ausrutschen und sich das Rückgrat brechen, ich würde ihm keine Träne nachweinen. Ich haßte diesen Pétrusmok, seine selbstgefällige wulstige Lippe und seinen Harem von Hopfenstangen. Giraffen in Gefangenschaft sind dumme Amalgame, es war Hedwige hoch anzurechnen, daß sie sie ertragen hatte. Sie übertreten die elementarsten Regeln der Logik, sie sind kaum Lebewesen zu nennen, nur gerade wandelnde Widersinnigkeiten. Widersinnigkeiten, ohne es zu wissen. Der Schöpfer hat sich damit vergnügt, die Reste aufzutürmen, wie anders ließe sich eine solche Zusammenhanglosigkeit erklären? Gott sei Dank, wie Colin B. sagen würde, ist er total betrunken eingeschlafen, bevor er ihre Hörner fertigstellen und ihnen eine Stimme verleihen konnte: Wer weiß, welch klagendes Quäken sie sonst geerbt hätten. Hedwige war so ganz anders gewesen. Ich bewunderte ihre Geduld. Ich behaupte das nicht aus Gründen der Eifersucht: man mußte ja nur das Verhalten dieses armen Beethoven beobachten, um die abgründige Dummheit zu erfassen, die diese vorsintflutliche Masse regierte. Wenn er wenigstens nicht durch seine Eitelkeit noch einfältiger gewesen wäre als von Natur aus, hätte ich ihm verzeihen können. Aber nein. Er betrachtete die Welt aus seinen fünf Metern Höhe mit einer solchen Überheblichkeit, daß es unmöglich war, bei ihm den schwächsten Schimmer von etwas zu entdecken, was dem von uns als Intelligenz Bezeichneten auch nur ähnelte. Er versteifte sich darauf, die kleine Tür zum Gang der Stallungen zu passieren, die Vorderfüße um siebzig Grad gespreizt, die Brust in die Öffnung gezwängt, obwohl ich gerade den direkt zum Hauptweg des Zoos führenden Ausgang freigemacht hatte. Ich mochte ihn rufen, soviel ich wollte, er blieb da, das Geschlecht zur Befreiung gespannt, vor Verlangen zitternd, er war so erregt, daß er eine Fliege besprungen hätte. Nicht einmal als die Sirenen der Feuerwehrwagen ertönten, bewegte er sich von der Stelle. Das Feuer hatte sich wohl in der Küche ausgebreitet. Offensichtlich war Beethoven stocktaub. Ich war gezwungen, mich vor ihn hinzustellen und zu gestikulieren, um ihn endlich zu veranlassen, kehrtzumachen und durch die große Tür zu fliehen. Ich drehte mich um und sah, wie er auf die Terrasse des Restaurants stürzte, die Tische umwarf, über die Büsche hüpfte, er machte Luftsprünge wie ein Füllen, das glücklich ist, seine Mutter wiederzufinden.

Im Licht der Flammen sah er prächtig aus. Sein Fell nahm die bernsteinfarbene Tönung an, die die neugeborenen Giraffen haben. Alle Leute liefen in alle Richtungen durcheinander, ungewiß, ob sie das Tier einfangen, den Brand löschen oder Schutz suchen sollten. Sie wirkten ziemlich lächerlich. Ich nutzte diesen Umstand, um mich aus den Stallungen zu schleichen und in Richtung zum großen Felsen zu fliehen.

Auf der oberen Plattform, siebzig Meter über dem Boden, erschien ihre Aufregung noch lachhafter. Ich hatte die Etagen zu Fuß erklettert, da ich fürchtete, im Aufzug das Gespenst Colin B.s aufzuwecken. Von Stockwerk zu Stockwerk verfolgte mich die Stimme. Sie sagte, daß Jussuf zufrieden sei. »Jussuf ist zufrieden«, wiederholte sie wie ein Papagei. Endlich trat ich in die freie Luft hinaus, Beethoven galoppierte immer noch, warf seinen Hals von einer Seite des Körpers zur anderen, die Hinterfüße lösten sich zu weiten Aufschwüngen vom Boden. Er glich einem vom Sturm erfaßten Schiff. Statt sich zum Wald zu wenden, beschrieb er, vom Feuer gebannt, breite Kreise um das Gebäude, sein Tanz war erschütternd. Die Helme der Feuerwehrmänner blitzten in der hereinbrechenden Nacht. Eine Gruppe von Männern eilte zum Krankenrevier. Ich glaubte das vor der Terrasse stehengelassene neue Fahrrad des Oberwärters zu erkennen. Hatte er nicht das alte, das seines Vaters, am Eingang zum Restaurant abgestellt? Die Sirenen verstummten alle zur selben Zeit. Ich steckte einen Franc in eines der Fernrohre, unterbrach somit unwillkürlich ihr stummes Zwiegespräch. Die Besucher hatten ehemals Gefallen daran gefunden, von oben her zu überraschen, was sie von unten her angeschaut hatten, als ob diese neue Betrachtungsweise ihnen die Möglichkeit gäbe, in ein maßgeschneidertes Universum Einlaß zu gewinnen, das um so verführerischer erschien, als es zerstückelt, nebelhaft war und jeden Augenblick zu verschwinden drohte. Die Maschine mit den Händen umgreifend, mit nach hinten gerecktem Popo, klammerten sie sich bis zur letzten Minute an dieses flüchtige Bild. Ich konnte sie verstehen. Ich hörte, wie die Münze hinunterfiel. Das Objektiv war frei. Eine Platte setzte sich in Bewegung, spuckte einen heiseren Kommentar aus über die siebzehn sattgrünen, lehrreichen und erholsamen Hektar des Zoologischen Gartens von Paris.

Ich schüttelte den Apparat. Die Stimme zitterte, hielt einen Augenblick inne und nahm dann in einer unbekannten Sprache ihre Rede wieder auf. »Jussuf«, kreischte sie, »Jussuf, Jussuf!« Kaum hatte ich den Standort des Restaurants ermittelt, als ich sah, wie sich der Oberwärter in die Flammen stürzte. »Jussuf!« Er rief mich. Ich vergaß, daß ich oben auf dem Felsen war, und nahm eiligst seine Verfolgung auf. Mein rechtes Knie traf senkrecht gegen die eiserne Balustrade. Ich wurde zurück auf die Terrasse geschleudert. Trotzdem spürte ich deutlich, wie mein Körper siebzig Meter tiefer am Boden zerschellte. Der Schmerz hinderte mich daran zu erkennen, daß etwas in mir gestorben war.

Als ich das Fernrohr wieder unter Kontrolle hatte, war es zu spät. Vier Männer in feuerfestem Anzug trugen auf einer Bahre den Körper des Oberwärters hinaus. Die Kassiererin stürzte hinzu. An der Art, wie sie wenige Schritte vor der Krankentrage starr stehenblieb, erkannte ich, daß es mit ihm zu Ende war. Mit einer Sicherheit, die mich selbst erstaunte, richtete ich das Fernrohr auf Beethovens Kruppe. War er nicht der Alleinverantwortliche für das Blutbad? »Die Zukunft des Bestehenden ist ungewiß« – fuhr die Platte fort –, »und die Anwesenheit von in ihrem natürlichen Lebensraum bedrohten Tieren in unserem zoologischen Garten beweist die Nützlichkeit unserer Aktion.« Die Nützlichkeit unserer Was? Der Oberwärter war tot. Man würde mich mittels eines eingeschriebenen Briefes vorladen und mich entlassen wie einen Hund. Aber war ich denn nicht selbst der einzige Überlebende einer aussterbenden Art? Beethoven hatte immer noch einen Steifen. Ich folgte ihm auf Schritt und Tritt, ich sah seine Bewegungen voraus wie ein Jäger, der sich zum Schuß anschickt. Ich besaß ihn, ihn, der meine Hedwige besessen hatte, nein, er konnte mir nicht mehr entkommen. Ich war sein Herr und Meister, der einzige Hoffnungsschimmer seines armseligen Lebens. Sein ganzes Wesen strebte mir entgegen, etwas würde sich ereignen, etwas Unwiderrufliches, was uns miteinander verbände.

Da brach Beethoven zusammen.

Ich konnte es selbst nicht fassen: im nämlichen Augenblick, da ich es beschloß, stürzte er um, ohne daß irgendein äußeres Hindernis seinen Lauf gestört hätte. Ich hatte ihn getötet. Mein Blick allein hatte ihn getötet. Ich richtete das Objektiv auf die Menge der Angestellten. Der Tierarzt erschien mitten im Buschwerk mit seinem Narkosegewehr. Von Panik erfaßt, rannte die Versammlung davon. Endlich hatte ich sie gefaßt, die wahren Schuldigen. Ha! ha! Sie verdienten es nicht, weiterzuleben, Jussuf dagegen ist kein Verbrecher, hören Sie, Joseph ist ein Vogel, durch ein Nadelöhr sieht er die ganze Welt. Er, Joseph, begreift, umgreift, im verschwiegenen Schatten seiner Träume.
Er schaut, doch plötzlich ist alles schwarz. Das Geldstück ist in den Behälter gefallen, der Vorhang

schließt sich wieder. Sie werden uns in einen Kerker bringen. Eine Zelle mit blinden Wänden, meine Hedwige, eine von Gittern geschützte Zelle, wir werden endlich die Freiheit wiedererlangen. Das Gefängnis bleibt unsere einzige Zuflucht in dieser von Käfern verseuchten Welt. Sie kommen herauf, Hedwige, ich fühle, daß meine Kräfte mich verlassen. Eine Tür schlägt, sie treten aus dem Aufzug. Ich werde ihnen sagen, daß ich Colin B. getötet habe, daß sein Körper sie erwartet. Aufgrund der Beweise werden sie uns bis zum Ende unserer Tage dortbehalten, und der Tierarzt wird gezwungen sein, Beethovens Kadaver ganz allein, wie ein braver kleiner Eisenbahner mit der Schnelltrennsäge zu zerstükkeln.

Sie nähern sich, sie suchen uns. Starke Biertrinker, meine Hedwige, deine Feinde, sie, die dich deinem Afrika entrissen haben, sie, die den Oberwärter getötet haben, ja sie, die ihn umgebracht haben mit ihrem Fahrrad mit Zwölfgangschaltung und ihren von der Kälte roten fetten Händen. Tröste dich, meine Geliebte, diese Tränen, die meine Wangen hinabrinnen, sind Blutstropfen, das ist nichts, sie werden mir nie mehr weh tun. Ich werde ohne zu murren den von deinem sanften Blick befohlenen Vorschriften gehorchen, ich werde dein Joseph, Sohn des Jussuf sein, treuer und ergebener Bewahrer unserer Bestimmung. Eine lange mondlose Nacht fern des Menschenlärms, von der Gewißheit der Worte erlöst. Mögen sie uns verurteilen, mögen sie uns gefangensetzen! Bei meinem Prozeß werde ich stumm bleiben.

Ich bin niemandem Rechenschaft schuldig, ich bin frei, wir sind frei, und sollte ich nicht leben können ohne zu sehen, sollte ich der Versuchung zu sprechen nicht widerstehen, so werde ich mir die Zunge abschneiden, werde ich mir die Augen ausstechen. In der Finsternis wird unsere Liebe strahlen, meine Hedwige, unsere große Liebe.

Paris schwärmte für die schöne Ägypterin. Die Farben »Giraffenbauch«, »Savannenschein«, »Sudanmarmor« hielten ihren machtvollen Einzug in den Musterbüchern der Modehäuser. Der Hals wurde lang und mit ziegelrotem Band geschmückt getragen und der Kopf durch extravagant aufgetürmte, »à la girafe« benannte Stoffstücke zur Geltung gebracht. Sonntags gingen die Kleinbürger nicht mehr auf den Pont-Neuf, um kostenlos dem Hundescherer zuzuschauen, sondern drängten sich zum kostenpflichtigen Eintritt in den Jardin des Plantes. Mehr als sechshunderttausend Besucher staunten. Dann begann man wieder zu vergessen.

Atir und Hassan wurden auf Ersuchen des englischen Konsuls, der, von Neid geplagt, sich mit dem Gedanken befaßte, ein Flußpferd nach London zu schicken, in ihr Geburtsland zurückgebracht. Jussuf richtete in der Orangerie, wo seine Schutzbefohlene untergebracht war, eine Loggia ein. Er schlief in einer dreieinhalb Meter über dem Boden befestigten Hängematte, die Hand zwischen ihre beiden kleinen runden Hornzapfen gelegt. Wie sie ernährte er sich von Zwiebeln, Getreide und Milch. Nur dreimal im Jahr verließ er den Jardin des Plantes: im Frühling ließ er sich nach Montmorency fahren und mietete für zwei Stunden einen Kirschbaum. Er aß so viele Früchte, wie er konnte. Zu Beginn des Sommers, wenn die großen Hitzen sich bemerkbar zu machen begannen, ging er in der Seine ba-

den. Da er nicht schwimmen konnte, klammerte er sich mit den Knöcheln an einen Baum und ließ sich treiben. Ende September ging er zu Fuß bis zur Belle Jardinière und kaufte ein Fläschchen Girofle-Parfum – des Namens wegen – und vier Kupons Wollstoff, aus dem er sich selbst genau nach dem Modell der alten eine neue Djellaba machte.
Nur einmal ging Jussuf zur Winterszeit aus. Er hatte gehört, daß Frankreich ein weiteres Geschenk von Seiner Hoheit dem Vizekönig Mohammed-Ali erhalten sollte: es handelte sich um einen Obelisken, der von Luxor aus den Nil hinaufgefahren war, das Meer überquert und die achthundert Kilometer von Marseille bis Paris zurückgelegt hatte. Seine Landung am Quai de la Concorde war für Mittwoch, den 23. Dezember 1833, vorgesehen. Schon am Dienstagabend begab sich Jussuf an Ort und Stelle. Er richtete sich unter der Brücke ein und wartete. Es war das erste Mal seit seiner Ankunft in Frankreich, daß er nicht bei seiner Schutzbefohlenen schlief. Übrigens machten in jener Nacht weder der eine noch die andere ein Auge zu. Endlich legte das Schiff unter dem Beifall der Menge an. Da Jussuf sich vorgestellt hatte, der Obelisk sei ein wunderbares Tier aus dem Atlasgebirge, war er sehr enttäuscht und beschloß, nie mehr von seinen Gewohnheiten abzuweichen.

Die Giraffe starb 1845, im Alter von zwanzig Jahren, von allen unbeachtet. Jussuf verschwand am selbigen Tag. Er verflüchtigte sich einfach. Niemand beunruhigte sich deswegen. Erst sehr viel später, anläßlich der

Renovierung der Menagerie, wurden seine Gebeine in der Tiefe der Doppelwand entdeckt, die den Kleespeicher von der Orangerie trennte. Auch wurden zwei Würfel, eine Menge leerer Flaschen, einige Rollen schwarzen Garns und ein gewaltiger Knochen gefunden, der noch heute im Laboratorium für vergleichende Anatomie des Museums als das fünfte Schienbein der Giraffe des Paschas von Ägypten etikettiert ist.

Bibliothek Suhrkamp

Verzeichnis der letzten Nummern

845 Paul Nizon, Das Jahr der Liebe
846 Félix Vallotton, Das mörderische Leben
847 Clarice Lispector, Nahe dem wilden Herzen
848 Edmond Jabès, Das Buch der Fragen
849 Ludwig Hohl, Daß fast alles anders ist
850 Jorge Amado, Die Abenteuer des Kapitäns Vasco Moscoso
851 Hermann Lenz, Der Letzte
852 Marie Luise Kaschnitz, Elissa
853 Jorge Amado, Die drei Tode des Jochen Wasserbrüller
854 Rudyard Kipling, Das Dschungelbuch
855 Alexander Moritz Frey, Solneman der Unsichtbare
857 Thomas Bernhard, Beton
858 Felisberto Hernández, Die Hortensien
859 Martinus Nijhoff, Gedichte
860 Jurij Trifonow, Zeit und Ort
861 Shen Congwen, Die Grenzstadt
862 Ogai Mori, Die Wildgans
863 Karl Krolow, Im Gehen
865 Gertrud von le Fort, Die Tochter Farinatas
866 Joachim Maass, Die unwiederbringliche Zeit
867 Stanisław Lem, Die Geschichte von den drei geschichtenerzählenden Maschinen des Königs Genius
868 Peter Huchel, Margarethe Minde
869 Hermann Hesse, Steppenwolf mit 15 Aquarellen von Gunter Böhmer
870 Thomas Bernhard, Der Theatermacher
871 Hans Magnus Enzensberger, Der Menschenfreund
872 Emmanuel Boye, Bécon-les-Bruyères
873 Max Frisch, Biografie: Ein Spiel, Neue Fassung 1984
874 Anderson/Stein, Briefwechsel
875 Rafael Sánchez Ferlosio, Abenteuer und Wanderungen des Alfanhui
876 Walter Benjamin, Sonette
877 Franz Hessel, Pariser Romanze
878 Danilo Kiš, Garten, Asche
879 Hugo von Hofmannsthal, Lucidor
880 Adolf Muschg, Leib und Leben
881 Horacio Quiroga, Geschichten von Liebe, Irrsinn und Tod
882 Max Frisch, Blaubart
883 Mircea Eliade, Nächte in Serampore
884 Clarice Lispector, Die Sternstunde
885 Konrad Weiß, Die Löwin
886 Tania Blixen, Moderne Ehe
887 Jean Grenier, Die Inseln
888 Thomas Bernhard, Ritter, Dene, Voss
889 Max Jacob, Höllenvisionen
891 Peter Huchel, Die neunte Stunde

892 Scholem Alejchem, Schir-ha-Schirim
893 Ferreira Gullar, Schmutziges Gedicht
894 Martin Kessel, Die Schwester des Don Quijote
895 Raymond Queneau, Mein Freund Pierrot
896 August Strindberg, Schwarze Fahnen
898 E. M. Cioran, Widersprüchliche Konturen
899 Thomas Bernhard, Der Untergeher
900 Martin Walser, Gesammelte Geschichten
901 Leonora Carrington, Das Hörrohr
903 Walker Percy, Der Kinogeher
904 Julien Gracq, Die engen Wasser
905 Francesco Jovine, Die Äcker des Herrn
906 Richard Weiner, Spiel im Ernst
907 Gertrude Stein, Jedermanns Autobiographie
908 Pablo Neruda, Die Raserei und die Qual
909 Marie Luise Kaschnitz, Menschen und Dinge 1945
910 Thomas Bernhard, Einfach kompliziert
911 Alexander Kluge, Lebensläufe
912 Michel Butor, Bildnis des Künstlers als junger Affe
914 Wolfgang Koeppen, Der Tod in Rom
915 Catherine Colomb, Das Spiel der Erinnerung
916 Bohumil Hrabal, Sanfte Barbaren
917 Tania Blixen, Ehrengard
918 Bernard Shaw, Frau Warrens Beruf
919 Mercè Rodoreda, Der Fluß und das Boot
920 Adolf Muschg, Dreizehn Briefe Mijnheers
921 Jorge de Sena, Der wundertätige Physicus
922 Anatolij Kim, Der Lotos
923 Friederike Mayröcker, Reise durch die Nacht
924 Stig Dagerman, Deutscher Herbst
926 Wolfgang Koeppen, Tauben im Gras/Das Treibhaus/Der Tod in Rom
927 Thomas Bernhard, Holzfällen
928 Danilo Kiš, Ein Grabmal für Boris Dawidowitsch
929 Janet Frame, Auf dem Maniototo
930 Peter Handke, Gedicht an die Dauer
931 Alain Robbe-Grillet, Der Augenzeuge
934 Leonid Leonow, Evgenia Ivanovna
935 Marguerite Duras, Liebe
936 Hans Erich Nossack, Das Mal und andere Erzählungen
937 Raymond Queneau, Die Haut der Träume – »Fern von Rueil«
938 Juan Carlos Onetti, Leichensammler
939 Franz Hessel, Alter Mann
940 Bernard Shaw, Candida
941 Marina Zwetajewa, Mutter und die Musik
942 Jürg Federspiel, Die Ballade von der Typhoid Mary
943 August Strindberg, Der romantische Küster auf Rånö
944 Alberto Savinio, Maupassant und der andere
945 Hans Mayer, Versuche über Schiller
946 Martin Walser, Meßmers Gedanken
947 Ödön von Horváth, Jugend ohne Gott

1001 Peter Handke, Die Wiederholung
1002 Else-Lasker-Schüler, Arthur Aronymus
1003 Heimito von Doderer, Die erleuchteten Fenster
1004 Hans-Georg Gadamer, Das Erbe Europas
1005 Hans Jonas, Das Prinzip Verantwortung
1006 Marguerite Duras, Aurelia Steiner
1007 Juan Carlos Onetti, Der Schacht
1008 E. M. Cioran, Auf den Gipfeln der Verzweiflung
1009 Marina Zwetajewa, Ein gefangener Geist
1011 Alexandros Papadiamantis, Die Mörderin
1012 Hermann Broch, Die Schuldlosen
1013 Benito Pérez Galdós, Tristana
1014 Conrad Aiken, Fremder Mond
1015 Max Frisch, Tagebuch 1966–1971
1016 Catherine Colomb, Zeit der Engel
1017 Georges Dumézil, Der schwarze Mönch in Varennes
1018 Peter Huchel, Gedichte
1019 Gesualdo Bufalino, Das Pesthaus
1020 Konstantinos Kavafis, Um zu bleiben
1021 André du Bouchet, Vakante Glut / Dans la chaleur vacante
1022 Rainer Maria Rilke, Briefe an einen jungen Dichter
1023 René Char, Lob einer Verdächtigen / Eloge d'une Soupconnée
1024 Cees Nooteboom, Ein Lied von Schein und Sein
1025 Gerhart Hauptmann, Das Meerwunder
1026 Juan Benet, Ein Grabmal / Numa
1027 Samuel Beckett, Der Verwaiser / Le dépeupleur / The Lost Ones
1028 Ulrich Plenzdorf, Die neuen Leiden des jungen W.
1029 Bernhard Shaw, Die Abenteuer des schwarzen Mädchens auf der Suche nach Gott
1030 Francis Ponge, Texte zur Kunst
1031 Tankred Dorst, Klaras Mutter
1032 Robert Graves, Das kühle Netz / The Cool Web
1033 Alain Robbe-Grillet, Die Radiergummis
1034 Robert Musil, Vereinigungen
1035 Virgilio Piñera, Kleine Manöver
1036 Kazimierz Brandys, Die Art zu leben
1037 Karl Krolow, Meine Gedichte
1038 Leonid Andrejew, Die sieben Gehenkten
1039 Volker Braun, Der Stoff zum Leben 1-3
1040 Samuel Beckett, Warten auf Godot
1041 Alejo Carpentier, Die Hetzjagd
1042 Nicolas Born, Gedichte
1043 Maurice Blanchot, Das Todesurteil
1044 D. H. Lawrence, Der Mann, der Inseln liebte
1045 Jurek Becker, Der Boxer
1046 E. M. Cioran, Das Buch der Täuschungen
1047 Federico García Lorca, Diwan des Tamarit / Diván
1048 Friederike Mayröcker, Das Herzzerreißende der Dinge
1049 Pedro Salinas, Gedichte / Poemas
1050 Jürg Federspiel, Museum des Hasses

1051 Silvina Ocampo, Die Furie
1052 Alexander Blok, Gedichte
1053 Raymond Queneau, Stilübungen
1054 Dolf Sternberger, Figuren der Fabel
1055 Gertrude Stein, Q. E. D.
1056 Mercè Rodoreda, Aloma
1057 Marina Zwetajewa, Phoenix
1058 Thomas Bernhard, In der Höhe, Rettungsversuch, Unsinn
1059 Jorge Ibargüengoitia, Die toten Frauen
1060 Henry de Montherlant, Moustique
1061 Carlo Emilio Gadda, An einen brüderlichen Freund
1062 Karl Kraus, Pro domo et mundo
1063 Sandor Weöres, Der von Ungern
1064 Ernst Penzoldt, Der arme Chatterton
1065 Giorgos Seferis, Alles voller Götter
1066 Horst Krüger, Das zerbrochene Haus
1067 Alain, Die Kunst sich und andere zu erkennen
1068 Rainer Maria Rilke, Bücher Theater Kunst
1069 Claude Ollier, Bildstörung
1070 Jörg Steiner, Schnee bis in die Niederungen
1071 Norbert Elias, Mozart
1072 Louis Aragon, Libertinage
1073 Gabriele d'Annunzio, Der Kamerad mit den Wimpernlosen Augen
1075 Max Frisch, Biedermann und die Brandstifter
1076 Willy Kyrklund, Vom Guten
1077 Jannis Ritsos, Gedichte
1079 Max Dauthendey, Lingam
1080 Alexej Remisow, Gang auf den Simsen
1082 Octavio Paz, Adler oder Sonne?
1083 René Crevel, Seid ihr verrückt?
1084 Robert Pinget, Passacaglia
1085 Wolfgang Koeppen, Eine unglückliche Liebe
1086 Mario Vargas Llosa, Lob der Stiefmutter
1087 Marguerite Duras, Im Sommer abends um halb elf
1088 Joseph Conrad, Herz der Finsternis
1090 Czesław Milosz, Gedichte
1091 Karl Kraus, Die letzten Tage der Menschheit
1092 Jean Giono, Der Deserteur
1093 Michel Butor, Die Wörter in der Malerei
1095 Max Frisch, Fragebogen
1097 Bohumil Hrabal, Die Katze Autitschko
1098 Hans Mayer, Frisch und Dürrenmatt
1099 Isabel Allende, Eine Rache und andere Geschichten
1100 Wolfgang Hildesheimer, Mitteilungen an Max
1101 Paul Valéry, Über Mallarmé
1102 Marie Nimier, Die Giraffe
1103 Gennadij Ajgi, Beginn der Lichtung
1104 Jorge Ibargüengoitia, Augustblitze
1105 Silvio d'Arzo, Des Andern Haus
1112 Jürgen Becker, Beispielweise am Wannsee

Bibliothek Suhrkamp

Alphabetisches Verzeichnis